周慧 著

认识我的人
慢慢忘了我

上海文艺出版社

目 录

第一辑

三月过日子　　　　　　　　　　　　003
四月的第一天　　　　　　　　　　　006
五月的把戏　　　　　　　　　　　　009
日子来到六月中　　　　　　　　　　011
七月梦寐以求　　　　　　　　　　　013
八月之舞　　　　　　　　　　　　　016
九月，从一天到另一天　　　　　　　018
十月风大，从此少去处　　　　　　　021
十一月不急，一步步来　　　　　　　024
十二月只有一天　　　　　　　　　　026
这么一天　　　　　　　　　　　　　028
全责　　　　　　　　　　　　　　　032
无大事，去城里吃个饭　　　　　　　033
唯有这富含幼滑脂肪的花生碎　　　　036
温柔的奇迹　　　　　　　　　　　　038

闸门、盾牌，甚至遮羞布	041
虽然肚子已经饿了	043
我现在还不能交出它	045
不让甩得更远更碎	047
在各种遭遇里七上八下	049
可以不用来，我告诉你就行	052
了不起的蛋	054
问答	055
不过现在没什么看的，天凉了	056
哀欣寄	057
这也太好吃了吧	059
海里一艘静止的船	061
一些生活小窍门	065
爬山	067
午餐能说明一些问题	068
絮絮叨叨	070
寻找使贫穷微不足道的事物	072
直到那股柔韧之力突然在脚底坍塌	075
我可以九点出发，赶上它的早餐	077
"速回电话"	079
想起那件事时，我正在失眠	081
梦之飞鸟	083

夜里出去走	085
走地鸡	088
没落的生活	091
体重缓慢增长	093
你只管坐着,把屁股坐穿	095
致力于生存的生活	098
下午从混乱开场	101
"来"	104
假装自己没有被人群遗忘	106
一整天都在渴望甜食	108
我始终没有把那本书读完	110
我已经让位了	112
绿色甲虫飞过来	115
远远看到	118
秋天不劳不获	121
结结实实的生活不要脸	123
另一条路	125
和我一样	127
除了躲,别无他法	129
半岛	131
找鱼	134
一脸愤慨,原地奔跑	136

一天之中只有短暂的时间很好 139
年过完了 141
这时你会觉得，它知道你 143

第二辑

一个疑问 149
直到它发出投降的声音 151
决心 154
一次出门 156
新年决心 159
背叛 161
设想 162
傍晚光线昏暗的时候 163
夜里将手机放到枕边 165
下午，披头散发的女人坐在房间 167
她应该对此负起责任 169
那天黄昏 171
速写 174
今夏无战事 177
所有那些觉得被生活拯救了的人 180

一天的缝隙	183
没有秘密，无人过问	186
如果我说，把当下埋在当下	188
我出门时的打算	191
半夜起来看台风	194
这漫长夏天的受害者	197
上午更像我，没有食欲，表情严肃	199
随机选择	202
记录一次头晕	205
在这里，就是这样	208
我坐下来写它们	210
准备过冬	213
你以为村里有田园，而我们每天唱的都是牧歌吗？	215
民治夜行动物	218
尽你所能	222
事情是这样的	225
所以一到了晚上	229
无知的行进	232

第三辑

无题	237
我是这样,也不是这样	239
躲猫猫	241
什么都看不见	244
无题	247
好爱情敌不过好牙口	249
洪水来了	253
无法对证,只属于我的故事	256
洗澡	261
十七	263
丢个衣架下来	268
腊肉	270
真的是个娘	276
你想记得,你以为你记得	283
工厂	288
白色背心	292
哪怕新的月份一个接一个来	297
没问题	300
骑马马	302
它能在任何地方找到我	305

两个湿漉漉的家伙一起上楼	309
猫的撤退	311
深夜过莲塘	314
不被允诺	317
你到底会不会做豆腐乳	321
我早就认识鸭脚嬷	324
只有幸运的人才能看到禾雀花	328
起风了	331
冬深年近，一次回家的路	333
云停在昨天的地方	338
门上有个洞——	340
乱想一气	343
离洲镇女朋友	345
编后记 / 黄灿然	358

第一辑

三月过日子

1

三月初的几天,窗外停满了雾,像一幅巨大的超现实油画嵌在墙上,没有图案,只有谜一样的哑白色。

屋被雾凌空托起。鸟、鸡鹅、工地的吊臂、穿着套鞋去摘菜的妇女、卖鱼佬的摩托车,各种声音穿上来,像穿过整夜巨型的梦一样,瓮声瓮气。

在屋里,想跟自己讲点话,也听不真切。

2

没有雾的时候,会觉得空气不对劲,像在密谋些什么,走到窗边看,雾正过来,先是几丝几缕,缠在树间,一动不动,过不久,大量的雾从山的缺口处涌来,滚动的一团团,淹没菜地、鸡舍、荔枝树冠、窗口。

所有的雾都从海上升起,海,已隐匿。

3

桥头有一座小山，孤零零一座，左右没有山和它连绵，植物都是风和鸟带来的，乱长一气。去年秋天，一大片荒草被锄掉，种上树，现在，雾散后，一簇簇明艳的黄花爆开在山间。

黄风铃开花时只有花，没有叶，花瓣从头到尾，正面反面，以及花苞都用一种颜色，闪耀而柔和的黄，凌空开在这只有原始低矮植被、人迹罕至的山上，不像是花朵在开放，像在宣誓。它原是巴西国花，现在，它像是在思念它的南美大地。

4

去葵涌，小巴走沿海公路，先是溪涌，大弯坡后是万科十七英里，整个海湾收入眼底，海面是一块块深浅不同的灰色疆域；上洞村，榕树冠后几幢残旧灰暗的屋顶；玫瑰海岸，有很多月季；油库，红色的油管长长地伸进海里；土洋，内有乾坤的偏安小国。太阳突然闪耀，海从灰变成蓝。

5

在粉店时，一个穿紫色外套的女人进来，说我可以坐在你这里吗？我说可以啊。店里只有一个女人在吃粉，还有四张桌子无人坐。她说，我觉得坐在一起吃得香一些。我笑。

我的螺蛳粉来了。她说，老板，我也要和她一模一样的。但我不知如何才能让她吃得香一些，她吃了几口，很快和过道另一边的女人说起话来。她的孩子是上中心幼儿园的，还有补贴。另一边的女人说，啊，你的命真好。

四月的第一天

四月的第一天，我坐在屋里，这里看看那里看看，哪扇窗下都坐不长，总是惦记另一边的山和雾，频频起身看另一扇窗，生怕错过一寸好光线。同一个方向的两座山，一座只比另一座后退一些，就被雾攀满了，而前一座山，清晰得像被神眷顾了一样。雾、阳光、风，在春天做下的事远比其他季节多，怎么舍得只坐在一个地方？

冬天要好一些，冬天的天慢，任何地方都可以坐好久。有时阴一整天，就生炭火，看黑色的炭熊熊烧起来。

昨天下午去阳台看南方，正好看到几绺白色的烟在快速爬上一座山，看了一会，想肯定是山下着火了，而且是极大的火，否则烟不会这么快这么浓。为了搞清楚是什么火，我打开门往楼顶天台上冲，一边冲一边想起鲁迅关于黑屋子起火的典故，第一个发现火的人振臂疾呼，喊醒全村人，还要喊醒菜园里的鸡鸭鹅，一些人醒来后往山上逃，一些人往山下跑，山下有海，一个猛子扎下去就得救了。

跑到天台，只见南边的山全被吞没，只剩山尖，白色的浓烟正迅速往上爬，没有一丝风，显然它们自己长了手脚。西边的山快沉没了，北边的毫不知情，还清晰地托着下午的阳光。那烟雾，要淹没西边和北边的山，需要经过我，现在，它不动声色但迅疾地朝我扑来，我迎着，瞬间什么都看不清，随后鼻尖触到细如纱的水珠，原来不是烟，是雾。此时如果快速转身，还可以看到北边清晰的山，慢一点的话，就什么都看不清了。之前对雾的印象停留在秋冬早上的田野里，平原的雾，来去都有迹有时，这里的雾比热带的植物还诡异。

一只鹰在雾里盘旋，它为什么不在起雾前吃饱？我准备在雾里奔跑，有人要我别在雾里跑，我还是往山里跑。就像一天里我要无数次起身去看其他方向的风景，一天里，也要起身出去两次，把脚踏在不同的泥土上。

往回跑时，一条长长的蛇横在路上，乌绿色，比墨绿更深，有一米来长，我在十几米远的地方停下，它漂亮得要命，眼睛黑亮，蛇嘴长长地印在颊边，小小的头娴静地立着。

我足足看了它几分钟，不知是想等它离开还是等它过来。我第一次勇敢地长久看着一条活着的蛇。往回跑时，我一直回头，看它有没有跟过来。有朋友说，你一段路来来回回跑，会不会无聊？我想说，虽然只是一条路，但每天植物、光线、海湾、爬升的雾、盘旋的鹰都不一样，怎么看得尽？

我去过的地方不多，认识的人也不多，对世界有一些想象，但它们太遥远了，我连进城坐公交的钱都要挤一挤，遥远就成了真正的遥远，它们不比夜空的星星离我更近。

现在，我每天像蜜蜂一样从这扇窗飞到那扇窗，从这座山穿到那座山，在同样的时刻做同样的事。之前认识我的人慢慢忘记了我，我也慢慢想不起通讯录里的名字是什么样的脸孔，对于大多数的人来说，我每天移动的坐标可以忽略不计，简直就像一株植物，四月的植物。我的世界，就是我的脚能踏到的地方。

五月的把戏

五月的温度好得闪闪发光，这时想变成一种植物，整日整夜待在这温度里。

不同的绿，深浅明暗的绿，到五月时渐渐统一，绿到深处各种花开，木荷、桃金娘、黄栀子、金花玉叶、黄牛木，每一朵花都美得具体而完整。

天气好一半坏一半，风、雨、雾都有，清早鸟叫得欢快。一年中最清脆的嗓音。潮湿的夜里，蛙声如牛叫。月亮经常被云层隐没，最圆的时候云也最多。

每天下午出村，下坡时，眼睛放平，越过树冠，树冠后是不远不近的山，山后的海露出一掌心那么多，海与天经常浑然一色。我是有次偶尔看到绿色的树冠上方有一窝湛蓝，而天空浅白，才发现那是海。

回村时，右侧的山逶迤俊秀，路与山之间是窄而深的溪峡，溪水奔涌，被树木掩盖，只听到水声却看不见，一条窄窄的锈迹斑斑的小铁桥穿过峡谷通往对面的山。通过去，但没有路。树木葱茏诡异，遮蔽整个山体，树林里突然裸露出几块巨大的石头，没有人去过那里，也没有路可以去。我看着这山，假想是在陌生的地方，陌生的青翠的山，陌生的奔涌的溪，陌生的前方。

日子来到六月中

1

好天气时,减少睡眠,把时间让给清醒,去看云的耀洁、海蓝如黑、云影掠过北面最高的山,以及朗朗皓月。夏季最好的天气在六月,无法想象世界上其他地方有比这更好的天气。

白天我在房子三个不同方向的窗之间移动,傍晚去绿道,夜里在天台随月亮移动。

2

在老家,老二买了两斤青蛙,用菜籽油炒蜷后,加紫苏辣椒,很好吃,有母亲做菜的精髓。

她说:"记得小时候,睡到半夜,梦嘎梦醒的,她把我从床上拖起来,去照蛤蟆,我穿双套鞋,一条短裤子,打个赤膊,提着蛇皮袋,跟哒她去捉蛤蟆。"

"我怎么记得都是我跟她去捉的?"我说。

"你那时还小,提不动袋子,等你提得动的时候,才是你去的。"

田埂上的草拂到脚踝很痒,飞蚊跟着手电筒的光跑,萤火虫自己有光自己跑。蛤蟆被照到瞬间僵住,一动不动,母亲慢慢弯腰,出手迅疾,抓住反手往后递,我张开袋口,"嘭"一下,袋子轻微下沉,袋子里的蛤蟆一阵骚动。第二天中午,必定有一大碗炒青蛙,放紫苏青椒。

吃到最后,我和老二在碗底翻蛙腿肉,和当年一样,蛙腿肉和蒜瓣很像,吃到嘴里才发现夹错了。老二比我多吃两年母亲做的饭,她做菜比我更像我们的母亲。

3

六月过半,一年也过半,好天气与坏天气都来过,泉水也在上一场暴雨后涌出,村口的溪边小黄花长得及膝高,两个黑瘦男人拿着割草机呜呜割。刚下过几场暴雨,植物汁液饱满,草汁与溪边的泥浆乱溅,溅到脸上嘴上,他们歪开脸,嘴里扑扑吐泥星,整条溪谷弥漫着青草的香味。

七月梦寐以求

1

云从海上升起，一朵朵悬在低空，每一朵都有从耀眼的白到纯正的灰之间渐次的颜色，每一朵的边缘都各具形态，仿佛上升成云的水汽，有自己的喜好与低语。

白色的云徜徉的姿态，乌色的云暴烈，迅速升起，迅速移过来，有时从头顶上擦过，往背面的山攀去，有时整体压境，雨直接倒下来。

2

村口右侧山坡上，几场雨下来，银合欢像被天空拉长了，长得又快又密，山一夜间胖起来，有些已开花，白色的小圆球。

银合欢矮的时候不像树，有次看到一个男人探身看，凑上鼻子闻花，用手碰叶，碰完迅速将手收回身体一侧。我走过去说，这不是含羞草，这叫银合欢。他笑了，我说怎么不缩回去呢。

银合欢的嫩叶可做猪牛饲料,有微毒,但过量会导致厌食、生长迟缓、消瘦、繁殖机能减退。这正是我梦寐以求的食物啊。

3

方方正正一块空地,周围都是房,单它空着,几年里一直荒着,长着杂草、藤、几株木瓜。

后来草和藤都铲掉了,重新铺上草皮,种了两棵鸡蛋花树,一条小径弯弯曲曲穿过,铺了碎瓷砖,立了石凳石椅,还立了两盏灯,但也没什么人来,左右都是房屋,看不到海,吹不到风,太阳都难晒到。不久,移来一块大石,立在空地边,慢慢有了人,他们坐在石凳上聊天,吃东西,有时站在石头边,摆出各种姿势照相,或与人视频。

石头上刻着四个红底楷书,"洞背公园"。逛空地让我们显得很无聊,但逛公园不会,这是休闲。它大约有一百多平米,或许是地球最小的公园。

4

有人问,蛋蛋啊,我很想知道你有过几个男朋友。

我知道我看起来像有过很多男朋友的人,像那种时刻在奔跑的人,一边追逐人,一边甩掉人。

我问，怎么界定是男朋友？亲过的就算，有人迅速给出标准。二十几个人每人两只眼睛，连一只正在吃鱼的猫都抬起头看我，我说，"亲哪里才算？"

5

世界从来不给真相，就像七月暴雨如注，雨以最大的力量从天空一跳而下，溪水发出一年里最大的轰鸣声。团团乌云接踵而至的傍晚，突然有一团乌云没接上，山峦上方露出窄窄一线蓝得发黑的天空，半满的月亮投下温柔而慈爱的光。

我将双脚伸开，单车以比车还快的速度冲往桥，冲完桥再推到村口，一连冲了三次，直到乌云把月亮完全遮住，但那一晚，以及后来乌黑暴雨的几天，我心里都有月光。

八月之舞

1

植物越过绿的巅峰,果荚裂开,种子垂直插入泥土,没结果的也不再生长,雨也不再下,这一年剩下的时间,秋天用来枯萎,好躲避冬天的狂风。

日子一个接一个,同样的时刻发生同样的事情。早上九点,我醒来,缓缓走出梦,开始同样的一天,不阅读,不说话,频频起身找东西吃,各种欲望拧成食欲,只有食欲是我可以即时满足的。

2

某些夜里,梦允许我走进它。

浮在海上看到虾,走到田里看到鱼,穿过菜畦看到果实累累。我两手空空地往深处走,睁开眼看到黎明。

如果能合并梦,我一定双手捧虾,将鱼绑在身上,蔬果绑成一捆,一路踢回家。这叫大丰收。

3

只要在深夜漆黑的天台上走几圈,将目光投到山和海面的隐约的船只上,就会发现这里和几年前一样,草替代了草,树替代了树。

我在这里曾对生活抱以极大希望,将失去的和不曾拥有的,一一寻补:一个全新的自己,一个共枕的恋人。每个新的日子里,每个小时的流逝里,我对自己说,给点耐心,那些精神和肉体的愉悦一定会到来,你,还有时间。

4

过了八月,我的身体和植物一样悄悄越过巅峰,枯萎有助于躲避冬日狂风,一只不请自来的猫,是屋子里唯一增添的东西。

我将它的到来解释为馈赠,除了它,世间万物都不需要我的注视。

九月，从一天到另一天

1

有一扇朝北的窗的人，要比有一扇朝南的窗的人，提早十天得到秋天。天气总有办法弥补，北窗的春天也迟来十天。

如果一个人同时拥有南北窗，理论上，可以将喜欢的季节延长或缩短。但很少人会察觉。拥有很多的人对季节往往会迟钝一些。

2

北面的山上，风等了两个季节。一声令下，风擦着山坡各种植物而下，裹着芳香和暗语齐抵窗口。

风瞬间鼓满屋子，窗帘、挂着的锅铲、猫身上软软的毛、未绑起的头发，以及光着的腿，都摇晃起来。

3

二楼的出门，灯彻夜开着，她在的时候也是这样。她觉得猫在夜里喜欢玩，不喜欢睡。五楼的去二楼喂猫，喂完后把她的灯关了，他觉得猫白天黑夜都想好好睡觉，和他一样。

4
我的猫要麻烦很多。

夜里，除非将它留在家里，否则要走远很难，它在任何地方都能听到开关院门的声音，还没下坡，"咚咚——咚"，它奔跑，肉垫子踏路的声音。它会确认你是否看到它，看到了，它就藏在路旁的车底下或草丛，悄隐着身子与你保持平行，去哪跟到哪。

离住处稍远，或遇到狗它不敢往前时，它会向你发出巨大的哀嚎声，交集着控诉、悲痛、狡猾与召唤。

对动物的辜负比对人更容易背上一生，我奶奶当年从草尾搬到岳阳时，她养的黑狗跟着船在沅江边跑到天黑看不清，一边跑一边叫，这叫声到奶奶的晚年还在回荡。

猫跟着我时，我从来走不远，就在村口附近走走，它像我的小小影子，跟着来来回回。

5

高速上,内侧一条路封着,这几天在修剪植物。

昨天两辆车闪着灯停在内侧,二三十米远,几个人有蹲有站地围着,围着一团火,地上放着几摞纸钱,这匪夷所思的地方,可能就是往生地吧。

6

七月半了,这几年她们烧纸的时候都没跟我说,之前说的时候她们能感觉到我忘记这件事了,我确实忘记了。

前天晚上做梦,母亲倾其所有在其他城市买了一套房子。她中断以前的生活,到新城市里辛苦地生活着,只为了住在自己的房子里。

如果真有七月半,她应该收到钱了,并已买好了房子。

7

没有必要事情做的日子,像无穷无尽的早上、中午和晚上以及深夜不间断的连接。

生活单调得像停止了,或死在原地,这时,等了两季的风从北面的山上冲下来,清凉,天真而无畏,就像是我和虚无单调之间的一种缓和。

从一天到另一天,会发现只有单调才能穿越单调,得到欢娱。

十月风大,从此少去处

前天晚上回来时,我开得很慢,接近溪涌时,路的弯道特别美,我曾多次在这里感受到油然的幸福。现在,我看着弯道、山、黑暗里隐约的海,等着熟悉的安宁感重新到来。它没有来,惆怅与沮丧还在我体内,迟迟不肯撤退。

一直到拐进山,进门,拧开灯,几天前我离开时的生活原封不动显现。我走进去,就像水走进水,好了。

前几天我在龙华,清理掉屋里别人的生活痕迹后,明知只待几天,我还是买了锅、酱油、油、菜。从背包拿出衣服,挂在衣柜里。

锅用过一次后,以前的生活咚咚跑回来。我记得阳台上每一株半死不活的植物是如何买或偷来的,记得夏天夜里坐在阳台拣来的矮石块上吃饭喝茶,彻夜失眠时,坐在秋千上荡到晨光如拉开帘幕一样突然明亮。这里有了新城市的气质,建筑很新,绿植每隔几年就换,人群永恒年轻,二三十岁,他们白天以秒计实现各种价值,夜里交欢但不繁衍。

我很想对她说，你跑到那人迹罕至的地方，一待待几年，你疯了，你得到了什么？脸色蜡黄、一只猫、一天里除了训猫没有人和你说一句话，你写了吗读了吗？你的眼睛马上就无法在夜里看清任何一行字了但你还没有爱人，如果这是你要的，你疯了，如果不是但却不得不这样，你也疯了。

我看到镜子里的她忍不住同情又愤怒，而为了消除愤怒，我骑着单车四处转，感觉这个原来熟悉的地方，现在变得危险、热情、冷漠而焦灼。两种生活差异巨大，任何一种只要离开都休想再撬开，休想重新开始，你，已经失去这个城了。

我在夜晚的城市游荡，经过一对对情侣或快成情侣的人，他们是获得爱的人。我一生羡慕那些获得了爱的人，在我不太多的爱情经验里，只有极少时刻爱是对等的。大多时候，我都处在一种不可获得的感伤里，或是掉头离开的怅然里。

对物的眷恋要纯粹很多，我住过的地方，只要建立过正常的生活秩序，一旦打破都会让人感伤，哪怕我的物品只剩下一点点，它们藏在柜子里或塞在床下，但只要它们在，我仍然将这里当成我的一个去处。

最后一个下午，我拖干净客厅和房间，用手机拍下我以后有可能会翻出来看的相片，拿了一把刀，两个碟子，喝了一半的牛奶，两个鸡蛋，半袋枣和排插，这是我在这个屋里最后的东西，拿走它们，这里不再与我有关。我用力抬了一下门把手，钥匙往左转动一圈再抽出来。我希望电梯来得慢一些。

回村路上遇到十月的第一场风暴，雨大如水帘，我开得慢，路面的雨像擦地跑的云一样。我想，回到村后，先把猫找到，抱着它回家。我还要告诉它，从此，我只有这一个去处了，离群索居，但我们不怕，你有我我有你，我们雨大关门，风大关窗。

十一月不急,一步步来

1

村前的建筑物慢慢脱下编织网,一天天露出白色的外墙和玻璃窗,它们毫无特色,不能用美丑评述,它挡住了我们眺望过的海。月亮不再从海面升起,它从建筑物的屋顶升起。

三年前,这些建筑群的地方是连绵的山,山上成片的荔枝林与大叶相思树,山谷长满芦苇,冬天清晨的浓雾停在芦苇丛里久久不散,把村子一整面山隐藏起来。

2

十一月过半,我忘记了这一年我是怎么过的,好像过去为这新来的十一月腾出了地方。我对十一月满怀希望,关于健身、看书、写字以及治疗头疼都有崭新的展望,并打消想买电视的念头,离脱贫还很远,应该省点电费。

今年只剩下很少时间,气候学上的冬天早已到来,真正的冬天也会在这个周末全速压境。蔷薇苟延残喘,它被我种到风口，一年要吹掉好几次叶，不开花是对的，这个阳台不配有任何努力开出的花。

我的植物现在终于明白，除了水，我什么也没有给它们。我一天无数次起身去看它们，指望它们自己从秋天里获得，并成熟。

3

我也不指望从其他那里得到任何东西，杠铃让我的腰紧实了而臀部翘了，猫是知道的，但它只想看见鸡肉。明年我开始处理身体以外的东西，比如头脑或灵魂（如果有这样东西的话），我将拥有以前没有的智识，想对以前说爱我的人说，请收回你们短暂而不结实的爱。

我的脖子挺得直直的，仿佛仅仅是想象，就已获得智识与勇气。

总之，我不急，一步步来，万物拥有同样的时间。

十二月只有一天

朋友带来三张木刻的年历,每一张都有十二个小方块形,嵌进日期。我想这三张够我用很多年了。我要买胶,把它们贴在墙上,让我的每一天都呈现在这三张纸内,这是我的时间地图。只要我走近年历,它就能准确无误地指出我在哪一个日期里。

年历不会偏袒,未来和过去一样多,均匀分布画面,庄严静谧。

我瞬间有了秩序感,将年历摆在地毯上,等有胶了,我还要贴几张海报。海报也是朋友拿过来的,快三年了一直放在书架的顶上,我很喜欢它们。

仅仅是想象年历和电影海报将出现在墙上,我就已经获得对抗阴冷一天的力量了。我跪在地毯上,手肘搁在沙发上,翻早上从卧室带出来的书,塞林格的《九故事》,打算仔细读一篇。

书页泛黄,几年前买回来时曾抱着虚荣和看看到底牛在哪的心态翻过,但每一篇都半途而废,仅有的印象是枯燥，永远都不想翻开。仅仅是因为知道它是好东西而没有丢掉——我的大部分书都是这样幸存下来的。现在重新翻开读，并不是计划，纯粹是顺手，站起来，右手一抬，是书架第一格的位置，刚好它薄，就取了下来。

书前几天就抽出来了，当时看了三四篇，前两篇还好，看到意料之外的好，正暗喜阅读能力有了进步，碰到《与爱斯基摩人开战前》，完蛋。看是看完了，但不知它说了些什么，不知作者为什么要写个这么寡淡的东西，无聊无用无趣，且对话啰哩啰唆。我感到的不是挫败，而是一种被欺凌。我将书甩到一边，开始玩猫，给它开一只罐头，分三天给，它拱起背重重地擦我的腿，昂起头看着喵喵叫。

现在我跪在地毯上，双肘搁在沙发上，打开书，重启信心。翻到困难页，看了两页，突然想起什么，转身爬到年历旁看小方块，每个小方块的缺口，朝着不同的方向，那是每个月的周末。赫然想起不同年份的周末都不一样，所以，年历无法重复使用，它的有效期只有一年。我的宏伟计划——三张年历用一生，彻底落空。

我直起身，给自己冲了一杯咖啡，书也不看了，坐在沙发上，重新审视我的猫，它带给我的乐趣，值不值得我买罐头。

这么一天

1

早上,太阳从海面升起,越过山,越过门窗,再穿过阔长的客厅,悄悄探进留有半臂宽的卧室的门,阳光走那么远的路,此时仿佛是一种抵达——它们齐整地坐在卧室的地板上。此时我醒来,坐起来,看着它们,感觉像是一场馈赠。如果我没醒,它们就会沿来时的路,悄悄退走。

2

七点半,闹钟适时响起,专门用来买肉的闹钟。此时披衣下楼还能买到肉,村里最老的榕树下摆着唯一的摊,只摆半小时,过时收摊下山。如果想要青菜,要提前一天跟卖肉的说好,他也许会愿意帮你带。只有一种肉,猪肉,猪的一些部位:几根排骨、一只耳朵、一只脚,摆在案上,不管有没卖完,八点前都收摊下山,他还要去另一个村。

3

九点半,摩托车突突的声音,然后是"——卖鲜鱼呐——"

摩托车后挂着两个蓝色的塑料桶,桶里一半的海水,漂起缺氧、晕车的鱼,它们张合着嘴,显得不知所措。剥皮鱼八元,大眼鸡十二,蟹十五。称一两斤,他拿出塑料布铺在地上,就地一蹲,剪刀咔咔几下完事。剥皮鱼费事一些,要剥皮,也很快,颈尾断皮,用手一扯整片就撕下来了,比揭面膜还快。鱼杂装在塑料袋里带走,有时会扔些给蹲守在旁的猫。

4

几只麻雀衔来树枝、枯草,在抽油烟机的通风管里捣鼓。从一侧的窗口望过去,一只麻雀躲在通风管里,半个头伸出墙壁,正歪脸看我。我想跟它商量,做饭时请飞开一点,要不,油烟一蹿,麻雀变熏雀。

后来它们移到洗手间的通风管上,索性定居下来。上午是它们的欢聚时刻,此时蹲大厕,头顶上传来叽叽喳喳的声音、翅膀扑棱的声音,像装了个摄像头一样,有种被偷窥或监视的感觉,只得草草抬屁股收场。

5

自从发现溪里有田螺后,它们一天比一天少,有一天夜里看见一只灰色的长腿大鸟站在软泥里吃螺,释然了,看来不全是我吃的。

入冬后,螺更少了,以前可是一层压一层的,垒墙一样。有人说,它们钻到泥里过冬了。怎么还有少数的不钻?那是懒田螺呗,跟人一样,也有勤快的和懒的。

6

阳光在这里是另一种光线,你愿意在阳光下做任何事情,甚至,所有的事情你都想拿到阳光里做。

似乎它和城里的阳光不是同一种物质,它从海洋,从山峦,从群星里直接而来,慷慨而来,光芒万丈。

所有的事情都摊到阳光里去,晒咸鱼、晒萝卜、走路、喝茶、吃饭,想往事和把现在变成往事。阳光无遮拦地洒在皮肤上,金色的温度。

7

时间多得要死,如同丰收后的谷仓,都溢出来了。

这么多的时间,简直要拨点出去才好。于是,一有动静,就探到窗口跑到阳台去看,不看浑身难受,生怕错过眼皮底下发生的一切事物。

有人铲土。

两只狗在打架。

一只母鸡生了蛋。

一个妇人浇菜地。

楼下的人们短短在地上移动,喊一声,那些原来藏在肩里的圆圆的头就仰上来,露出笑笑的脸庞,啊,你在啊!

是啊我在啊!我大声喊道。

8

夜晚,鸡与狗早早睡了,猫精神很足,扑玩飞进来的蛾子蜜蜂,等蛾子蜂子都睡了,猫也蜷起身子,一会就打起了鼾。

这个时候,时间刚开始。

全责

九月底,会有那么几天,空中悬浮着雾色的透明质,遮天盖地。暑气鼎盛时,从阳台望过去,山变得朦胧,山后无物,一片空茫。以往青翠的山,镶嵌在两山间,那翡翠的海,彻底消隐。住过几年后,知道这是夏天最后的暑气,与八月的暑气有不同,九月的更轻,仿佛风一吹,它就会走。

我前面的楼,楼顶曾有一间房,去年加建的,现在正在拆,几个工人站在屋顶抡着锤子往下砸,一锤又一锤。我很羡慕这份工作,每一件事的后面跟着另一件事,工作用于工作,自由用于自由。

拥有无穷无尽的自由确实是灾难,不可能摆脱,你得每时每刻往里填东西,你很清楚你就是由这些东西组成的,你得负责。全责。

无大事，去城里吃个饭

1

要去城里吃饭。下山路有两条，各有远近风景，搭车或自己开车，搭车的话穿墓地最快。

墓地依山傍海，每天迎送完整的日出日落。最好的景，最贵的地。我交代道，往后我死了，你在树下挖个坑，夜晚偷偷埋。人家几十万买墓地，我不出钱，一样住山海。朋友说，那你要趁我还在深圳的时候死，我不在的话，还埋不了。

今天穿墓地去坐车，想到这个悬而未决的问题。

2

山下的沿海公路，有一趟小巴经过，站名就叫华侨墓园。跟华侨城没有关系。车很久不来，索性坐在地上等，屁股渐凉，又起身。

一身黑衣、一副墨镜，如果我双脚并拢跳上车，会被人当成僵尸吗？不过草帽揭露了我的身份，没有哪个女鬼会戴个草帽的。

等了二十七分钟时,乱踢脚边的草,发现自己仍然没有耐心,有点绝望。

3

今天坐车钱花了近五十块,看看,这得坐多长的路。

吃完饭,略磨蹭,已是下午四点,一路摇晃转车,离村还有十几里地就已漆黑,海简直都看不清了。下车后上山,打开手机灯照路。走了十来分钟,身后有车声,回身一看,是小巴,要停不停的样子。小巴经过我,在我前方五米的地方停住。我喊道,没零钱不坐啦你走吧。小巴司机伸出头喊,不要钱,你上来吧。

我这样喊他们这样答,已经是第四次了,我也是第四次搭爱心小巴。

上车后,想起刚买了香蕉,摘一个扔给司机。这个司机我不认识。我认识的是另一个河南司机,圆圆脸,没住在村里。他曾说,山下房租便宜一半又方便很多,我搞不懂你们为什么要住在山上,菜都没得买。

4

敲开五楼的门,我说你要送啥东西给我来着?半只酱鸭。

年饭又多了一个菜。如果我的每个邻居都送我一个菜,年饭我就只用煮饭了。这个心愿,不知要如何托梦给他们。

唯有这富含幼滑脂肪的花生碎

晴，下午起风。

今天不能再写昨天。如果每一天都由另一天书写，就像将日子放入冰箱再取出回温。

为什么不将它直接摆在桌上，在当天余下的一个小时里，坐下来看着它书写它？

但我不知道如何写今天，一贯不会。今天很丰盛，吃了平常少吃的菜，听了平时没听的音乐，结识了平时结识不到的人。我在村里，但如同出了一趟远门。现在，这最后一小时，我坐在书桌旁，重新潜到河底。

我只能在一天的最后一小时，坐在书桌前来写它。我不是懒，也不是拖延，而是我不能让这件事受干扰。说干扰严重了。如果我记着它，并且希望写得流畅或有意思，也许会有用心。用心和用力只隔着纸背。先不要这样，让一天是一天，留一小时。

朋友问，你能写三百六十五天吗？

不能。如果非要保持尽量坦诚，这将是一个极其可怕的事情。没有任何平静、痛苦、快乐经得起这样写，而没有什么秘密可以写一年都丝毫不触碰。只会有两种结果，一是我的写作不可信赖，二我的人不可信赖。不过，我觉得试一试无妨。

今天我结识的女人，她极具女性特质，三百六十度的。很少有这样恰巧的距离，如同实验室里的对照组。我的双腿布满红色褐色的新旧疤痕，丑陋的并不仅仅是皮肤，更是我对皮肤美丑的毫不在意。这让我回想起自己最女性化的时期，也许是高中，自卑而羞怯。记得毕业合照里，我穿一件粉色短袖衫，学生头，脸上笑笑的，像日后肯定会是贤妻良母的人。后来自卑并没有甩掉，但伴随自卑的依不同时期变成了冷漠、狂妄、坚硬。

晚上在钢琴伴奏下，练了一丢丢二头三头与肩，只抵掉了餐后的两颗巧克力球。不过回到屋里，我还是用筷子挑了一点花生酱，唯有这富含幼滑脂肪的花生碎，能安慰这对照的夜晚。

温柔的奇迹

1

两个村妇割山坡上的蕨草,褐色的枯蕨好引柴,留下翠绿的新蕨和映山红,两条狗卧在草堆边。后来她们抱着草和狗一起回家,留下一枝秤星花立在路边,半人高,叶如华盖,绿得薄脆,叶底缀满细碎的白色花苞,开了好几朵,花瓣浅浅紫,粉粉白。也许她们看到它很美,摘下准备待会带回去,后来蕨草割太多,搂不下,只好把它们留下在路旁,插在土里,等其他喜欢的人拿走。

2

蕨草稍晒一下,就可引火,引火烧柴,柴火煲汤。
"柴煲的汤好喝。"
冬天他们收集木柴,去山里拖那些自然枯死的树,天气好的时候,锯柴和劈柴的声音比鸡叫得还多。一对老人坐在我屋后的树桩上锯柴,经常一两小时不说一句话。一个拿柴另一个用脚踩,配合默契。老头抽烟的时候,老妇就坐着,鸟说话都比他们多。下雨的时候，人不见了，柴垛上突然盖好了薄膜，天一晴薄膜就不见了，两个人又出现在同一个地方。"咔嚓，咔嚓"，不变的节奏，像木头在唱歌。

3

春节前一天，房东骑摩托车到山里挖一种长得像兰花的植物，用来煲水洗澡。每年春节前他们都要上山采一些，加上柚子叶等等，除夕十二点前用药水洗澡。洗了就一年都好。

我老家没有这些习俗，我们习惯了在某个节点发誓。发誓新一年里要过得更好，发誓明天就节食，过有节律的生活，发誓要做个不一样的自己。我们等着未来的我们，把我们从现在生活里拔出来，高高跃起，像用老虎钳起一颗生锈多年的钉子，很多年后，会发现未来的我们并不是老虎钳，而是一把重锤，我们不但没有高高跃起，而是被锤得钉头稀烂，全根没入，永不可起出。

我们对着新岁起着重峦叠嶂的誓，村民们把美好这件事交给洗澡水。

4

雾从海上慢慢跑过来，停下，一团不可思议的雾。

雾将十米外的一切都抹去，植物从模糊到清晰排列而来，叶脉跳动，花心吐蕊。雾是用足尖跳舞的轻盈水汽。蛛网蒙上一层露珠，摇摇欲坠，虫的翅膀湿了，停在叶上，飞不动了。

我在雾里行走，吞进雾，又吐出雾。

5

有人以为这里的绿比那里的绿更绿，有人以为所有的绿都一样。其实，只要起身，用一分钟去看一片叶子就知道了。叶子上有温柔的奇迹，看到奇迹之后，会看到更多的奇迹。不过，这奇迹就像奇迹本身，不为所有人准备，它顷刻降临，又片霎消失。

闸门、盾牌,甚至遮羞布

前晚的失眠成就了这一晚长久黑静的睡眠,比平时醒得迟,十点。早餐很迟,一片烤面包,一片芝士,一只桔子,单枞茶。

面包软绵微甜,郑重其事地宣称符合全麦面包的标准,50%以上全麦粉,添加了黄油、糖、膳食纤维,如果标识准确的话,算是超市最靠近健康的面包了。还有一种幼麦方包看起来好一些,粗糙的孔洞、褐黄的颜色、看得见的麦麸,以及尝起来微咸,但配料表的首料是面粉,全麦粉在后面,观感与颗粒口感来自添加的小麦麸皮。

我同时买了这两种,细心对照,想象着细微的差别吃下去后,身体会呈现出不同的样子。一个健康些,一个美味些。我知道对比这些没什么意义,不若起身在屋里走一圈更健康。但是,我的生活从来都是由绝大部分的无聊、发呆、大量的形而下、极少的奋勇自救和偶尔的形而上组成的。

昨晚做完核心训练后,四个人一起拉伸。教练说明天一起吃比萨不。我知道这三人，一个暗含春心，一个装懵懂享受暧昧，一个真懵懂。看来他们早已商量好，邀请我只是临时起意，其性质是长辈在场可以掩盖一些过于明显的荷尔蒙。我已经来到性别逐渐模糊的阶段（应该这样？不，不是！），至少在九零后的眼里是这样。

虽然我还有两张一直没找到机会用的比萨券，渴望与人碰撞、交流，旁观或踏入某种关系网，但我不打算去吃比萨。我知道那将是各种角色的各种擦边球，我则是闸门、盾牌，甚至是遮羞布。

人终其一生都被两种完全相反的驱动力操纵着，一种是对陪伴、爱以及所有能让我们亲近的关系的渴望，另一种是对独立、孤单和自由的向往。我天生孤僻，加上后天缺乏认识，在前一种上屡败，只能对后者投入心力，它很有必要，对我来说，最终一切都将依赖于此。

天气沉闷，汗渗出皮肤表面，今天才知有人已经用上空调多日。我还没开过，我感觉还是春天，半夜醒来脖子与后背感到的闷热，我以为是不够平静，翻身晾出后背，继续向梦。

虽然肚子已经饿了

决定试一段时期的日记体写作。"写作"一词应该是严肃而精密的,我用它似乎不妥当。这一次,我愿意将自己的某个动作冠以堂亮的定义,好从懒惰散漫里逼取一些东西。我想用熟悉而轻松的方式,让书写或生活有一种自行车链条般的延续性。

过去的几个月睡眠脆弱,白天换了茶、咖啡,或下午喝罐可乐,都会让清醒持续到下半夜,与往年失眠时的疲累焦虑不一样,这是充沛的清醒,爬起来随时可以跑五公里。我不与清醒对抗,任它,直到它溃败在清晨第一群鸟的啼叫里。我每天九点半左右醒来,只有几分钟的差别。

昨晚失眠时,我突然想试一段时期的日记体写作,尽量坦诚,靠近真实。我相信(不得不)每件事情都会以某种方式进入我们的生活,并形成我们的个人。也许我的书写毫无价值和意义,最后明白,它最大的作用是打发了时间。我没有写到的东西对我来说很重要,它是海面以下的冰山。有些是秘密,有些不是,只是没把握写好。没有秘密的人很可怕，我喜欢每个人都有秘密，直到离开这个世界，也不松开攥紧的手。

这几年我住在海边的山村里，有种按兵不动的感觉，像在等着某种我自己没有的力量，过来把我连根拔走。这是我喜欢极端的天气的原因之一。狂风、雷暴、炙烤，它们每年都会来几场，然后走了，肆虐过的事物慢慢恢复生机。

盐田健身房窗外有棵巨大的凤凰树，一小半枝条仍然有折断的痕迹，去年台风山竹留下的。伤痕累累又生机勃勃。树在尽力接受阳光雨露，我们在操房里拼命消耗能量，这一幕没有什么对比性，但总会让我出神。

现在我意识到生活不会有太大的改变，我就是生活漩涡的中心，我可以不做什么，也可以做点什么。不过我意识到自己并不可靠，也不可全然信任。所以我用笔记下来，以免以后自己翻供。

上午阳光好，中午风从南转西，风量渐渐加大，似乎只在云下吹过，云厚而灰，一动不动。太阳还没垂西，还没被云遮住，屋里几个月来第一次鼓进如此季节分明的风。窗帘横飞，将坐在书桌前的我整个包住，舍不得起身，虽然肚子已经饿了。

我现在还不能交出它

没有什么可以改变这一天。

昨晚半夜醒来,听到窗外沙沙声,想起有两盆多肉放在后窗,起身搬进来。一进一出,回到床上再也不能睡。

一盆多肉养了四年,经常忘记浇水,歪打正着,颜色与形态都很好。另一盆是年前在村里扯的一小株蟹爪兰,长势喜人。植物里,我最喜欢我阳台上的,其他的植物只是植物。阳台上的每一样都是我从外面搬上来,挖土浇水,清楚它每一根枝条的生发,它是屋子的一部分,我时间的一部分,也是我的一部分。

但我所有植物都可以送出去,我也送出去过很多。喜欢的,特别喜欢的,都送。毫无逻辑与理性可言。如果非要找个解释的理由,可以说,我这人天生两面,一面是喜欢确定,极力排除干扰我死寂生活的各种因子;另一面刚好相反,喜欢任何的不确定,将我阳台的植物送出去,就是不确定的一种。

这样,就可以理解,为什么一个生活在这里,远离城市与人群，远离朋友与关系，甩掉各种角色，如同趴在死潭底下的石化人，她并没有像她希望的那样与山林同呼吸，只为自然所动。她失眠、焦躁、愤怒，每一天都与挫败感斗争。

中午吃了一条鲳鱼，一碟油麦菜，下午上搏击与核心课。回程时天已黑，出车库时侧边的车准备往我前面抢，我迅速往上，车窗摇开，狠狠地盯着，如果要打架，我就打。我正想接受上天所有的旨意，哪怕它要随时收回我的生命。不过，它最后没抢我的道，它移开了。

这一天快过完了，不可能有什么可以改变这一天了，为何这么说？这两天我一直处在轻微的痛苦和愤怒里，它与我的一桩秘密有关，我现在还不能交出它。

不让甩得更远更碎

雨。

晦暗的光线让睡眠延迟到十一点。昨天上午换了普洱,两三个月没喝,晚上果然不安宁,轻微的困意与清醒如绞拧的绳,把我吊起来,疲倦又无法着陆。两点半时站在冰箱门口吃一片幼麦面包,喝了至少三百毫升低脂牛奶。冰箱灯下两条壮实的大腿,麦色,肌肉从侧边鼓出长长的弧形。全世界都隐在黑暗里,只有这双腿在冰箱黄色的灯下显现着,稳稳地站立,深夜被刺破。

松了一口气的是腿上的虫咬性皮炎有熄火的迹象,没有新的红包出现,有的在变褐,有的正从绯红转为绛红。这场灾难性的瘙痒来去都毫无理由,不以人的意志与干扰为转移,这与男女之间的情感逝去后留下一身疤痕很相同。我这一身斑驳,明年新一轮皮炎袭来前都褪不掉,只能一层叠加一层,如一只梅花鹿,或金钱豹?

如果所有事情都很必要,它就失去了必要性。我的时间正是这样,一秒紧挨着一秒,从我面前走过,我能看得见、听得见、摸得到它，我什么也没做。如前所说，没有一件事情是必要的，时间如一条绳子紧紧地将我的双手束在后背，只有负疚感如窗外山上的雾，慢慢腾起、聚拢，直到被另一件非必要做的事情打断：做晚餐，下楼倒垃圾，看村民去菜地烧草，看卖水果的车有没有上来。

傍晚和我的猫虎皮一起下楼，带它去旧村33号，它一路笃定，走几步看一眼我。院门紧锁，又带它往村前走。看到人们脸上都笑着，我很羡慕他们如此幸福安宁，羡慕一切能和人和世界发生紧密联系的人。我感觉自己像被某种滚筒的离心力甩到了这里，而我紧紧地扒着桶缘，不让甩得更远更碎。

大姐明天晚上来深圳，我让她坐地铁到黄贝岭。她说没坐过地铁，怕。我的怒火几乎霎时喷出。我无法接受我的家人慢慢失去信心，对世界束手无策，在足不出户的安全里过完还很漫长的一生。

我学拳击或许就是让自己不怕。不怕新，不怕旧，不怕必然，不怕偶然。我知道这是一种夸张又虚假的自信，但如果端着它不跌跤，顺便地过完一辈子，有何不可？

下雨了，沙沙响，不大不小，声音很美妙。明晚大姐到深，我会骂她，骂她胆小，骂她分不清轻重，骂她没来由的焦虑症，骂她怕这个世界，我还会放下所有事情和她在一起。

在各种遭遇里七上八下

阴，干爽。

一成不变的碎事不写，毫无意义一闪而过的思维不写，对昨天和明天没有意义的事不写。今天差点被人讹了，看我冷静不怕事的样子，也没讹下去，这也不必要写。

重看约翰·伯格的《我们在此相遇》，这个可以写。其实第一遍看得很跳，没耐心，也就没有相应的理解力。有点难，密度很大，闪光的观点，让人应接不暇，不像小说有情节支撑。这本书里所有故事都是作者与鬼魂的对话，此时作者已经来到老年，他给每个显形的人设定一个城市，母亲是里斯本，博尔赫斯当然是日内瓦。

我不是要说这本书有多好，它不具普遍的阅读性，难度太大，如果没有与亲密的人阴阳两隔的切身体会，很难进入到那种时而现实时而穿越的情境，——我想说的是，我好像比以前看这本书时沉静一些。

也许是错觉，只要好好看一两本书，甚至是一两个小时，我就会觉得换了一个新我，无畏无惧，充满力量，能战胜我身上的所有阴暗。

这本书是朋友给我的，她准备离开深圳。与书一同拿回家的有一个紫砂壶、面包机、戒指耳环、两副墨镜、一把笔、一堆零钱、几个衣架等。还记得那一天雨下得跟泼水似的，他们站在树下等我到来，隔着车玻璃，如同隔着厚厚的湖。

后来她回深圳，在牛湖开了个咖啡店，经常办一些迷你展，我没有问她那些给我的东西要不要拿回去。

我得到这个世界的善意非常多，多到有时候想不明白。

说回我总是从阅读里获得启发和力量的事。慢慢知道，就是一种错觉，像刚运动完时，在多巴胺的刺激下，觉得没有任何地方的夜，比我经过的好，也没有任何事物可以挫败我。回到七楼，意志渐渐涣散，想吃，想在垫子上滚，想看八卦和爆炸性的新闻，频频打开微信看有没有我可以参与的聊天，看有没有人单独找我，哪怕只是问声好。

尽管我喜欢独处（并不是被迫或境遇如此，而是真的喜欢），但孤独这件事确实很棘手，它很好，但有时为了摆脱它我做了很多毫无意义的事，这就像我想摆脱平庸一样，但永远都办不到，我不聪明，不努力，唯一觉得勉强够的是清醒。

想起十几年前和一个朋友聊天，我说我有些东西没想明白，等想明白了可能会好一些，但是我没去想，也没有去做。那时我二十多，我以为三十岁时一切都会迎刃而解，但是，三十多时我在干什么呢？什么也没干，上班摸鱼，下班躺尸。现在我四十，更明白些了吗？没有，不可能。而且永不可能。我现在接受并喜欢这样的反复：明白、迷惑、放弃、拣拾，在各种遭遇里七上八下。

可以不用来,我告诉你就行

暴雨。

我打出六月,停顿很久,想不起日期。找到昨天今天就好办了。我一分一秒穿过昨天,它一定有痕迹。我记得写了篇吃力的文章,但我抹去了它的时间。没有出去健身,一整天都在为写不出文案而焦灼。没有出门,那么昨天是周三,今天是周四。周三或周四,只是星期循环履带里的一天,而不是我需要写下的,一生里仅有的一天,且不会再来的日期。

我打开手机日历,十三日。

在我坐下来打这些字的时候,还没有任何新奇的事物发生,窗外暴雨连连,我为什么要在这个时候坐下来写日记呢?既然我记不起来日期,很明显,这一天也将和以往的很多天一样陈旧,那我何必坐下来用文字的镰刀强行收割不存在的意义呢?

现在,我决定起身烤一块面包,烤得两面金黄边缘起焦,涂花生酱,厚到遮住面包的纹理。如果有个摄像头,一定能看到我嘴角轻蔑的笑。

晴。

一年到中。屋里结构没变，桌子书柜条柜都在老地方。书架上的书极少移动。花瓶里的枯枝还是大前年的那枝。灯泡没有坏但光越来越暗。卧室窗帘换了更暗些的。蔷薇叶子被毛毛虫吃了一半。橡皮树今年只发了两片叶子。添了抽湿机派上了很大用场。杂物柜里的陈设是去年摆弄的。相框里是1999年的我，现在想看清那时的脸需要戴上眼镜。趁大姐来，和她一齐抬起床垫把蚊帐压进去。冬天用玫红床单，夏天用深紫灰的。收到礼物：书、耳环、饼干、打火机。重了两斤，至少有一斤半长在了腿和臀上。

如果从来没有来过我家，你可以想象。如果很久没来过，可以不用来，我告诉你就行。

感谢车的引擎盖替我挡住了雷暴夜从山上吹下的断枝，等我宽裕些一定去修。

了不起的蛋

"蛋蛋啊,很了不起的。"

去咖啡馆的路上,黄老师向一帮人介绍,我迅速低下头。提前挂出谦虚的笑。

"她呀,没工作没收入,却能在村里生活下来,一活就是三年。"

问答

你看剧的时候吃些什么?

有一次家里什么都没有,就起身喝了一口醋。

你看书的时候吃些什么?

我很少看书,我都是在吃东西的时候顺便看一点点。

你在干什么?

什么都没干。

你的生活有变化吗?

没有。

你向往新生活吗?

不。

你向往性生活吗?

不。

不过现在没什么看的,天凉了

三个人,一个男人,两个女人,他们住一房一厅。

一个女人睡在客厅,她睡得很早,早早在客厅的窗下、厨房水槽旁铺开床,早早躺下,盖着薄薄的毯子,更热的时候,光着大腿。她入睡没那么快,卧室里的人出来做点什么,她会支起头说些什么。

客厅的灯很早熄,卧室的很晚熄,不关门。卧室的人经常出来,有时是女人,蓬松黑发,碎花睡衣,有时是男人。他们去洗手间,或拿杯子喝水,在客厅里停一停转一转,和那个睡下的女人说些什么。很热的时候,男人通常什么都没穿。

他体格匀称,修长又宽阔,腰腹无赘肉,屁股很圆。

有一天,还不太晚,刚亮灯,客厅的床还没铺,那个睡在客厅的矮一点的女人不在,只有男人和卧室的女人在。女人拿着手机,让男人看着什么,男人看了看,脱掉上衣,示范打拳,左勾拳右勾拳,直拳,是专门练过的姿势。

不过,现在没什么看头了,天凉了,他穿上了衣。

哀欣寄

叹生活不易,省即是赚,不出门,又觉得亏欠了自己,吃点肉与薯片吧。前几个月瘦下去的肉,重新鼓出来。

这感觉,就像吃尽了美食阅尽了宇宙,醒来一看,原来是做了一个梦,除了体重富余其余都贫瘠地躺在床上。

也许,出门会忍不住吃东西,会胖;也许,出门不仅找不到事情做,还花了车费钱;也许,不出门,就目前来说,最合适。

快乐的获得有很多途径,比如说,赚钱,赚钱的过程;工作,工作的过程;与智慧的人相谈;自以为别人愚蠢;从一本书或一部电影中窃取力量;认识的人少一些。

上一次剪头发,是一年长假,朋友把我摁在阳台的小板凳上,不准我照镜子。我把新发型叫"胡汉三",那时还有工作,到公司后,胆大的同事问我是不是发生什么事故了,胆小一点的用同情的眼光看我。我觉得不错,是女神与女神经之间的一种发型,就看人怎么看了。反正,谁看世界都带着偏见,管它呢。

此次剪头发是"拿自己开刀",脱光衣服,站在镜子前,一手拿剪刀一手拿梳。没其他目的,只想把之前染的黄色剪掉。闭眼回忆之前别人是如何剪的,记起了,把头发梳平,夹在手指间,照着手指溜平了剪。自己剪,主要是为了生计,歪打正着,我觉得理发店这辈子都赚不到我的钱了。

早上被电话闹醒,正在做一个铺天盖地的梦。若自然醒,这些梦,必然要还一大部分给黑暗,只留存一些影影绰绰。然而,这种生拉硬拽地醒,梦还来不及收网,一地狼藉,被我撞了个正着。

只要睡着了,我应该时刻都在做梦,分身有术,不同角色,每一个都是白日未曾或不敢实现的自己。梦慢慢有了自己的生命与立场,渐渐与白天无关,而与前梦有关,永远不死,永远有家人,有爱人,有食物,有土地,嘴角含笑。

这也太好吃了吧

山里有小溪,一路奔下来,被树和草吃掉很多,快消失时,被几块石头拦住,窝成湫。有的只有一臂左右大的坑,却有鱼和虾。小小的鱼和小小的虾。

有的水坑又浅又新,才蓄上几天的水,就有鱼和虾了。它们不是植物,能从地里长出来;它们不是蛇,冬天把自己埋起来,春天掀开身上的土就爬出来。它们从哪来的呢?沿溪而来?但溪很短,往上十几米就到头了,那里是一片湿润的草坪,坪里生着喜湿的草,仅此而已。

有可能,一场台风把它们从海里卷上来,虾和鱼坐着雨的降落伞降落到山上,它们就住下了,住在某个大一点的水坑里,而一下雨,它们的子子孙孙就往下溢。还有一种可能,是鸟衔过来的,和我们从山上挖些花草种到院子里一样。鸟想一劳永逸,衔一些鱼虾到山里养着,以后就不用再飞到海里去捕鱼,想吃的时候,直接站到浅涧里低头就啄。

我捞了十几只虾、一条鱼。虾两厘米,鱼长一点点,三厘米。我把它们养在玻璃缸里,缸里还有一截浮木和水草。这是它们的新家,虾胡乱游了几圈后,稳稳停在浮木的弯曲处;鱼像壁虎一样,趴在缸壁上。我给它们喂小米,还有煮熟的面条。我很想问问它们,这是一种什么样的感觉。

它们从没到过另一片水域,不知世上还有其他鱼虾,不知除了山涧还有大海与人类的玻璃缸。它们如果会思考,此时会想些什么呢?也许正在想为什么四周的草木消失了?那是一个人类?突然,水面荡下一段面条,它们试着往嘴里送,顾不了其他,怒赞:这也太好吃了吧,比泥巴好吃多了。

海里一艘静止的船

阳台外是山和海。

东边的山不高,看到山顶的树冠,太阳早早跃出来;北面的山层叠,最远一层被云隐匿;西边的山近,就在窗外;南面是海,如果月亮近一些,每天晚上涨潮前,我们都得将门窗紧闭,串门需要潜水,如果打开客厅门窗,第二天早上一起来,地板上到处都躺着鱼和虾,还有蟹,海带挂在门楣上,已经被太阳晒好了。

海在不远处,辽阔湛蓝,总有一艘待命的巨轮,晚上亮起灯光,像天上的星星坠落下来,又像船飞起来了,浮在半空。

太阳只要直射一会,夏天就来了。

把身体移到阳台。多数时间,只着一条三角幪。我们的土话,把三角裤叫三角幪。幪字好听,好看。词典里的幪:张在屋内的帐幕。真是形象。三角幪,只有飞物和自己看见。飞物是鸟、蜜蜂、蛾,自四月份起多了一种棕白交加的带翅甲虫。

我观察甲虫很久，但仍不明白它们为什么会飞上来。它们的翅膀是用来从一棵树飞到另一棵树的，但它们确实接二连三跌落在阳台。它们在白天飞翔，漫无目的，去植物茂盛的阳台，也去空无一物的阳台，还去顶楼天台。它们飞不久，飞几秒就要歇一歇，蓄满力量再接着飞，翅膀振得嗡嗡响才能抬起笨重的身子。

它们莫名其妙飞上来，来不及好好停就跌下，六条细如毫毛的腿在空中划动，给根东西让它抓，它们能翻过来。很少有仰面跌倒的甲虫恰好碰到棍子，它们多数划上一整天，开始很快，后来越来越慢，最后轻微抖动，直到一动不动。

在阳台上可以做很多事，逮猫是趣事之一。

它们趴在阳台上眯着眼睛打盹，可不是为了晒太阳，是想降低人的警惕性。它们热爱的始终是鸟。只要你的眼睛没盯着，它们就支起身子，再蹲下，准备随时跃上栏杆。此时嘴里哼一声，它们就应声而滚，再次躺给你看。稻草人扮人吓鸟，而人扮稻草人吓猫。

还可以看植物发芽。

我的阳台有一大缸土，每天都有小绿芽从土里冒出，我没有种东西下去，是风，鸟，还有可能是粘在猫身上带来的。前一向突然蹿出一支苗，长得非常快，以为是高粱，后来结了小小的穗，原来是玉米。

还可以吃饭。

以前夏天晚上都在露天吃，无论家搬到哪，一块露天的地坪总是有。将桌子支出去，炒一碗端一碗，最后一个菜炒完，桌椅早已摆妥，茶瓮里装满了茶。最后一抹余晖已尽，饭吃得很慢。月亮的光要强一些，如果是星星，很难辨哪些是肉哪些是蔬菜，吃到肉的很惊喜，像中了彩哇哇叫。大人身体里似乎有根弦，白天绷得紧紧的，一触就怒，晚上坐在饭桌边开始松弛，星星月亮都出来时，他们显露出我们希望的样子：安然，慈祥，幽默，肚子里有说不完的故事。

后来外面再也没有露天的土地，夏天的晚餐挪进来，以前的星光月光变成电视屏幕的光，大人变老人，孩子变大人，盯着屏幕默默吃饭。

现在的阳台恰恰好，又静又大，吃饭当然好。蟹粥，炒海虹肉，海胆蒸蛋，东风螺，辣椒炒豆干，红薯叶，刚好摆一桌。

我们变成大人，也是劳作了一天。劳作了什么？为了捉蟹，买了一双手套和一把叉子；海虹是从海里的石缝里摇出来的，右手的几个指关节都被海虹的壳割了小口。捉海胆时没有受伤，但取黄却费了很大的劲，几十只海胆，剖了足足两个小时。我们先是去了一个海湾看鱼，但没有钓具。又去另一个海湾，去的时候刚好退潮，我们游过海沟上岛，把脸埋在水里，用潜水镜看，五彩鱼、海葵、珊瑚、海胆等。强烈的光线把海水变成大型凸镜，目之所及全是不曾见过的绮丽之物，像踏入另一个星球，人是丑陋的外来生物。

我们坐在阳台上，台灯远远放在地上，它们引开蚊子，我们埋头吃，没有说一句话，直到把所有的菜都通通装进肚子里，才想起要说些什么，但已说不出，吃傻了的感觉。而此时，也不必说什么。

我们瘫软在椅子上。一只甲虫飞过来，跌在地上，我看不清它，但知道它一定蹬着毫毛一样的脚，往天空徒劳地蹬。我们彼此都认为对方是莫名其妙的生物吧。我们看甲虫徒劳，它看我们也徒劳。

如果有人告诉我，这是二三十年后的此刻，我一点都不惊奇。

阳台外是整片的黑暗天空，星星在云里若隐若现，牛蛙在看不见的地方拼命鸣叫，海里一艘静止的船，它缀满灯光，像星星坠落此间。

一些生活小窍门

半夜的暴雨,只给台阶溅了几星泥,阳光蒙着一层黄纱,不透亮,闷沉沉的,但你伸出皮肤,有如火舌燎过。

你坐在地上,吊扇开到最大,在头顶上呜呜旋转。食欲与其他欲望混杂在一起,没有高低雅俗,程度如出一辙。你频频起身,端出一些吃的,又频频起身,在空旷得简陋的客厅里走动,表情复杂,如一头困兽。

你把不安推给气温,高于二十六度就做不来任何事情,同样的情况发生在四季的大多数天气:低于十五度,不行,太冷;湿度超过九十,太湿;一整天的雨,可以直接自杀了。

一年之中,只有极少极少的天气你觉得还不错,这里面包含唯一的一种极端天气:大风。

你说只有刮几天大风秋天才会来。呜呜呜,把风扇关掉;呜呜呜,风来了。风听到你的话,赶忙跑过来。

你总是背叛誓言,也偶尔背叛欲望。誓言毁了再立,欲望压了再起。

风来了，悄悄来，从北方来，越过一千米外的山而来，直接撞向屋子。窗有缝，就从缝里进来。告诉你，秋天来了。至少还有这么一件重要的事。

树树皆秋色，山山唯落晖。

十月了，没有什么感悟，只有一些生活小窍门。

1. 温度计对于手冲咖啡来说比什么都重要；

2. 鸡蛋选大一些的，同样只放一只，蛋炒饭时能吃到蛋，而小鸡蛋只能看到蛋星；

3. 余生都是假期不是什么好事，不要效仿；

4. 木瓜摘下来要放几天，否则有点咬不动，偷的木瓜也适用；

5. 如果可以，尽可能选择这样的邻居：有咖啡机、磨豆机、面包机、满架的书，会卤牛肉；

6. 有的猫有很强的自尊心，不要骂得太严重；

7. 炒菜时加点蚝油，真的。

爬山

这一向喜欢爬山,两次遇到野猪也未退缩。爬山比走路消耗大,喘气让人感觉在真实地活着,而且,弯七拐八的台阶很有欺骗性,总是想,那里有什么呢,爬上去看看吧。爬过一段,前面还有更神秘的台阶等着,再爬一段吧。到最顶,山峦一层层排列,每一层的颜色都不一样,真是波澜壮阔,海未变,但接天处的颜色总是有变化。

这样,就诱惑着一点点爬上去,直到下到平时走得最多的绿道,才略感无聊,想变成鸟飞过这一段,直接飞到家。前天,觉得走得太无聊了,直接跑起来,跑跑停停,回来一称,居然没瘦。

一天中较晦暗的时刻就是这时。白日将尽,走了三小时,没瘦,皮肤又晒老一些,书一页没翻,爱情一点没增加。

午餐能说明一些问题

午餐能说明一些问题，青豆、青椒、洋葱、奶白菜和昨天打包的蟹、鸡、豆腐、花甲等，炒成一锅。味道好坏全凭运气，有时能杂糅出惊人的滋味，让懒惰获得豁免权。

其他事情不外如此，体重，时时僭越时时退缩；卫生，客厅与卧室仅保持过得去；计划，一旦搁浅就制定新的计划。

今天想放纵，不知是感冒还是颈背肌肉紧张，起床时头就有点昏沉，迈脚如淤泥跋涉。

既然身体不适，就该吃点甜。我翻出冷冻的双黄莲蓉月饼，等分八块，确保每一牙都有蛋黄。沏完茶觉得不够，又冲了杯咖啡。甜的愉悦，短暂易逝，为了重温初入口的愉悦，我不停地吃。吞咽、伸向食物，塞入嘴，像邪恶的铰链般紧密连贯，当我意识到过量时，已经吃完了六块月饼。

我起身将剩下的两牙丢到垃圾桶里。当我觉得被某种食物控制住，我会把它们丢到垃圾桶里。我从未将食物从垃圾桶里重新拿出来，哪怕它们一点都没有污染到。这是我慎独底线中的一条，独处更需要尊严。

我大多数的吃，和我在屋里晃荡一样，都是基于无聊。我知道我是个无聊的人，对事物既无高涨的热情也无足够的勤勉。事物到我这里，像水遇到堤坝，只是渗透了一点，但无法前往。我书柜里那么多书，我对它们的阅读大多止步于前五十页。我的食物柜里装满了各种仅仅开了封的粗粮豆类，它们证明我曾经想要过一种更健康的生活。

我的生活里围绕着千百个被搁置的事物。我自己也是被我的一些计划推到这里，临时搁一下，便搁成如今，搁成这样。

这样，就是这样。我不容人评述，我自己也不评述。当事物滑到谷底，我自己都难以忍受，我自会反应，像今天晚上我吃了一包火鸡面后又加了包螺蛳粉，胃撑得满满的，我放下手机，起身坐在电脑前写下这一篇，给这漫长、放纵、昏沉的一天画下挽联式的句号。

絮絮叨叨

我很喜欢年过完后的这些天。过年很好，每天阳光充沛，我像一只被年喂养的猫，心无芥蒂，吃吃睡睡玩玩。年过完了，我比以前起得早。以前是慢慢醒，在混沌里悬浮很久；现在醒得快，想到此时起床会拥有整个上午，腿瞬间泵满力，带着我迅速翻身下床，去客厅就像去往新的一天。

天与天之间，最大的不同来自季节纵深的天气变化；其次是饮食。而每天消磨时间的事，无非就是那老几样，不同之处微不足道。到深夜从客厅走向床时总要横下一条心，今天就这样了，不如早点滚去睡。

但把一天掰开，掰细一些，每个时辰都有不同的翅膀。旧时光已终结，现在是未来的起点，我有时会赋予它庄严的使命：这一刻用来运动，武装身体，下一刻用来阅读，更新头脑。随着时间的推移，事情往往不如人意，我跟着调整策略，接受松弛多脂的身体就是这个年龄的本来面目，接受单调枯燥就是生活的本来面目，接受肤浅庸俗就是我的本来面目，接受贫穷是我懒劳不获的本来面目。一旦想到后面这一条，我就停下所有的动作包括吃，打开微信看遍各个群消息琢磨有什么机会可以弄点钱。

上午常有鸟来阳台，我的植物不开花，枝叶却繁盛，鸟经常歇在枝条上左顾右盼，发出清脆的鸣叫，有时会引来更多的鸟。我想，这房租里，有一部分就是鸟叫、晴日、苍翠的山、深蓝的海，还有突然而至的神谕般的寂静。还有一部分是这宽阔，我可以在屋子里踱来踱去，傍晚阳光从房间的窗户一直探到客厅，长达十来米的一条金光闪闪的光带。

一天里的很多时间，我都在屋里踱来踱去，像要把这房租给踩出来，时不时看阳台外的村子和一角海，后窗的山。下午出去巡山，从马峦山到大岭古，采很多很多的花。我要把这里好的美的全部享受得够够的。

今天又要过完了，今天也就这样了。深夜……明天再说。

寻找使贫穷微不足道的事物

1

傍晚的小巴，镇中学的站台会上来一群学生，小巴迅速填满，沿海岸线挨村停，人一点点下。上车后一直坐在引擎盖上的马尾辫女孩没有坐到空位上，身子微微侧向司机，上山前最后一个村，女孩下车，车没立即开动，司机对走过车头的马尾辫喊：回去马上做作业啊。

山上的高中即将竣工，有条栈道直通山下的村，栈道四时有花开，黄铃木、野牡丹、杜鹃、马樱丹、栀子花，山腰的木栈道两侧有荔枝和龙眼，果实伸手可摘，山脚的天堂鸟开得像鸟，不像花。

马尾女孩将在这里上高中。放学后，无论她是走栈道，还是坐她父亲开的小巴引擎盖上，都将经过那些爬山看海的旅游者，经过他们而去，就像银色的货轮，穿过层层涌动的海，往港湾泊去。

2

去年浓雾封山近整月，人被雾扔到世界尽头，每一步都踩在雾上，它抹去了春天以往的、其他的种种好，只留一种好——让人惊惧的、完美的雾。

直到五月一个深夜，陌生的风强势而来，我从梦里惊起，拉开窗帘，整月未现的后山像清晰的巨幅黑白照片，天上一轮清朗的圆月，高高地悬在天空之外。我把虎皮从客厅抱进卧室，指月亮给它看，然后把它放在被子上。虎皮第一次获准上床，它翻滚肚皮，发出巨大的呼噜声。我捏着它的爪子继续睡，让窗帘开着。

3

"雾从海上慢慢跑过来，停下，一团不可思议的雾，简直是为了我们的吟唱而来。将十米外的一切都抹去，植物从模糊到清晰排列而来，叶脉均匀跳动，花心吐蕊。雾就是雾，它是用足尖跳舞的轻盈水汽。"

我去年还写过雾。今年一个字都写不出来，黄老师说你要多看多写，还有，保持贫穷。

我唯独保持了贫穷，并正在寻找使贫穷微不足道的事物。

4

有个女孩说，我要长住，我喜欢这里，因为海岸线很长。

小巴在沿海公路奔行时，一侧的窗外是含树的山，一侧窗外是含海的岸。如果你到终点站后不下车，它很快又会下山，窗外山和海互换位置。那夜，你可以真正入睡。

直到那股柔韧之力突然在脚底坍塌

路一天比一天空，笔直平静，树也在往远处退，太阳猛烈得异常，这一切，像一桩突发事件，直到，天在这天阴下来，大风也刮了进来。

小时候喜欢看人砌屋，泥瓦匠左右各持一个抹泥刀，铲一团和好的泥，在两个抹泥刀之间倒来倒去，到想要的粘黏度，甩到墙上，用抹泥刀抹平。砖的颜色、形状、缝隙都被封在里面。再经过那墙时，会想起它内里有沉默的砖，有一种和墙交换秘密的亲昵。

天阴了大半天，心脏周围有东西在暗暗涌动，一种特别细微的痉挛，夹杂着激动、兴奋、惆怅、放松，像年少时在路上突然看到一个疑似心上人的身影时心脏陡然失去支撑而悬空。

这些天阳光好，无云的天空，从东移到西，明亮干燥，一切摊开在无处不在的光亮里。至少在这些天我不喜欢阳光，天阴下来，就像水汽渗入我干涸的叶脉。

这一年我去得最多的地方是健身房，盯得最多的脸孔是操课教练。一周有五个晚上，其中有四个晚上是盯着同一个教练，我清楚他脸上所有的细节、表情，清楚他身体的线条，发力和不发力时肌肉线条的变化，还有他的汗发出来的气味。其他人也和我一样盯着他，我们在台下，盯着他。我习惯了这种毫无交流、不被关注的熟悉，习惯了盯着一张脸想着无关的世界。

我突然喜欢阴天，这样，当我和朋友在一起时，中间隔着一层灰的、闷的、传递起来相当慢的空气，而不需要及时回应，或回应。我已经不太能适应，对着一张我不熟悉细节的脸，说着无数无数的话，而其中有百分之九十九的话，是毫无必要的，只是为了填补沉默。沉默如果需要填的话，那不是好的沉默。

我喜欢阴天，因为它是遗忘之境，我也喜欢被所有人所有事物遗忘。

昨晚又在屋里看到一只毛毛虫，我弄死了它，像以往很多次，用纸巾盖住，抬起右脚，用脚尖踮，直到那股柔韧之力突然在脚底坍塌。

我可以九点出发，赶上它的早餐

镇上唯一一家肯德基关门了，麦当劳是一直都没有。肯德基对门肠粉店的老板说整个商场没有厕所都去肯德基上，肯德基就关了。然而肠粉意外的好吃，酱汁没有惯常的重芡，而是将青椒切圈煎炒，加生老抽轻焖出汁，清爽味浓。

肯德基是选错位置了，那里现在几近荒凉。最热闹的十字路口，被华莱士占了。这个镇很不深圳，看看龙华布吉，它们有一种十分强劲的生长力，从旧的里面长出新，从新的上面再叠加新。我们这个镇，更像小说里描述的北美小镇，人不多，菜市场、邮局、电影院、医院、银行、茶餐厅、面包店，都在几百米内，往外是镇中村、公园、工厂、酒店。

它有种淡定的气质，无所谓热不热闹繁不繁华，地铁通到东莞惠州但不通这里，也无所谓。我们有小巴，很多小巴，开往洞背官湖核电站。到我们村的小巴晚上八点半就收班，很有一种搭不上你就另想办法或席地而睡吧的安然气质。

因为没什么高楼，阳光普照，一眼望过去，万物承接着来自上天的光线，明亮、浩大，孤绝的热闹的，日常安好的小镇。

我希望肯德基重新开起来，我可以九点出发，赶上它的早餐。热咖啡、蛋帕尼尼，再加一个薯饼，是我热爱的早餐。吃完再去菜市场，这里有新鲜海鱼，近海鱼最便宜，十来块一斤，蟹也很便宜，十五块能买十几只，活的，颜色花纹各不同，拿姜葱爆炒。

如果肯德基不开，开麦当劳也行，麦满分也有六元的。星巴克无所谓，反正我喝不起——喝得起我也不要在葵涌喝，要去盐田喝，盐田有高楼，盐田是城里。葵涌可以没有星巴克，但阿炳家必须有。

阿炳家可以说是镇中心，踩着陈年油垢的台阶上二楼，两面墙一半是窗，能俯瞰半个镇，老房子的青瓦悉收眼底。不远处是一棵老榕树，每晚有很多鸟歇在树上，它会看到镇上所有的人都在这里出现过，用筷子或手指抠破消毒餐具的膜，要上几斤黄牛身上不同部位的肉，他们的面前一个热气腾腾的锅，牛肉上下抖动七八次后往嘴里送。那些鸟会想，早起的鸟才有虫吃，而这些晚睡的人类，他们为什么有东西吃。

"速回电话"

早上，不知几点，电话响，我摁掉继续睡，接下来是闹钟响。又摁掉继续睡。这次做了一个梦，梦不重要，醒来看手机，有一条"速回电话"的短信，来自那个未接电话。

我没有马上回电话，在枕头上左右晃动脑袋，细察右前额的疼痛还在不在。疼痛始于右肩胛骨缝，一路顺着右肩、后颈、枕骨，最终抵达右前额，驻扎生根。身体轻微晃动，脑袋里的疼痛跟着摇旗呐喊。

该回电话了，但我没有回，继续躺在床上，如果没有回，就始终有一个人在找我，一件事在等我。既然只有这四个字，没有其他的，也没有下一条短信，那么也不是一件天塌下来的事。我想拉长被寻找被需要的时间，不想那么快揭露真相，我预计这个真相大概率是要不要贷款，要不要买房，快递地址不详等等。我希望是另外一些事，远方春雷那样，轰隆、潮湿、无关紧要、隔岸的喜悦的事。

我继续在床上躺着，回味刚刚做过的梦。梦有点奇怪，我背着病到末期轻薄如纸的男人，拨开及膝的蓬草，爬上山去到一所残破的学校，买面包买水喂他。在梦里我们只是点头问好的关系，情义上道德上我都不需要背他，但我一直背着，像背着一个确切的答案。我不知道为什么会梦到这些。

电话复过去，一个男人的声音，极不耐烦嚷道，打你电话又挂掉，你的地址只写了洞背村，叫我怎么送，我拉走了，下次再送。

好的，下次再送。我说。果然不是要紧事。我从床上坐起来，再一次摇晃脑袋，不疼了，今天将是清朗的一天，我将喝茶，喝咖啡，吃面包吃瓜子，整个下午我都要坐在朝西的房间，让阳光把脸晒到发烫。这是大降温前最后一波暖阳，此后，就是冬天了。

想起那件事时,我正在失眠

想起那件事时,我正在失眠,处于清醒与混沌的交界,等着睡意覆盖之际,突然想起一个微信群,群名忘了,不知有多长时间,我没有这个群的消息,也从没想起过它。

我扭身摁亮台灯,用手背挡住眼睛,过了很久才拿手机,往下翻,看到群名,一百多人的微信群,时间停在2019年11月。没有被移出群的提示,可能是被封了。一年里,我没想起过它,也没人想起过我。群里有些人是我希望成为的人,有些对话是我想要获取的知识。我不会成为我想成为的人,也不会拥有我想要获取的知识。这是悖论,也是结论。

天上没有月亮,有星星,北风松松紧紧地吹,前面一栋楼有扇窗原本亮的,墨绿色龟背竹窗帘,现在黑了,失眠的人不想看到另一个失眠的人。我在冰箱前蹲下,翻出一块月饼,冻硬后可以切得很薄,放到舌面上,像含住清晨从菜叶刮下的薄霜。

回到床上，摁熄台灯，黑暗瞬间合围，没有形状没有重量。窗外不远的山脚，茅草唰唰声，秋天特有的声音。唯一干燥的季节，茅草枯黄脆韧，低风过丛，像在耳畔摩挲。

村里的夜安静得像连失眠也变成了一种奖赏。上周夜里从市里回来，到山下已没有回村的小巴，走上来，一路月亮跟随。回到屋里，不过是两个晚上没回，就生出失而复得的狂喜，舍不得睡，坐在客厅里边吃东西边看小说，到一点半，困得要趴下才滚去床上。

我想，我就是这样，每一天每一夜磨磨蹭蹭地过。这一年上半年走山，下半年每周健身三次。夏天极盛时潜海几次，扎了三次螃蟹与鱼。胖了一公斤，有半公斤堆在小腹。房租要涨，一直琢磨有什么可以变现。对了，我的驾照有十二分，能卖九分，官价一百一分，可打折。

不知下一次失眠会想起什么，或者是因想起什么事而失眠。近几天五点多醒来，我想，莫不是让我看日出？去阳台，看到靠近地平线的嫣红渐变到石青，虽然觉得很有意思，但我觉得一天从这时开始有点怪。清晨如此赏心悦目，但它不属于她。无所事事的人，拒绝一切痛苦和清醒的来源，迟起才符合她叫嚷着的衰败人生。

梦之飞鸟

如今，孤独、寂寞，都不是坏词。一个人说自己孤独寂寞，除了与时俱进，还多了美感，有专门的名字，叫孤独美学。但无聊不是好词，无聊，基本是肤浅、倦怠、消极、愚钝的综合体现。

多数时候，我都是一整天，一个人。猫去年没有回来，它不会回来了。时间多事情少，地可扫可不扫，书可看可不看。

我偶尔在阳台看海，在后窗看山，对着镜子编头发，在屋里走动，摸摸桔子苹果，开关电视，开关冰箱，看微信群里所有的消息。狗突然叫，楼下有人说话，菜地里有鸡下蛋，我都要跑到阳台探出头看个究竟。

我为无聊羞愧，祖先一路披荆斩棘繁衍过来，避祸吃苦难以想象。远的不说，近的，外婆近九十岁时还要提着潲桶去喂猪，母亲只有一年时间了还舍不得买排骨。还有他们，我的男祖先们，从汉川到沅水，在鬼子的枪口下猫着腰爬过来，他们的后代怎可以这么无聊，她应该一往无前，所向披靡，积极生活，把每一颗卵子用起来，创造后代，把她们的三角眼和他们的蒜头鼻延续下去。

这个后代，似乎只是在延续自己的生命体征。早餐都不能说是做早餐，牛奶，茶，月饼，午饭和晚饭需要洗菜切菜开火，内容取决于冰箱打开后最顺手拿的食材，四季豆大白菜鸡蛋混炒，青椒萝卜香菇，米饭肉粒西红柿。万物皆炒成一盘，其原理是省时省事省力省火，还有为了健康。

尼采早已预言，在上帝死后，健康便将成为一个新的上帝。

无聊要解决的，不是无聊本身，而是羞愧感，不过我的羞愧，也只是羞愧一下而已，并不做什么，放任它到深度无聊——也许会抵达本雅明称作"梦之飞鸟，孵化经验之蛋"的状态。昨晚，我做了一个梦，梦见堤坡上的辣椒树结了又粗又长的青椒，我偷摘了几个青椒，看到还有芝麻，很大一片，果荚炸开，芝麻落了一地，我拿舌头舔了再嚼，发现是熟的。我兴奋到顶点，不敢相信天上真掉馅饼下来。但我相信我是有好运的，肯定不是做梦，为了证明不是梦，我从这个梦里醒来。

醒来后想到梦，如果梦是孵化经验之蛋，我接下来的人生，是去偷菜，是个鬼祟毛贼。很沮丧。转念一想，梦是隐喻，也许是指秋日临近，等到漫长的冬天来临，我即将开始收获。

夜里出去走

夜里出去走，溪水很响，这几天下雨，偶有凉意，像持久晴热里突然安插了几天秋。下一下雨，草木铆劲长，路变窄，山变近。

走到转弯急的地方停住，打转回，那里路灯难照到，怕有蛇。路修好了很少遇到蛇，以前经常看到，土色的，还有翠绿的，从路旁的杂草里突然钻出来。如果有车过，往旁让一让，脚就踏在草上了。现在有路灯，人行道，草坪，紫薇。

以前桥头那里，树高茅草深，往下探两米有个特别简陋的木棚，上有毛笔写"禁止小便"，字有骨相。我好奇，往里看过一次，地上一张木板，铺着编织袋，几件衣服胡乱丢在地上，没见人。

不过当时桥头的茅草可真是密，有次和两个邻居走绿道，出村一条黄狗就跟着，不远不近，我停它停，挥手让它走，它停下侧头看，眼神清亮清亮的，殷切好奇，像是准备换主人。我们要在桥头拐弯往绿道上走，要走很久，怕狗跟不完又找不到回村的路，怎么办？可以躲在茅草下，狗看不到人，顶多惆怅站一站，也就会回的。

狗跟得太近，不好藏，我们假装往回走，在脸上挂着尽兴而归的表情，若无其事地往回。狗果然跟着往村口走，我们又故意慢下，说话，让狗等着不耐烦后超过我们往村里走。这一招果然奏效，狗往村里走，还似乎找到了新的兴趣，鼻子在草丛里嗅来嗅去，我们三个眼神一交流，快速转身，往桥头走。

我们都不敢回头，怕狗跟定我们。我们轻声交流，甚至很严肃，想让狗看到我们是有正事的。到桥头的茅草丛时，我们像蛇一样迅速钻进去，躲好。

很久不敢伸出头，直到蹲得不耐烦了，觉得再蹲下去还不如放弃走山。差不多了。我们悄悄商量，一二三，起。我们站起来，只见黄狗在近处定定地立着，看到我们，尾巴都摇了起来。

又想起某一年月夜，一群邻居和来玩的朋友接泉水，路灯像萤火虫的屁股一样暗，树叶一挡，暗过月光。他们打开音乐，就着溪声虫声起舞，马路当舞台不够美，又转去村前山上漆黑的平台，有大樟树，有海，有山，山路上影子踩影子。

我本来没打算出去走，刚才客厅里三只壁虎打架，先是各自捕蛾吃蚊，后来吱吱吱乱叫，蚊子也不吃了，开始打架。两只壁虎扭打着从天花板跌到条桌上,一只钻到书里,一只从条桌继续跌到地板,看热闹的那只,还趴在墙上往下看。

我想我是此时世界的剩余物,应该回避一下。

走地鸡

天空铺满闪闪发光的蓝,盛大辽阔,又像深井般深不可测的蓝。

连日暴雨后奇遇般的天气,这样的天,想笑,想说话,想运动,想烂泥一样瘫坐。总之,想在所有时间里做所有的事,兴奋和忧伤挨得很近,难以分辨。

去市里时,我走路下山,途中有几处慢下步子。一处是溪水奔涌的地方,暴雨后溪水猛涨,发出轰鸣声,溪边及膝深的草被水冲得俯下身子,枯水时看到的螃蟹、豹纹黑鱼,想必都冲到山下去了;对岸是植被茂密的山,春天采过白色的单瓣蔷薇。一处是过桥拐弯后右侧陡然出现的山谷,不深,无路可下,各种草木自由生发,满月时站在那里有不同滋味。还有一处,是能看到山下村庄时,俯瞰的视觉如游隼,拥有整个山谷、村庄、海滩、海。

去市里的大巴,与市里的大巴不一样,它更高更封闭,像旅游巴士,这让去市里有长途旅行的感觉。车次不多,路途远,不准时,车站后有草坪、三角梅,还有一条河，就是山上奔涌的溪水，到这里变浑浊，通往几百米外的海滩。

我去市里，其实没有什么必要的事，也不是很要去见到人，只是企图让今天和昨天不一样。到黄贝岭下车，下到地铁，去全家便利店转，什么都不买，但每个货架都要看到。上地铁，去到某个站下，找一找走一走。去到健身馆，中午的课基本都是瑜伽，我总觉得花一个小时趴在地上很浪费时间。不过，这里是市里，寸金寸土，不是我们村里的土地，我安心趴下，稳稳占着正午时分华强北的一平米。一只蚂蚁爬过来，我吹走它。

有次去了嘉御山，这名字每看一次都像缓缓展开的富春山居图。地铁五和站，出到地面一时难以平静，人行道被拓宽的马路挤到只有窄窄一条，街道像在城中村穿过。展开双臂，一手碰到车，另一只手可以伸到小食店的收银台里。如果在这条人行道上晕倒，是不会倒到地上的。心底的一缕孤绝被撬动。走十几分钟，过马路，便是嘉御山。

这是另一个世界，像界河一样，一边是城中村，一边是高档小区。一边是商场里的连锁餐饮连锁超市连锁健身，一边是城中村里廉价水果，握手楼。我们的一线城市。

坐夜班大巴到山下，慢慢走上来。因为拥有了不同的白天，心满意足。

心满意足，想起盐田健身房的一个女人，她的白胖跟别人不一样，很富足。走得极慢，一步一踱，挺着胸和肚子。每次看见她，我都觉得像一只刚下完蛋，因肚子里还有很多蛋可下的骄傲的母鸡。相比她，我是一只需要每天寻虫子吃的走地鸡。

没落的生活

我一直在等五月。五月的海，会呈现整个冬春以来最深的蓝，风从北风转为南风，站在阳台，仅仅只是看着这些，就会觉得任何心里事都不值一提。

五月到了。月亮好的几天，每天晚上都出去走。村北的溪水旁有一大片空地，一侧被山环绕，隔溪看远远的村屋，萤火虫拖着发光的肚子，在草丛上方沉默地飞，天上有鸟边飞边鸣，拉着长长的"哇"音，月亮在地上投下它展开双翼的黑影。再后几天，月亮升得晚，近凌晨才升到头顶，去楼顶天台看，看到海里的渔船，万瓦灯光照向海，鱼无处可逃。

退潮低点在下午五六点，是最好搞海鲜的时候。前几次浪很大，今天完全无浪，海平面直接降了两三米，海草、海葵、海胆、海虹、辣螺，全部像被盛在某个崖石状的盘子里端了上来。上次被浪卷到海里干脆潜下去摘青口的，这次做好跳海的准备，却连鞋都没有湿，只用弯腰拣，还拣了很多小螃蟹，油炸后酥脆鲜香。

五月已有早荔，央人爬上树去采，荔枝扔下来。我被荔枝砸中三次，两次砸到左腮，一次砸到胸骨，密集的小血点，还结了痂。荔枝在树上熟到透，会自个在壳上渗出小圆点，圆慢慢扩大到果实的一小半时，壳会裂开，果汁发酵成甜酒渗出，核跌落到地里。如果没有鸟，荔枝就以这样的方式落果生息。

习惯在家运动，汗从颈往下淌时划过皮肤，微凉微痒。低头看，左边胸膛明显比右边动静大，是心脏在里面怦怦跳动。少去一次健身房，可以省十几块油钱。房租上涨后只能减少外出，肉蛋奶为第一保障要务，蔬菜很好解决，我种的番薯叶已成规模，韭菜也可以几天割一次。

有几次下楼，每跨一步，感觉全身的关节会随着弹动，它们在重新排列，寻找新的秩序以适应新的身体，新的夏天。关节如此，其他也是。有两次在海边揪青口时跌到海里，全身沉没，瞬间体察到脆弱、恐惧、眷恋。憋住气用力往上划，露出海面，大口呼吸。

无人知晓的生活，更需要清醒和理智。所以我还来不及害怕。没落的生活，才揭示生活。

体重缓慢增长

昨晚失眠。上午换了茶喝,到晚上,将茶壶倒满开水,放很久,直到颜色如琥珀,果不其然,躺到床上,像一面钟,滴滴答答数着时间。

很多事情不能想,越想越睡不着,恨不得立马死去,重新投胎。

想起前段时间买的手抓饼。同一个牌子为什么第一次的好吃,第二次味道差那么多呢,只吃了几张剩下的丢了,我要不要重新下单,运气好的话可以买到第一次的品质,便宜又好吃,煎的时候,盯着平底锅,看着面饼变成油亮的半透明,噗噗地鼓着小泡,用筷子翻,煎到表皮焦黄。荷包不允许我试错,还是先不下单了。

试着写一个短的人物故事,下不了笔,打十几个字删掉,混乱得一塌糊涂。我没有了表达能力,连集中思考几分钟都难。我打开微信读书试着看杜拉斯,只看到满屏字,一句都无法读进。我想起去年或更早,看杜拉斯的一些句子会有略微的心潮澎湃,从句子挪开看现实世界,像重新组装一样，闪闪发光，带着梦幻的色彩。有时候，我还能描述一些。我打开手机以前随手记的文档，居然也看不进，但我知道有些句子写得好，接近文学的表达。

现在我什么都不会，也不看书。每日起得迟，早餐煮粥，煎手抓饼，烤面包涂厚花生酱，泡茶，泡咖啡，喝牛奶，洗衣服晒衣服，走走看看，开始准备午餐，化肉，洗菜，淘米。有时感恩，觉得是我这等普通人能被赐予和配享有的最好的命运，有时心怀怨气，觉得如砧板上的鱼肉，任生活分割到糜碎。

我仍然喜欢一个人的生活，完整的，封闭的，布满刀锋的，踮着脚尖的。我在等着日历翻过去，从四月翻到五月，看着时间一分一秒从我身上经过，体重缓慢增长，洗脸时手心能感觉到脸庞的肉厚了。无论我现在如何告诉自己我过好了，过够了，以后肯定会无比怀念现在，可能还会后悔。

我在等彻底的安静重新回来，我愿意相信我还是会被某些东西唤醒，或催眠入梦。

你只管坐着,把屁股坐穿

一整天,坐立难安。我把自己摁在椅子上,不许起身,半威胁半劝诫,对自己说,久坐不好也要坐,腰腹肉鼓也要坐。你时日无多。容不得挑三拣四,这样的阴雨天,也得掰开揉碎用。一秒当一分用。

不要等阳光,不要等明亮的光线。不要指望微信上有人和你聊天。不要指望有快递在村口,你根本没买任何东西。不要现在就想退潮的事,它还有四天才到低点,那时才可以去搞青口辣螺。不要去阳台看雨和雾,它的美和它的恶是一样的。不要起身去泡茶,你不渴。不要吃旺旺仙贝,半小时前才吃五包,再吃的话你会厌恶自己,而且明天会更厌恶。

不要和朋友说你很无聊很焦虑,人类的无聊与焦虑并不相通。不要在意这样坐下去会胖肉会松弛,身体的样子再不好看也不是恶,这不是你在意的。不要管秤星花米白色的花朵掉下来,它不掉到桌上也会掉到泥里,让它一朵一朵掉,掉到书上桌上,明后天一起收拾。不要去看冰箱，那里没有吃的。不要想以前的男人，他们没有想起你。不要操心国际疫情，你更应该庆幸自己能健健康康活着。不要想姐姐，反正你也不会联系她们。

不要想父亲，他不会复活。不要想母亲，她也不会复活。

你坐好，不要起身，摊开一本书，桌上至少有十本，每一本你都没看完，你，每一本都没看完。说实在的，仔细看完每一本，你都可能不是这个样子。听话，摊开一本书，放在书架上，从第一个字看起，然后是一行，再一行。实在看不下，就打开电脑，开启一个空白文档。不要再感叹天气，不要对任何人说你不喜欢这样的天，仿佛是天气使你变成了这个样子，天气应该背你这个锅。不是的。至少接下来的这几天，不会有从高处一泻而下的阳光。

你已蹉跎多年，你丢弃了太多现在想来不能丢的东西，你把一条一条的路全部堵死了。你坐在这个孤寂的房子里，没有朋友想起你，没有工作等着你。你写烂了你这日复一日一成不变的生活。有些时候是知道的，知道自己写烂了。所有的路都堵死了，唯有从阅读与写作中冲出去。这是半夜失眠时下的决心。唯有阅读与写作，才能让人从生活里升起，像灵魂振翅离开，离开沉重黏滞的肉体。你需要这种升起，从而忍受庸常。

不要管夜什么时候来临，我知道夜里你会好受些，黑暗笼罩，没有光线提醒时间流逝，一切都可以假装暂停。现在，你好好坐着，打开空白文档，对着它，不要管夜什么时候降临的，而现在夜有多深，只管坐着，把屁股坐穿，这样，当一天过去，哪怕什么都没有，至少，你试着努力过。

致力于生存的生活

到下午时,光线还是灰的,和上午一样,察觉不到变化,像一切停止运转,不会再亮了,再迟些傍晚就会来。我走到卧室,决定睡一觉。

梦很短,像被催促一样迅速醒来,我盯着窗帘缝里透进来的光,一时不确定是喜欢,还是憎恨,有很多我以前确定的事物现在开始存疑。以往觉得几年前的自己是个笨蛋,现在,距离缩短了,会觉得几个月甚至几天前的自己是个笨蛋。我现在有点怀疑对好天气的喜欢只是一种逃避,快速变换的光线、风、大地的喧闹,给事物抹上了转瞬即逝的气质,人被裹挟着前行,而阴天呢?像这样停滞不动的阴天,上个钟头跟下个钟头一模一样,上午和下午没有区别,处在这样的真空里,人仅有自身,时间有多无聊,我就有多无聊。

我决定再睡一觉,又做了一个很短的梦。我现在很少记得梦,也不再在醒来时动也不敢动地去捕捉那逃得像闪电的梦,无非就是这些那些,我早就把我的梦摸透了。第二个短暂的梦醒后，我朝窗侧躺，光线混沌，想起种种悔恨，又样样原谅。我很烦这样，索性想其他，想起这三天下海的事，近期生活里较有趣的事。

第一天下到海边，刚好退潮，俯身看，一丛丛的青绿，那是青口，摇松后可以揪出来，初次看到密集的青口，简直乐坏了。后来又发现辣螺，辣螺颜色与礁石非常相似，不留心看很难发现，拣的时候感觉它们在用力吸住岩石，扯下，翻开看，螺肉带着吸盘迅速缩回壳里。

只有踩到水里才能拣到大一些的螺，青口也是，它们在更下面，浪退时露出来，手伸下去时浪没过手、手臂，不要紧，已经揪住了。螺大多数是散的，有时也会一窝，有一窝很大很深，旁边住了好几个海胆，最后摸的时候，潮涨上来，嘴都碰到水了。

一个小时，身子起来又弯下去，盒子满了倒进包里再装。涨潮了，还想拣。浪打到身上，内裤湿了，内衣湿了，有几个浪巨大，身子摇晃，赶紧用手扒住藤壶。最后，头发也湿了。

回去时，翻上墓地，穿过窄窄的盘山公路，背包鼓鼓往下滴水。遇到人格外骄傲，嘴角抿着巨大的秘密往上扬。再往上穿过第二片墓地，走得多了，名字和相片看过无数次，都熟了，夜黑了也不怕。

从村里到海边，半小时，回村，驮着收获兼上山，四十几分钟。一路很满足，感觉我那致力于生存的生活里，最重要的那一环从此建立，最好的蛋白质，最鲜美的海鲜，掌握潮汐规律后取之无穷的我的肉。我满足并欣慰于这悄无声息的、致力于生存的生活。

阴天的下午，我躺在床上想着这几天下海的收获，不再思索是否喜欢阴天，把自己托付给生活，比托付给其他东西要实在多了。下午这么长，我决定再睡一次。

下午从混乱开场

就在不久前,去茶桌拿烧水壶时,看到桌面有个小黑点,像某个东西融化,又像从哪洒下的黏稠物。我用右手食指探,有黏性,像糖浆,也许是咖啡。早上泡了一杯速溶,万一是咖啡呢,我将食指往嘴里送去,快速含糊地祈祷,舌尖抵住食指,苦涩与香醇晕染开,是咖啡,谢天谢地,不是蟑螂屎蟑螂尿什么的。

水烧好,将茶叶一条条塞进小紫砂壶里,竖着进壶口,再打横放壶胆。壶是朋友给的,大前年的夏天,暴雨,车如潜水艇,朋友和她先生撑着大伞在树下等我。除了壶,我还拿了面包机、书、塑料衣架、圆珠笔、红酒杯、人民币旧毛票、小额硬币、口红、墨镜等。那天下午,朋友用抹布不停擦拭桌子、茶杯、笔、各种物件的边缘,手到之处崭新润亮,拯救了它们被淹没的命运,让它们重新展开,和所有的日子一起,展开成一片蕴藏生活密码的森林。

开水注入壶里,迅速滤出,头道茶通常倒掉,它是叫醒茶叶的，香与味都很淡，我不舍得，就算是头道，也很香。单枞，小周给的，不知是黄枝香鸭屎香还是大乌叶，我喝到嘴里，只觉得鼻腔与喉底满是桂花的馥郁，经久不散。几年前和朋友去过一次单枞产地凤凰，虎头村，那花香是拿手碰出来的，两只手抓着茶叶，不停抓起落下，叶片慢慢卷起成条，抱紧香气。

喝茶的杯子，是朋友让人从景德镇寄过来的手工杯，羊脂玉的颜色，光泽处于亮瓷与哑瓷中间，柄很细，杯身矮阔，让人一眼穿透茶汤看到底，有一口喝尽的冲动。我喜欢它，喜欢捧着时手心那种润滑又摩挲的感觉。但我总是倒扣着放在茶柜，很久不用。虽然我有那么一点点喜欢将好的留到最末，饭菜、水果、零食等，物件却很少这样，会即时攫取最大的享乐。我不知道为什么很少用它，应该不是觉得我这混乱庸常的生活配不上它，要这样，我用的多数东西都该另择主人了。

此时阳光从云隙里破出，刺穿移动缓慢行踪不定的雾。想起上午，好端端的，突然坠入黑暗，至暗光线攀着雷电和暴雨往上爬，是难得一见的奇观，引得人目瞪口呆又兴奋异常。整个上午，我都在变换光线和雨声里细细碎碎地做些事，抹桌子，洗杯子，拖地，洗衣，泡咖啡，做饭吃饭，在客厅和房间之间走来走去，或坐下来，将脚架在桌上，身子往后仰，感受腰部有了支撑后背部如抚摸般的舒适。

我的行迹牢实地指证出日常的混乱和我对俗常的倚赖，我知道没有计划就得不到你想要的一天。我无比想要完整而有秩序的一天，一天接一天，想象自己像推土机压路机般推进。但我迟迟没有着手计划，我还没想好如何舍弃这混乱的日子，这稀巴烂的、过度混乱的日子。

"来"

我的问题不是如何停下来,而是如何动起来。新的天气出现,疾风、暴雨、大团白色和黑色的云、暴烈的阳光,在蓝如深井的天空里随意组合,而人被甩进天气,成为盛夏目瞪口呆的一部分。

你不要老是这样子,谁不知道你成天一头钻在沙堆里得过且过,焦虑如果不能驱散懒惰说明你根本就不焦虑。

你不想变得更好,不想读更多的书,不想写得更好,不想去更多地方,不想改善生活,不想有腹肌,不想一天有二十四小时。

生活里各种物品,都有明确目的。咖啡用来刺激凝滞的思绪,对茶叶也有如此期望,复合维生素片保全体内的微量元素,护肤品要让皮肤衰老得慢一些,涂口红看起来气色好,书籍让我忘记时间、处境,也是对抗痛苦的武器,而牛奶提供蛋白质与钙,沙发供猫睡觉,地垫用来拉伸。

我还有很多无用之物,线香、多肉、钢笔、空白的笔记本、多余的衣服、地毯、镜子、手机里几千张不会再翻看的相片。

没有人看出我在坠落,同时也正从深渊跃起,爬起。有时早睡有时晚睡,有时愉悦有时沮丧,有时咬牙坚持运动,有时突然中断出去喝奶茶。我渴望最大的快乐和痛苦,不惧怕任何危险事物,包括危险关系。

杜拉斯六十六时处于严重的精神紧张状态,酗酒,几次昏厥。从医院出来后,她给一个狂热的粉丝回了一封信,有一天她接到他的电话,她在电话里对他说,来。他来了,留下,成了杜拉斯著名的情人杨。

现在,我离杜拉斯遇到杨还有二十几年,我不喝酒,也不抑郁,没昏厥过,我没有粉丝,没有人给我写信,更没有人打电话给我,我没有机会在电话里跟人说:"来。"

假装自己没有被人群遗忘

记录空了好几天,想写的欲望不强,前两天只要一开电脑,困意必然袭来,像是有什么东西百般阻挠屏幕上出现文字。困意抽走一切意志,仅剩把身体拖到床上的力气。

困与清醒,没有规律可言,至少这个五月都是混乱的。我清楚一部分原因,有些事物只是内心的粼光,一旦那个时刻过去了,想挪到下一段时间重新书写便变得困难。失去了重要性与必要性的事物,只是生活里飞过去的微尘。

现在,我坐在上午的客厅里。书房的窗帘已买回来,还没有装,要站在桌上,将窗帘杆取下来挂上帘子再安上去,只用三分钟就能完成。我没有动,而是坐在客厅里,远远地对着两个大开的房间,对着两扇窗,窗外是层叠、点染的暴雨过后绿得鲜亮的山。

随着日光推进,蛙鸣消退,蝉鸣渐起。我试图梳理过去半个月的事,除了健身在坚持,其他的一概搁置。书看不太进，陆续看完了理查德·耶茨的《复活节游行》，没看完的是菲利普·罗斯的《垂死的肉身》。前者很受震动，一对姐妹如何在传统与反传统的生活里渐渐窒息；后者以为讲的是情欲冒险，实际讲的是社会秩序的变迁，以为讲的是爱情，实际他在讲死亡。

平静当然会回来，既然之前的生活里最大的结构是平静与无聊，那么它们就会再度回来，也许已经回来了，所以才会如此困，生理比意识先行，先行回到以往那忘川的无聊里。

虽然在混乱里我失去了阅读与写作的能力，但我仍然向往获得它。失去——说得像曾经拥有过一样，拥有只不过是自欺的幻觉，幻觉支撑着我，假装自己没有被人群遗忘。

会有一天我将坦然接受，被人群、城市、四季、亲人、过去的爱人遗忘。而最后一桩遗忘，应该是遗忘自己曾经为一些幻想努力过。

一整天都在渴望甜食

等着皮炎的症状减轻，等着太阳穿过云层晒被子，等着杂粮粥煮烂，等着盐巴渗进秋刀鱼，等着下一个五分钟到来勒令自己拿起书，等着臭屁虫在我站在阳台上时飞来好一巴掌在空中把它击晕，等着右脚脚背与趾缝的疼痛过去以便确认没有骨裂，等着食欲消失，等着起来的声音又落下，等着太阳从东边移到西边。

我喜欢夜里多过白天，但白天我又会反过来讲；我喜欢健身多过不健身，但我已决定缩短健身的无效时间。我喜欢看书，但我花在阅读上的时间远远少过上网的时间。我决定把所有我认为喜欢的与必要的事物全部停下，就像今天，不去健身，身体平躺在沙发上睡觉，坐在地毯上将头靠沙发上睡觉，坐在椅子上将两只脚架在桌上仰脸睡觉。我今天这样睡了三次，没有做梦，黑甜的时间。

我不得不坚信，我的命运就应该坐在这个偏僻的角落里，一心一意把自己交给季节，直到某个时刻的来临，突然觉得自己是个完整的人的时刻。因为今天一整天，我都在渴望甜食，丰满而复杂的甜食，我想象它入口后是慢慢化开的，从舌到齿，到舌的根部，都被甜蜜充盈。它可以是奶油，加芝士，也可以是糯米糍，蛋糕，三明治里的沙拉酱，甚至一颗没有完全凝固的蛋黄。我等着食欲消失，白天会消失在黑夜，食欲也会让位给新的欲念。

我始终没有把那本书读完

我没有丢掉花瓶里那枝花瓣褐黄、已完全凋谢的石斑木。我还能想起它的美,记得摘它的那个石缝,那里早年没什么人去,现在种上了松树,长得乱七八糟,不像人种的,倒像鸟飞过时从翅膀抖落的种子。石缝里长什么都特别有型,茅草长得像甘蔗,掰下来吃有微甜,也许就是甘蔗。我去那里通常会小解,有时不急也会这样,像动物在圈地。我曾在这里野餐,夜里,那时还没种松树,一片芒草齐腰深。

前几天下高速后等灯,不远的山脊大片大片的浓雾在翻腾,那里是土洋的海湾,雾从海里起身爬上山,和山上的空气打起来了。我所见的都是十几公里以内,季节也好,事物也好;我想别处也不会相差多少。对于我现在的年纪来说,生活已无新旧可言,春天也无远近之分。

我对这里很熟悉,至少这几年里,我把这里称为家。我知道如何在这十几公里以内依靠季节生活,这是我的慰藉,我不希望我的知识或期望大于我的生活。我愿意季节与事物按照现在的速度循序到来,我不需要做别的,只需要等待,等着树木自己增长年轮。

我爱旅行,但大部分时间是远远地爱,因为难以承受旅行的费用;难以承受旅行带来新的渴望,因为生活容纳不了新的渴望。我会在夜里旅行,在睡梦里,在那里,我的童年仍在继续,少年正在展开,有土地、鲜花、房屋,父母的年龄每一天都不同,他们有时爱我,有时不爱我。现在,我懂得醒来后就把一切忘记,两条河流并肩而行,不要让任何一件事情占据比它更长的时间,无论它多么不幸或幸运。

我现在有一个很小很小的电饭煲,煮好饭,我抱着它走,掀开盖子,边走边抓米饭放进嘴里嚼,我同时是袋鼠和育儿袋里的幼袋鼠。

我始终没有把那本书读完,但我读过的那一部分,依然归我所有。

我已经让位了

下午,两三点的时候,我滤了热茶,点了线香,坐在电脑前,两腿并拢搁在凳子上以防膝盖移位。我在写一段开头,写忘煮的绿豆一夜间发芽,西兰花未进冰箱迅速变老,写我给卧室又加了道遮光窗帘,宇宙洪荒般的黑暗控制了我的生物钟。我就着这一段删来删去,无意写下一段。突然意识到并不是真正的想写,不过是没有更好的方式排遣。

我想可能是雨停了,它一度很大,前不见海后不见山。我喜欢大雨、台风、冬天推墙的北风,把极端天气当成世界给我的暂停键。雨很快变弱,没有像我期望的那样下一整天,然后是停掉,厚厚的灰云盖住天空,光线强势,没有风,闷热。

也可能是中午看短篇小说受挫了,有些句子我得来回看三四遍,要用力捉住那不由自主漫天遍地的跑神。在大部分道路封死只剩下从阅读里获得些许安慰的今天,领悟到障碍源于自身无法修正的缺陷这件事,确实很受挫。我没有再看什么东西，专心致志吃完午餐，一大盘荷兰豆土豆炒腊肉。

我放弃那个嚼成蜡的开头，决定去睡觉。虽然没有丝毫困意，但我相信睡一觉后一切都会变好，有很多自我否定的时刻，都是让我用睡眠打发走的。我可能睡着了，又可能没睡着，因为没有梦。

总而言之，我在意识未完全清醒的时候，想到我住在海岸线上，感觉是某种巧合。我喜欢的莉迪亚·戴维斯，在《故事的终结》里写失恋的女人追溯她年轻的男友，她找到他最后给的地址，海滨小镇。镇很小，她上坡下坡，海时隐时现，对年轻男友的怀念时重时轻。

还有奈保尔的西班牙港，伊丽莎白·斯特劳特笔下能嗅到冰冷海水气味的小镇，以及门罗小说里为了爱情跑到遥远的北方嫁给出海捕鱼的男人的女人。这些文字里的海岸生活，给我的海岸生活镀了一层玫瑰色。

我感觉情绪好些，睡一觉果然有用。打开门，光线强烈，几乎有阳光穿过。外面有学校的声音，学生涌到走廊，叫着跑着。这个铲平几个山头建起来的学校是他们的起点，给他们的海岸线镀上玫瑰色的是年轻和幻想。他们夜以继日地学习。这是他们和他们的父母认为能上的最好的学校，给他们一根棍子，他们一定会用它来撬动地球。几百米之外的我同样一根棍子，我可能会削出一双好用的筷子。

我很想审判早一点来，说其实你更适合做一株植物，你听天由命、随波逐流、抛掷光阴，你浪费了一个人类的名额，就地生根吧，有雨接雨，有光承光。

某种程度上，我已经让位了，这一天就是。

绿色甲虫飞过来

前几天看完《八月之光》，书购于2005年6月，我在日期前还写上了自己的名字，洋洋得意的笔迹。我肯定看过这本书，有些句子我画了线，但肯定没有看完，不仅仅是因为书的后半部再也没有一条画线，而是，我那时如果有这样的耐心，我可能不会是现在这样——穿着背心和短裤坐在一间堆满杂物的房间里；我可能会继续工作，至少会继续找工作。

这个插曲并不妨碍我对自己的部分肯定，我两次走路下山买菜，衣服被汗浸湿，廉价袜子在鞋里一个劲地往前缩，小径在夏秋交织的暴雨下生满青苔。两次都几乎滑倒。这时我就会想起书里的莉娜，她挺着临盆大肚从亚拉巴马州一路走到孟菲斯，她走了整整四周，脚累了就脱下那双唯一的鞋子在水沟里浸一会。后来她孩子的制造人被押着来看视几分钟后跳窗逃走，她想，这下我又要动身了。

我想是这本书让这两次的上下山获得了一种诗意，缓缓而行，一边是溪水奔涌的声音，一边是风掠过山坡上银合欢的声音，有两次差点滑倒，我紧紧抓住栏杆，手背上青筋隆起。我就像负着平静的、听天由命的、快乐与忧伤此时浓缩为一体的我上下山。幻象（如此短暂）把我从没有菜了必须下山买菜的平凡枯燥的日常里解救出来，让脚底踩青苔的滑溜获得飞翔的质感。

到山下，经过路边的餐馆。非周末时生意清淡，屋檐底下一张台，三个人在吃饭，一个女人站着倒酒。她喜欢喝酒，能从酒里得到莫大的快乐。我可以在微醺里获得飘忽失重的快感，但它无法抵消随之而来的头疼以及落回地面后的沮丧。我的右虎牙的小缺口，那是一次爱情的印记，他往前走一心想甩开我，我酒后步子踉跄，跌了一跤。

他并没有回头来扶我，我自己爬起来擦掉嘴上的血往前再追，我俩之间到底如何撕扯的，我已记不太清，甚至有可能这份爱情里他的痛苦多过我。我后来一直避免自己喝醉，避免让酒精和爱情相遇。

我同样羡慕会抽烟的人，任何时候，抽出一支烟，点燃，深吸一口，烟和人就形成了一个完整的封闭的世界。烟和酒，就像这世间永远有这么一物像海绵一样承接坠落的你。那把人往上升，升到云层之上望见宇宙辽阔深远的是什么？

这几天月亮开始高悬,夜里回来时,月亮悬在前方,下方是黑黢黢的山峦。不是满月,只是半月,但它非常大,像是从某个意象里显现出来的。像是某种邀请,邀请人与事都升到云层。

我回到屋子,小心翼翼摁亮台灯。一只绿色甲虫迅速飞过来,撞向台灯,腾起一团轻雾。

远远看到

这个季节的黄昏很短促,只有半个音符,一只鸟从头顶飞过,还没到路的尽头,白昼就沉入黑暗。

想去看海,看海滩有没有变化。过桥转弯,左侧看到山谷、村庄、灯光、山峦和海洋,目光如音乐落下般那样轻逸,像是突然获悉自己住在山上,瞬间涌起惊讶的、重新的骄傲。

人行道在山体滑坡处断裂,一个红色塑料凳放在缺口。守路的工人扭头,看我如何一只脚踏下,然后双脚跳下公路。我认得他,很多个下午的四点多,我开车从这里经过,看他挥舞着红色的指挥棒停下或前行,我点头示谢。他不认得我。我的头点得太轻。

海与村庄的牌坊之间隔着公路,有一小段布满礁石的野滩,很多新人拍婚纱照,礼服是一家公司的。裙摆黑透,肉体每天不同,每一具肉体拖着他们觉得独一无二的爱。

海一片漆黑,黑升腾到天空,吞掉灰色的云,吞掉月亮和星辰。只有远处海岸线旁的灯火映在海面，微小的粼光。前一阵沙滩上突然涌出很多很多的人，他们早上乘车过来，晚上乘同一辆车离开。他们搭起巨大的舞台，夜里音乐和灯光背向我们，随海浪一层层往海洋深处飘去。

现在沙滩空无一人，符合它一贯的样子。脚印被海浪抹走，那些海面上游荡的音乐，被鱼慢慢消化，用以治疗它们短暂而缓慢的一生里，不易察觉的痛苦。

盐村曾有个快餐店，用半个院子搭的，十来平米，一对老夫妻，一只小橘猫。有一两年，黄昏走山，腹内总是陡然升起饥饿，转身下山。店外摆着一张圆桌，茶壶里泡着客家绿茶，喝两杯，再吃一碟炒粉，叮嘱要加辣，六元。老板熟了后，端上来时已加了指天椒。吃完炒粉再喝两杯茶，慢慢走上山，我秘密生活里的一页。

现在快餐店关了，没有拆掉腾出院子，也没有租出去。它不当路，在一条窄巷里，厨房的窗口，挂着陈旧的暗色油渍。

我买了几个橙子，边走边吃。上到山，过完桥，看到两个村里的人，我给出去一个橙子，感觉轻了很多，我没有跟他们再下山。一趟已经够了。

走到泉眼，白色的塑料管一头伸进山坑的深处，一头朝外，春夏季时咚咚地涌出泉水，冬天会断一阵。今年断得早，上个月就没有一滴了。月亮出来了，悬在村前山峦上，山上的树在淡淡的月光下，显出它们静脉的枝条。

过去已经被拆除，废弃，漠视。就像失去开端的某种事物。现在生活里都是明确的东西，没有冒险和过分。我对自己有些失望，却并不吃惊。

我通常早早上床，为了取暖，也让始料未及的欲望，躺卧入眠。

秋天不劳不获

上午的海面,像碎金在沸腾,天空自海面升起,慢慢地,金灰渐变成霜色,再往上依次是蓝灰、黛蓝、蔚蓝。无云,太阳悬挂中天,光芒如箭。

夏天结束后,才有这样的光线,猛烈、直接,几乎是荣耀的,像是它创造一切并爱着一切。

风整夜整夜地来,遇山过山,遇树撞树,号叫着摇动窗框。阳台的植物但凡有叶的,总是撕扯下一半,挂在枝头成枯叶。每次都想就这样算了,不浇水了,可风一停,看着未枯透的叶子还是忍不住,大口的水泼进去,十几分钟叶子就慢慢立起来,有一种将功补过的罪感和拯救的成就感。

搬到村里的小超市,没多久砌起大门,很多人以为它又搬走了,原来却是另一侧对着围墙凿了个门,像转身面壁。老板娘说,那个门不行,风太大了,一股股土吹进来,人和货都受不了。

还有,山下的海水比以前多了很多。回村时,坐在车上，抬头就能看见一大汪海，之前它被一堵围墙和围墙上的繁茂绿植挡住，台风这次将它们一股脑卷走，不知以后会不会再砌围墙。现在很好，上下山时看着这海，像去了新的地方。

大黄蜂吃肉，我晒的小池鱼，有一条被它啃了一半。我赶它，它飞开一米，在劲风里努力停稳身子，又冲下来。有那么几秒，它停在我面前，想攻击我的脸。要突然收起我吃了一半的黑糖奶茶，我也拼命。

我喜欢夏天。秋天，不讨厌。只是风声太大，看电视要把声音开到最大，这显得人很寂寞。我喜欢夏天是因为我那时能健康饮食，准时锻炼，身体年龄比实际要年轻几岁，也是我成年后小腹最平坦的时候，我甚至嘲笑虎皮，捏着它微微下垂的肚子，并教它做卷腹。

而到秋天，这些不仅全部还回去了，我从生命里夺回来的几年，全部还回去了，更要命的是，我发现，就算我永远葆有那几年，也都被浪费了——吃饭，睡觉，从卧室挪到客厅，挪到厨房，看太阳听风声，给鱼翻边，找借口不去健身。没有故事，也想象不出故事。置身这浩大的今年唯一的秋天里，能做的，也就是如此描述一番。

我比以往睡得更长，有时早上醒来，戴上眼罩又重新入睡。我发现，梦是我探索和获得世界的唯一以及最后的方式。

结结实实的生活不要脸

我知道只要多跑一点点,或少吃一点点,像某个月那样再加练一点点,我的身体就会去到某个让我满意的地步。但我就是不去做,我习惯待在一个自己不喜欢的旧身体里,我习惯嫌弃自己。

也许,我是怕加了劲还是那个样子,所以才不去加。比健身更悲哀的是,读书与写字最近彻底停滞,拿起书的时候想应该写,写两句觉得肚里没货应该多阅读。好,陷入死循环,我用看电影看剧来解开循环,一旦翻到某个剧,那就完蛋了,连夜追,不看完绝不起身。如果我的衣服里有什么植物的种子,它一定会发芽,根须穿过我的衣服扎进沙发里。

一天里有那么一点点的时候,我决定破釜沉舟,管它什么,把开完头的写下去。比如说,有个故事写了一半,讲的是一个五十岁的独身女人为了避财务危机,来到某个小村里租房子待了两个月,认识了六十岁的单身老头,两人都有点老来伴的意思。老头为了证明自己是动了真情,开了个共同账户并转了一笔钱,并约了一个月后再见面。女人回到家乡后几天就将钱取了出来,过了见面日期很久,她还在考虑是否要去找他,想着嫁给他也不错,她是个自信的女人。

写到一半,会越写越没信心,这样的故事谁会喜欢看呢?往前翻,语言和结构都差得如同小学生写作文,便撂下了,打开电视。同样理由停下的还有两个。

——我是否在写,写得是否好,我胖瘦与否,健康与否,活着与否,对人们来说一点都不重要,轻若尘埃。于自己,也总是在重要与不重要之间摇摆,意义这件事,当你追问的时候,有两个走向,一是有了,二是丧失了。

——又会想人们(有六百多人关注呢)看我公号的文章,我写得不好,又不有趣,不会给人激励,也不是个打发时间的好方式。有时就不敢写,怕浪费人们的时间。

——多虑了,谁都没那么重要。

气温没有什么变化,但太阳的位置变了,停车的地方,同样的时间,房屋投下的阴影每一天都在挪动,时间就这样挪走了。我有时想起不同时期的我,离现在越远越像另一个人,哪怕是四年前的我,也是另一个人。

我的冰箱里有鱼有肉,有十几个鸡蛋,五种蔬菜,三种水果,昨天甚至还买了一箱酸奶,准备过一个毫无节制的节。这就是结结实实的生活。

另一条路

台风过后，进出村的路被山泥倾埋，要从另一条路绕。每到下午四点多，我仍然背着包下楼，直到夜里九十点再回来。

这另一条路，是穿过墓园。过桥往右，急拐上坡，狭窄的路通往墓园，路的尽头有几棵高密相思树，光线从洞口般的尽头斜透过来，穿过树，像失脚跌到云上。连绵层叠的山合抱着海，海面辽阔斑斓，轮船缓行如静止。

绝好的山海观景点，只不过两侧及脚下的苍翠山体，是一块块灰白墓地，碑朝大海。一条路笔直通到山下，急速的下坡，像逃离。

路接沿海公路，随山蜿蜒，海在右侧，在很深的脚下拍打巨石，咸腥气息涌进车窗，阳光好的时候，海蓝得瞩目，纵使看过千万遍，都有像从未见过一般的强烈冲击感——也许做一个生活在海边的人的最好方法，就是对它的边界、形象甚至它的存在毫无所知。

这条路有足够多的弯道，人只能看到几十米外，随着弯道，光线、树影、山与海依次挪动位置，我总是近乎贪婪地看着周围这变化的一切，是我极少数在看风景时想的也是风景的时刻。

我把眼睛睁得大大的，仿佛觉得在这些树影里，我能找到解决生活里任何事情的要诀。树从来不挪动它们的身子，它们对世界不感兴趣，它努力生长，枝繁叶茂。

夜里回来，过被封的牌坊后就没路灯了。同样一条路，黑暗抹去一切美，只剩下黑。我关窗，选段熟悉的音乐，让封闭的车里有我熟悉的情感场域，打开远光灯，顺着坡往上冲，两侧松柏如静默的黑色队列，蓝色的临时路牌竖在路边，写着高级中学和洞背村，路牌背靠的灰色水泥墙是墓的一侧。盯着它，从远到近，从下到上，因为它是目力所及唯一指向现实的文字。

这唯一的备用路，导航没有显示，它指示人们从马峦山绕，只有极少的越野车能侥幸穿过，傍山凿出的泥路，草木底下尽是深渊，雨季时只有鸟能飞过。

据说，被倾埋的路要十二月才通，现在，路旁的藤蔓正慢慢爬上马路。

和我一样

门外传来"喵呜",我迅速弹起身,慢慢走过去,像往常一样说着呀你回来了。我和虎皮交谈不用乡语,用普通话。

打开门,它钻进来,我弯腰双手从它的肩拍到屁股,拍拍灰,要是它刚从菜地滚过,会拍起一团黄色尘雾,拍完再一把抱住,将它四脚朝天地卡在我怀里,咬它额头,松开时它会用粉色的舌头舔几下鼻子,眯起眼呼噜,整个身躯微微震动。

等它吃完粮,蜷在草垫上时,我又薅起它,从头到尾看,看有没有伤,像失而复得。

昨晚半夜被猫狗对阵的声音惊醒,狗狂吠,猫拉长"呜哇",夹杂着含混的撕扯声。我从床上弹起,打开窗看屋后。村西最后一盏路灯,照着半枯的豆角架和两棵年桔,不见移动的黑影,猫的声音像是从更右侧传来,那里一只黄白肥猫和黑猫对峙,叫声惊天动地。没有虎皮,如果有,我会立刻奔下楼帮它打架。

虎皮不爱和狗打架，也不爱和猫吵架，它喜欢看热闹但不参与，喜欢在树下滚，追鸡，扑蝴蝶，看菜地有无新菜，与另外两只猫交朋友，一起蹲墙头，但离得远远的。这点，它随我，和我一样。

除了躲，别无他法

最近天象很奇怪，阴与晴转换迅速，风突然吹过来又瞬间停止，云也是，从耀眼的白到乌得发黑，各自以不同的速度在天上奔腾，像四季加快了步伐。

往山里走，泥路被冲出一条条深沟，大石头滚在路边。山很翠，前段时间的雨像是在植物身上延长了盛夏，枝叶繁茂，没有黄叶和凋萎，没有秋天。

夜里回来，感觉秋天在我家里，风呜呜地撞着窗玻璃，阳台上的植物倒向一边。在这样的风声里，我手脚干燥，感觉身体里的细胞越过巅峰往下坠，像那条穿过墓园的下坡路，有坠落的晕眩感。

想看边境地图，不知不觉转到家乡，搜儿时住址，再搜十几岁时的住址，没有全景图，再搜到最后的住址，有全景图。一条街一条街找，突然看到家门口的街。想起以前看过一个新闻，一个国外的男子用谷歌地图看到五年前去世的外婆，坐在老家的台阶上。

早餐店、水果店、卤味店，放大看那些人的面孔、背影，有些店名不再熟悉，应该是这两年取的景。镜头可以再往里，点击进去，突然看到我家的那栋楼，巷子。

我盯了很久，截屏，关掉网页，起身去阳台看漆黑的海面，渔船都提前靠港避台风了。我不是逃避，图像实在太重，累叠着多年的记忆，就像你望着天上的月亮，突然，它狠狠地向你砸过来，除了躲，别无他法。

半岛

一到下午四点,无论我在干什么,都会放下,准备出门。我在煮鸡蛋、收拾衣服、选书的时候,带着难以置信的兴奋,像一整天都在等待这一刻。

我想说一下昨天的午饭:四粒牛肉丸,一个西红柿,三根芥蓝,半根茄子。我把它们切碎煮成一锅,味道糟糕透顶,飘着说不清道不明的气味。其他日子的饭菜也好不到哪去,我就像是我养的一只毫无追求的猪。这就是为什么出门让我兴奋。

车是一辆二手的银色雪佛兰,四年前用三万五千块买来。除了上次夜里暴雨时雨刮器坏差点命丧山谷,它一直很安全。刹车不灵提前踩就是,不是大毛病。我以前嫌它费钱,动过卖的念头,后来一想卖不了万把块,还是留着。现在它是我最依赖的工具,希望还能开十年。

沿途山海错落,一短一长两个隧道,中间一小段右侧看到海,前方看到山。山很高,延绵如屏障,经常停着雾,一动不动。

出隧道，下迎宾路，一个大长坡滑向山谷。密不透风的大榕树站在路侧，树后隐约是几幢残旧、稀疏的房子，称为工业区，再往前，拆了一半的居民楼、潮湿阴暗的铺面——开车经过这些只需一两分钟。

突然，前方明亮的棕黄色楼群，十几层高的几栋。广告牌巨大，榕树换成椰子树，天空霎时阔大。一种穿过阴暗森林、破旧边缘之后城镇在望的感觉，不太会想停下来。凭经验，这不是中心，只是荒郊与城镇的接壤，繁华还远着呢。这棕黄色的群楼，像是被发配到这半岛来的，身怀使命。

去大鹏很多次后，会发现气候有点不一样，因那道隔开陆地的屏障山，水汽翻不过。雾更白更浓，天气透亮时，太阳像扩大了很多倍。像是另一个地域。

我每天做同样的事。找个地方，吃高热量的垃圾食物，看一两页书，感觉自己瞬间获得了勇气与智慧。这个时候，我会觉得我的生活很美好。生活，别人以为你在过的生活，自己正在过的生活，你想要过的生活。那些下午的某些瞬间，这三层生活完美地融合在一起。

那一瞬间，我有信心一口气看完一页书。我将获得从前没有的勇气与智慧，而吃下去的食物一个小时后在健身房将化成汗水蒸发掉。

我不修边幅，也不具姿色，像一个每天赶集的农妇，下午空手出发,夜里空手而归,上楼时,我感觉灵魂与身体都已身轻如燕,并决定回到家里不再吃任何东西。

找鱼

你一定想不到,半夜我打着手机灯光在屋后漆黑的坡上找什么。后面再无人家,没有路灯,只有一条通往菜地的路。

我在找鱼。晒在后窗的细铁格上,夜里出门时想起要把鱼收进来,已经一条也没有,被风吹下去了。十六条,腌了盐的鱼。我可以第二天早上再去找,但夜晚有黑狗游荡,还有花色不同、饥色各异的猫,它们都会对我的鱼下手。

我往菜地里趟。茨菰已扯走,土地翻出来,发黄的茎倒在地上。找到一条,我分不出是哪一条,它们比我晒的时候更干了。紧接着又找了两条,再找下去天就快亮了,我从边上绕回院子,经过楼的右侧。右侧在冬天不会受风灾,他们晒鱼,只要拿到厨房或客厅的窗下就可以获得充足的阳光。但是他们不晒鱼。

往院子后面找,照到摩托车,已经锈得不成样子了。刚开始有雨衣罩着它,但雨衣被风撕成碎条飞走了。摩托车是我的,它现在像一堆废铁立在院子的后面,供野猫跳跃。摩托车下有一条鱼。

一共找到四条鱼,还有十二条准备第二天早上再找。

早上醒来,风围攻了屋子,窗帘微微晃动,天花板上的光线也细微颤动。我在这张床上醒来超过一千次,熟悉所有天气投进来的光线,熟悉所有的声音,而风会刮一整季。

这里所有人半夜都被风声惊醒过,唯独我没有,我只在早上醒来。

我已经起床很久了,但没有下去找鱼。虽然在菜地里找鱼这件事看起来很荒诞,但我天生脸皮厚,不怕丢人。不过,我没有打开门,没有下楼,而是立在窗前,看风把窗摇得哐哐响。至于为什么夜里那么冷我都可以出门去找鱼,现在却不去找,我不知道,我想是风把我的脑子吹坏了吧。

一脸愤慨，原地奔跑

1

右手无名指，像触碰了禁忌之物，鼓起红红的包，从顶端燃烧下来。洗澡时，我需要高高举起右手。

所有指甲里，只有它，长着长着，就出现很深的沟壑，凹凸不平。我不用指甲钳，我用手指掰，从纵纹处分开它们，再一点点撕掉。有时用牙帮忙，撕到指甲沟时，用力快速拔掉，锐疼从指缝处迅速铺满整个身体，偶尔有血。有时会感染，如现在，指端高高肿起，灼热，透明。

我没有怪癖，纯粹是懒，懒得找指甲刀，因为我从来不会把指甲刀放在同一个地方。虽然我已尽其所能地减少了无用之物，如沙发、茶几、椅子等，但它们还是能找到最隐蔽的藏身处。

如果我要找它，我得翻开五六个杂物盒，五个不同的架子。它们置放着我舍不得扔但又不愿触碰的多达几百种的物件，芬必得、百多邦、墨镜、蜡烛、港币、糖包、棉签、牙线、摩托车钥匙、面膜、旧手机等。我的手指从它们的身上翻过就会想起头疼、春夏双腿被蠓咬得几乎残废、停电、牙需要补、摩托车在后院整天生锈、还有很多相片未导出来等，每一件事我都不希望发生，但无法遏止。

我尽量不去触碰它，经过时，眼睛都从来不往那边望。

2

对村有想象的人，我不对你们诗意与同情的踏空负责。

虽然我有时表达对城市核心生活的羡慕，实际上，如果把我扔在那里我仍然会错过一切。这个我即将生活超过一半生命的城市，我唯一熟悉的只有几条主干线以及住处的一千米以内，并且也仅限于建筑物与植物。我在任何一个地方生活，就像没生活过一样。

现在有人问我住哪时，关外，我说。虽然他们对关外也是一种想象，但更接近实际。

3

村里的篮球场，开始有几个人打篮球，很快他们走了。几个八九岁的小孩子来到篮球场，他们没有球，互相追着玩。

我也一起玩，追，被追。突然，一个小女孩毫无征兆地站在追闹的圈外，静静地看着我的方向。

我想起几岁时一个人在路边玩耍，一个女人骑着单车远远过来，她的脸有一种特别的温柔，眼神里还有一种无法言述的爱。她朝我笑，无声地经过我。我被她吸引了，后来总是站在路边等她，但她再没出现过。那条路，那个村那个镇以及我后来看到的所有世界，都没有出现过。

这个小孩子也许看到了月亮、盘旋的鹰、有别常态的云。但我希望她看到我，这样，我将迅速飞身过去，变成童年的我，看几十年后的我如何一脸愤慨，原地奔跑。

一天之中只有短暂的时间很好

近些天来,一日之中只有短暂的时间很好。阳光击破云层,整幅天幕迅速透亮,光线如金色的液体,倾泻而下,海面、山谷、连绵的山峰瞬间获得了一层璀璨,云的暗色翳影大朵大朵抛掷在大地,春天渐渐离开了它的位置,雾、还未形成的雾、淡白色的水汽一并撤退到不见。突然间,一切具有了夏天性。

春天和夏天在此重叠,南风从看不到的起点,经过我站立的阳台,吹向不知所终的终点。因不停挪动盆栽让叶子接住更多的光线,我的皮肤迅速变黑。我是夏天的见证人。蔷薇疯长,占满阳台北端,洗衣机让它收括囊中。去洗衣时需拨开枝条,有次蹲得不够低,刺给后颈留下三厘米的刮痕。

虽然气温已是夏天,但它只是伪装的。春天没做完它的事是不会走的,还有草木要竞生,还有鸟鸣叫着寻找伴侣,还有雾没有起完,蚊蠓还没有来到它们的鼎盛时期,飞蚁还没有集体赴死地钻进窗隙甩掉翅膀,在地板上扭动它赤裸的身子。

最近看昆德拉的《不朽》。当我翻开它时，被一年前做的标记迷惑。黑线持续到最后一章，这说明我不仅看过这本书，还看到了尾声，而我的记忆里只有开头淡淡的轮廓，一如我书架上众多只看了开头就合上的书。现在，这些随意而冲动的黑线，穿过生活里重重叠叠的遗忘，徒劳地提醒（保护）我，虽然一无所获，但我曾经去过那里。

我不认为去年我看懂了这本书，但是这可能也不太准确，我没有办法证明去年的我比现在要愚钝，也许相反——现在我只想抓住这个时刻，像夏天的时刻：衣服和被子能晒透，多肉肥厚的叶片以看得见的速度迅速挂红，鸟雀的叫声清脆婉转，知了还没有从地里爬到树上，中午吃下的鸡蛋、猪油、土豆还没有变成脂肪贮存起来。但生活的悲哀就是这样，每一个瞬间的视觉、听觉、嗅觉都在张开并试图记录，每一个瞬间都是从过去而来停在此刻，是一个个完整的世界，但接下来的瞬间，马上就被遗忘了。

我已经不太记得去年的春天，更旧的春天更旧到一碰就碎。我现在能做的，就是坐在桌前记录下这些我将遗忘但电脑会留存下来的字，因为还有两个小时，太阳将隐去，光线瞑晦，雾从山林原地腾起，春天重新盖过来，给夜以溽热、潮湿；无数靛蓝闪光的甲虫飞扑进屋，我被蚊虫围困，趴在垫子上一动不动，感受小腿胫骨上的菱形肌肉慢慢流失。

年过完了

我喜欢过年,现在恐怕很难找出像我这么喜欢过年的人了,和年轻——有人说我现在还很年轻——那会相比,如今我的年多少过得太简略或省略,但喜欢的程度我觉得没多大变化,甚至更复杂,感受空气从年二十九起一点点被压缩,到大年三十晚上,随烟花嘭的一声炸开,而我也随之悬在真空,感官拼命张开,仿佛与时间同在。

很难解释我为什么喜欢过年,以前过年有太多因素让人喜欢:敞怀狂吃,没有责骂,父母温柔,新衣,零食,压岁钱,烟花,离家后难得的团聚等。现在这些因素都不再有,我的年货简直令人发指,一罐坚果几袋薯片和几斤苹果,肉菜蛋一概没买,初一的早餐是最后一个鸡蛋。

也许因为过年是把时间从日常里抽出来,这与我喜欢特别极端的天气有一点相似,都能让人从寡淡里抽出来,就像走着走着突然迈侧步,一脚踏到云里,直到云散才收回脚。

到初二时,眼见年味一点点散去,空气慢慢弹回以前的密度，鞭炮零星，为了抵御伤感只能加倍喂赏感官，让自我意识消失在感官沉溺里。一开始只想稍微放纵，一旦放纵便很难刹住脚，这是一个死循环，因为放纵而讨厌自己，又因为讨厌自己而用放纵来回避面对，就像晚睡——你已经毁掉了一个夜晚，索性就毁到底。

人总是看不清前方，却将过去看得一清二楚，过去的蠢行尽收眼底。

年过完了，是时候结束这痛苦的感官之旅了。

这时你会觉得，它知道你

我知道怎样激怒虎皮，特别怒的那种。

我横在单人沙发上，把它压在胸口。刚开始它会咕噜，几分钟后它想下来时，抱紧它，用手抓它的屁股或后腿，它会发出不耐烦的叫声，开始是嘤嘤声，哼一声，将头转向我，看我持续抓下去，加大力道，它开始呜呜地叫，抗议、威胁、委屈与不满，它用这样的眼神看我。

我和它对峙，它低吼，我不松手。

我捏得并不大力，不会疼，那只是猫不喜欢被人触摸的地方，我觉得它应该忍耐。只要我在，它可以在家里干任何事情，半夜三点它从外面回来，或要出去，我都从床上爬起来给它开门，冬天让它睡在被子上，夏天给它吹空调。它在楼下和村里猫打架时，我一次次奔下去帮忙，拿石块扔那些对它低吼的猫或狗。

很多时候，我都不愿承认，虎皮并不知道我和它的关系，不知道我把它纳入了我的生活，以及未来的场景，我对自己未来的考量未必有对它的多。它不知道。

它甚至不知道我是它目前最接近主人这个定义的人。

我总是反复看它,看它超过看海,看山,甚至看书。我用各种方式让它和我对视,让它看着我,我想从它的眼神里分辨出一种狭窄的情感,这条狭窄只有我能穿过去。

虎皮是一只猫,它对我的大部分话及动作的反应是——是不是要喂东西给我吃?它看我的眼神和看其他人的眼神一模一样,它蹭我腿的样子,打滚的样子,一模一样。只要我在,它会爬七楼,在门外低声叫唤,如果开门的是它熟悉的其他人,它不会感到惊讶,不会掉头就走,它会进来,径直走到食盆,看到人走过来便在地板上打滚。

如果是其他人,虎皮一样会待在离他一两米远的地方睡觉,就像它一次次在离我这么远的地方睡一样。我经过它,把脸压在它脖子上,它一动不动,但两三秒内会响起呼噜。

我一次次抱起它,让它看着我,让它记住我。它的记忆很宽泛,这楼里所有的人,每一层都有不同的装饰,院子,其他的猫,大片的菜地,晚上停的众多的车,村口的保安,还有,它来这里之前的记忆。

夜里,虎皮在外玩够了,爬上来,喵喵叫,我打开门,横抱起它,让它仰着躺在我怀里,让它的脸正对着我,我说,你来啦?它发出最大声的呼噜,眼睛温柔地看我，夜里它的眼仁很黑很大，像闪闪发光的黑宝石。它的眼神温柔、慈宁、依赖而热烈，一时睁大一时半眯，似乎它也想把这种对话拉长。这时你会觉得，它知道你，这种眼神，只有看你时才有。

第二辑

一个疑问

一天将尽，从傍晚一个人走在山里起，我就有个模糊的疑问，到现在，我开始不安。这个疑问，几乎变成一种折磨。

都说，是过去的种种，推着你，来到在这里的你。我在想，是从什么时候开始，路开始分岔。在这之前，有无数个瞬间与选择，可以阻止往这条路岔，而分岔没多久时，只要稍微不怕麻烦一点点，都是可以掉头重新走的。

是那次差点踏入的恋爱？还是面试通过了但第一天上班没有赶上公交，就索性没去？还是更前一些，中学时因为英语老师从来没有叫过我每一次都举起的手，我没有去学习的这种语言，它，是否对我的人生起了决定性的作用？

到底是什么，是一件持续很长时间的事情，还是一个时刻，转瞬即逝却重要的时刻？

既然，我认定我现在是不幸的，那么，这个不幸一定来自那件事或那个时刻。如果我不知道，那么，它一定是被我疏忽了。现在，我已经如此不幸，又完全疏忽了不幸的原因，那么，我的命运无可挽回，也得不到任何补救，甚至，连宽恕的机会都没有。

夜已黑，我现在小心翼翼地回溯这一天，唯恐遗漏细节，而它刚好是即将振动我未来的翅膀。今天喝了茶，这个无关紧要；中午吃的炒饭，也不要紧；和人在微信上聊天，"降临"二字的庄重与轻巧，好像也无关；晚上本来要去健身，但看到约课的人里有我讨厌的一个男人，我取消了。似乎，只有这件事是分岔点，如果我按原计划去，以后，会更幸福，还是延续并加剧不幸呢？

那么，这个傍晚我走山，走到天黑，上来煮了十个水饺，这件事，会是我未来的草蛇灰线吗？

直到它发出投降的声音

离城市不远不近的村里，有一栋褐色的楼，一个完全不能说年轻的女人住在北边两房一厅的套间。差不多一天里有几个时刻，她决定写些什么。这个女人不是作家，也没有写过什么像样的文字，甚至她读的书也不多，阅读面也很狭窄，那些写作路上必须要读的书一概没读，她试过，总是分神或瞌睡连连。事实上，她没有任何天分，也没有什么非得要写的事情。

那是几年前，在某个吃得非常饱的夜里，她觉得吃和玩都百无聊赖，和人相爱也是。那个夜里，一阵风将天上本来静止的云吹得从头顶疾疾走，她突然产生了写作的念头，她觉得写作是一件高贵的事，能使自己从沉湎里浮出来，变成一个高贵的人；而且，写作是一件武器，可以对抗任何事物。

她意识到，她这一辈子从来没有做过任何高贵的事，她从来不认为自己很特别，但她希望自己能和别人不一样，这一点千真万确。她确实和别人不一样，就像一个孩子拿着娃娃长大，直到成年很久了她还抱着那个已经看不出样子的娃娃。她也从来没有履行大部分人都在履行的责任和义务，比如结婚，去做一个妻子和母亲，把家收拾得干净温馨，孩子出去懂事体面，丈夫脸上泛着满足而庸常的红光。她有过几段恋情，但因为很小气，不管是在金钱、时间，还是感情上，她都不愿意多付出一点，连恋人要到她家来她都觉得是打扰，所以，没有人想要和她过日子。

她有一份不稳定的兼职，幸好她吃得少。她除了懒惰，还有点愚蠢，不过偶尔闪现的智商让她知道自己绝对不会有激动人心的未来。她也并不希望获得好的未来，对于她来说，无聊的生活比精彩的生活更加容易。

尽管如此，在某个风吹云走的夜里，她还是决定写作，希望能够使生活变得高贵，或者不那么无聊。这一切都是秘密进行。她的文字将在她去世后才被人认识，或永远不会被人发现，等到被人发现时已经是几百年以后了，那时的人们不再使用现在的语言和文字，他们只能看懂一半，最后决定算了。

但是，她还是决定为了这些而耗尽自己的一切，情感、时间和体力，以及金钱。她感到一种模糊的未来，准备好迎接一切，但是，现在她遇到了一点困难，因为她不知道怎么写，写些什么，是小说还是散文，还是杂文。她的经历没什么可写的，情感也是，不，她不打算写她无聊的过去和无聊的现在。爱情？更没什么可写的，都像用了多年的抹布，早已没有形状与颜色。

她试着打开一本书，找一找句子，但总是看到"寂寞""孤老"的字眼。她不知怎么开始，于是决定放弃，走向现实生活，直到无聊将她再一次逼到书桌。如果这时猫对她不理不睬，她就抱着它，双臂压紧，直到它发出投降的声音。

决心

有时，她需要下一个决心，以把自己从一种恶劣的处境中挣脱出来。把餐桌收拾整齐，抻平坐皱的沙发布，打开阳台的门，用湿布擦桂花叶上的灰尘等等，都是一次决心。一旦从沙发上起身，活动一些手脚，便觉得其他事情是轻而易举的，只要乐于去做，人们不都是这样说的嘛。

如果此时有朋友来看她，她必定充满热情地做世界上最好的主人，将所有现成的食物拿出来，要是时间充裕，她就去厨房做一些最拿手的饭食。如果有朋友邀请她去某个地方或做什么事，她立刻翻出最适合的衣服尽快出门，把事情做得无可挑剔。如果有出其不意的信息，尽管知道对方是出于无聊甚至如用面包屑逗弄栅栏内的动物，她也会视如珍馐，对自己的命运感到满意，保持并控制感情。

但是，她知道一件事同时具有轻而易举和困难重重两种属性，就算她起身去做了，并顺着充沛的冲动去做了后面的一系列事情，她也终将会失败，倒在某个崩塌之处，而要再重新开始，会比以前困难很多。

风有时很冷，打开阳台门的瞬间就会把她吹透，而去厨房时经过墙上的镜子，只要不小心看一眼自己的脸，她就不可能不重新窝到沙发里。所以，最好的办法是，忽视一切，忍耐一切，千万不要做不必要的举动，不要做有可能让自己后悔的事情。总之，要捂住生活里还剩下的那些东西，安宁，洞穴里黑沉的安宁。

一次出门

那个穿了件二手套头卫衣和二手牛仔裤的女人,在十一点准时走出家门,右手拎着垃圾,垃圾比平时要满。因为她丢弃了一些进门就能看到毫无用处且明显因为懒惰而搁置的东西,因为她十一点半要与一个男人见面,而这个男人提出到她家待几个小时。

这是个稍有风霜的独居女人,过着诚实而无用的生活,她决定走路前往,以便有足够的时间思考。他提出这个要求,并非没有修养,他为人简朴而沉默,还有些老派,正是这种不合时宜的老派作风,让他提出去她家坐坐。他认为成为朋友的标志,就是可以到家里坐一坐,在海边散步或咖啡厅里坐着,是情侣们的事;餐厅吃饭,是客户或成为朋友之前的事。

当时她答应见面,但对他提出的到她家这件事没有作出回应。回应无非是三种,好,不好,或迟点再说。无论是哪一种,她的生活都将发生戏剧性的变化,毫无疑问,他们的友谊不会变得更好,甚至可能降至冰点。第一种

"好",没多久他就会更进一步了解她,发现她并不是他想象中的好的朋友,而且还会发现她其实和她的屋子一样,对任何外来事物都不友好;第二种"不好",他会迅速自动后退到陌生人的行列,心里骂自己或她;第三种"迟点再说",他会先感到困惑、尴尬,然后是等待,迟迟不来的邀请会让他明白最好再也不提。

她关好门,下楼,走到约会地点大约三十分钟。她走得均匀仔细,给每一种回应分配不同的时间思考,第一种"好"要更难一些,因为牵涉到后面的来往,她准备用二十分钟来想这个问题。走了十分钟后,她说服自己,一个"好"字也许不会妨碍她过有用而诚实的生活。这时她听到"啪"的声音从脚底清晰传过来,她低头一看,原来忘记丢垃圾袋,最上面的纸盒掉下来了。她蹲下去拣,那是她最近吃的延缓衰老的保健品,她把手指伸进去掏。自从她丢过几次还没吃完的药后,她强迫自己建立在每个药盒扔掉前都要掏几次的习惯。

她的手指触到了一团湿黏的东西,她伸出手指,食指上是墨绿色的腐烂菜汁。她甩了甩手,在路旁摘片树叶擦手。她突然想起她年轻时从来不会和上了年纪的人建立友谊,现在他很年轻,所以,这可能只是他垂怜她或世界的一种方式。现在,她感觉膈膜将她的心脏整个包裹起来,她的两只耳朵嗡嗡作响。她知道时间又过去了几分钟,而垃圾要往回走到家楼下才能扔,她仍然蹲着,似乎在蓄劲起身,又似乎在暗中等待灾难。

新年决心

我问我一个肚子有点挺出的朋友他的新年决心是什么，他两手拍了拍肚子的侧边，引起颈部的肉一阵微微荡漾。他说，当然是减肥。他又问我的是什么，我一时不知怎么回答他，就呵呵笑了两声。

其实我的也是减肥，但我看起来不需要减肥，如果我接着他的话说，显得矫情，甚至他会认为我是在嘲讽他。也许我说的减肥太笼统，准确说是增肌的同时减脂，从而达到塑形。为什么要塑形，多数人的答案是看起来美，有更多的人喜欢自己，或有信心去喜欢别人，有个性一些的说是更喜欢自己。然而这些都不是我的答案，因为我已人到中途，认识到一切都毫无意义，美与不美都关系不大，喜不喜欢自己这件事我也不在意，不喜欢也不能扔掉自己，喜欢自己也不能抱着自己啃。

我想了很久，觉得最诚实的说法是，我想通过减肥这个动作让自己从心理和行为和身体上，都使自己陌生化，用以增加人生的纵深度。但我知道这个朋友不会理解，基于我对他的了解，他想把肚子减下来是因为想去追求一名女性。在对女人这个事情上，他的幻想远远大过实际。事实上他只有过一个女人，她很高傲，他记得她闭着眼躺在床上，同情、施舍，又残忍。他想重新追求她，或追求另一个女人，反正，他要豁出去，不能再像以前一样了。

新年过去二十天了，每一天我都在尝试，就目前来说很难。过去我从来没有关注过自己，而现在我需要将自己陌生化，必得将原来的自己扔开。所以，每一次从客厅走向卧室时，看到卧室窗外映着满满的山，感觉是把自己一步步埋掉。

也许现阶段，我应该尝试的是，不要胡思乱想，早一点起床，这样我就不需要另一天了，也不需要另一个我了。

背叛

她坐在马桶上，突然想起很多年前的一件事。一次吵架后，她睡在另一间房里，想到他们分开很多年后在街上遇到，他一脸幸福，几乎没有她存在过的痕迹，而她刚好相反，一脸孑然的摧残。当时，她想到这个画面，悲恸欲绝，将被子蒙在头上反复哭泣。

她让自己被踢出来。很多年过去，他们没有偶遇过一次。此后的几段关系，有更爱她的，也有她更爱的，还有一个他们爱的程度相当，但都不愿表现出来。现在，她一个人很久了，当然比以前老很多，容颜沧桑，表情坚毅，法令纹符合期望，对爱和性没有任何渴望，最后一次有性接触的梦也是几年前的事了。她现在符合任何一种偶遇，但从来没有，他们就像从这个世界上消失了。

她现在可以平静地和任何异性产生友谊，不会再哭泣，也不会再渴望哭泣。在夜里，在一天结束却依然显得还不够时，她想，也许背叛的从来不是他们，而是她，因为向往痛苦，最终获得了它。

设想

设想一下,在下午的某个时刻,一个人在给另一个人发微信,"我觉得很危险",他停了一下,看了看窗外,有点怀疑自己仅仅是出于礼貌或伪装。

天气有点反常,窗外全是雾,现在是冬天,却弥漫着春天特有的雾,乳白、柔软、潮湿,他只看了窗外一眼,刹那间就被忧伤侵入。他想起他前几天夜里去了一趟海边,虽然是夜里,但一切都通透得不得了,秋天终结的海面,一艘不动的船,海对面延绵不知去向的山,山脊上树的剪影,他当时有种盈满又孤单的感觉,就像心里装满了水,一动就晃出来。

他想,就像那天晚上的海,这个时刻的雾。人总是会偏离,就像星星突然抖了一下。

他继续写道:"我觉得很危险。"他把这句话重复输了一遍,仿佛上一句里的危险和这一句里的危险不是同一个意思。他毫不思索地输上第二句:"总想和你说话。"发送完毕后,他感到了这些字句对他的挑战。他有点愤怒。

傍晚光线昏暗的时候

傍晚光线昏暗的时候,她趴在地毯上,屁股坐在脚上,上身贴着地毯,两手像溺水者一样伸向前,等着时间慢慢过去。

每天早上醒来时,她会在床上赖半小时,将前一晚的梦仔细梳理。如果是不焦虑的梦,她会短暂地吭哧几下再把它忘掉,彻底忘掉,这是她训练自己的结果。起床后,她的世界慢慢变窄,如果地板能记录她的脚印,一定会发现她只需要几条狭窄的通道,通道以外的地方,只有拖地时她才会去。

她用极少的钱,维持着不抱幻想、没有爱情的、孤独且尽量体面的生活。她现在也很少抬头看天气,因为她发现雨、雾以及阴天会让心情不好。风没有办法,它有声音,在屋外呜呜地哀鸣着。冬天越深,风越大,从山峰刮下来,不知道是什么赋予了风干燥而又陌生的寒冷。

她简单饮食,固定时间外出、返回,在路上收音机的调频没有变过,她希望自己的路线、住处,包括夜晚做的梦,都有一种准确的秩序,这样,今天像昨天,而明天像今天。她以前渴望拯救与堕落,虽然她对这两件事一无所知,现在她不这样想了。

傍晚,风停止嚎叫。她坐在马桶上时,接了一个长长的电话,起来时像腰部受了重创。她扶着膝盖才把自己撑起来,她慢慢挪到客厅,将拖鞋脱掉,趴在地毯上。

她给自己五分钟,像受伤的动物一样蜷着身子。她想,必须更加坚强,更加冷漠,才能配得上自己的选择,一种别人看不到的生活。

夜里将手机放到枕边

一个独居的女人,她走到哪里都捏着手机,在家里上洗手间,脱裤子时,她将手机横着搁在颈上,用下巴紧紧夹住,坐好后再拿下手机。

有一天,她过马路等红灯时,一个上了年纪的妇女用臂膀撞开她,停在最前面,马一样从鼻子里喷出焦急而不耐烦的声音,绿灯一亮,就小跑着往前冲。她很希望这个人是自己。

她清楚自己没有一件事情是紧急的,甚至是必要的。她越来越不愿意做家务,不愿意把饭做好一点,不愿意看书,不愿意讲话,不愿意早睡,也不愿意睡懒觉,半夜醒来想到以前时,甚至也不愿意年轻。

于是她觉得有可能会突然来个电话什么的。她不知道谁会找她,也不知道会有什么事。事实上,如果没有任何电话或信息,她也知道这意味着什么。

有时候电话真的会响,手机不在手上时,她会故意慢慢起身,像无所谓或忙碌到迫不得已才去看一样。在她走这两步时，已经想了很多可能。她希望是昔日的恋人，希望他在电话里说些毫无边际的话然后挂掉；其次是那些偶尔联系的朋友，问她要不要出来玩一起吃饭，虽然她知道自己一定会说懒得出门，但挂掉电话后，她的孤独会融掉一些，至少外圈会化成水。

广告其实也不是特别差，有些人声音甜美，说话很有礼貌，会听到你的声音，会和你对话，虽然最后她肯定是不需要。她唯一讨厌的是那些冷冰冰的广告电话，对他们来说你的性别和姓名都不重要，接通后对方连珠炮式地推销，她无法打断，只得挂掉电话。

不过，说实在的，她更希望接到完全不同的电话，不是昔日的恋人，不是朋友不是广告，而是一个出乎意料的，能给她现有的生活带来改变的电话，因为眼下她的生活毫无乐趣。她看过的小说电影里，总是有意外发生，因为意外，他们过上了与开头完全不一样的生活，

她记得有一次背起母亲，觉得她太轻了，像一朵云毫无重量，不禁哭了出来。后来就再也没有什么意外了。她知道因为独居时间太长，人们彻底忘记她的可能性太大，但她仍然随时捏着手机，夜里将手机放到枕边，以便随时从梦里醒来。

下午,披头散发的女人坐在房间

下午,披头散发的女人坐在房间里,有一件很紧急的事情需要做,但她迟迟无法进行,她忧心忡忡地吃着各种各样的食物,突然想起前一晚将近凌晨的事。

她从睡梦里醒来,上完厕所重新躺到床上时,她耐心而谨慎地等着睡意重新到来。她调整脖子、肩膀、脊柱,一条腿伸直,另一条稍微弯曲,让右脚脚心抵着左腿小腿肚上,左手搭在最后一条肋骨上方,右手像招财猫的爪子一样在靠近肩膀的地方,随时掖被角,不让冷空气从肩与枕头之间的缝隙里灌进。

很久,她发现自己还是清醒的,比任何时刻都清醒。她想起了某些动作,某些选择,某些话,还有一些想做而没做的事,想说而没说的话,一些忽视的人。她不知道自己现在的这个样子,是幸运,抑或相反。她希望遭到所有事物的拒绝,不,她绝不是喜欢痛苦,她只是喜欢一种确定,就像她逼她最后的爱人说出"不"字。她昂着头,像沙漠里被饥渴折磨了很多年的眼镜蛇,放弃猎物,骄傲滑进漫长而孤寂的沙漠。

她现在正在吃一盘她此前从未吃过的东西，天山雪莲。她吃得很慢，耐心咀嚼，与其说是在品尝甜脆，不若说想找出不喜欢，以便确定她不尝试新的食物是对的。她找到一丁点的青腥气，还找到它名字与外形的不匹配。她推开盘子，想起前一晚最后入睡前残留的意识。

她闭上眼睛试图失去意识，让黑暗知道她没有自卫。既然白天她能消耗这平庸的一生，晚上也可以，她没有将白天的匕首带进来。

她应该对此负起责任

这个女人，身上的衣服风格鲜明，但看上去她自己并不喜欢，像随手从衣柜里捞起两件挂在身上一样。比起衣服，她对自己的四肢更有自信，稳健有力，手脚摆动的幅度要微微大于其他人。

女人正在穿过斑马线。虽然现在是绿灯，但右转道上的公交车没有完全停下来，正在缓缓移动，她可以无视公交车往前走，但她不急，她仅仅是回家而已。她放缓脚步，几乎难以察觉。她谨慎而又傲慢地注视着公交车。

与公交车之间那种短暂而沉默的对峙里，她突然理解到自己是这遭人蔑视的世界的一部分，她应该对此负起责任。她还来得及过上一种新的生活么？

她想，应该立即开始自我拯救，将每天的衣服搭配一下再穿出来，炒菜的同时收拾灶台，吃完饭后立即洗碗而不要拖到下一顿，把每一餐做得好吃点，和男人理智和智慧地沟通，做一些柔情主义的爱，将胚胎种在她的肚子里。她的男人活该有这么一个颓废的女人吗？

此时，公交车稍微偏了一下从她面前开过，车身离她只有二三十厘米，新喷的车身广告的油漆气味刮过她的鼻底。她专心思考，这里离家还有二十公里，她突然想起她的生活并不是这样的，她爱上过三个男人，如今她单身。这是一个谜，大家都有丈夫或妻子，她没有。她是谁？一只动物吗？

每天，早上醒来时她感觉到的深深的无限的健康，到夜晚时消退得所剩无几。她感觉世界变得狭窄，像收网一样，收回它的光亮与人们，而她留在网外。

公交车还剩两米没有走完，油漆味里夹杂着尾气。她把右手伸进裤袋里寻找钥匙，眼中流着泪，脸上却带着轻蔑的微笑。

现在，这个女人已经死了——她没在裤袋里找到钥匙，而是在背包里找到了，但如今事已不重要——我们记住了她奇特的表情，淡漠又痛苦，微笑里藏着轻蔑。或许，没人说她是个漂亮女人，但鉴于她与公交车对峙时的神情，我们不能不佩服她那一刻的姿态。

那天黄昏

那天下午,你站在医生的左后侧,问了两个必要和非必要的问题。他戴帽子和口罩,脸侧过来,看着打印机上移动的纸回答。你能从一百里之外,几千万个声音里辨认出他的声音,却不认得他的脸。有一次,你看到他的白球鞋,裸露的脚踝,脚踝以上长满卷曲的毛,伸进卡其色的裤脚里。

你还不能回。你往欢乐海岸去,那时信用卡账单还没有出来,你以为还有多余的钱,足够支付丰盛的一餐。你感觉右脸在往下掉,麻药还没醒,你时不时抬起手摸脸,看它还在不在。很多人,他们看风景或彼此交谈,你在人群里小心翼翼地走着,唯恐被人发现,你的半边脸还没有回来。你形单影只。你不会爱。你不曾获得爱。

你不在这个世界的场,你应该跳下悬崖。

不过,你还是继续走,沿着湖水。正是黄昏,你想起前一段时间有朋友从北京来,你仅仅带他逛了一小圈,然后给他几个地名让他坐着地铁从城市底下穿来穿去。你渴望交谈得要发疯，一旦交谈起来你又渴望沉默得发疯。你持续地感到愧疚但并不打算弥补。也有人愧对你，他们一言不发地消失。

涨红而静止的天空，路边开满了鲜花，一个湖泊，酒吧的音乐飘满湖面。你一边走一边听，不听音乐，你听人们的交谈，这些只字片语大多是重复，每个人都在说着差不多的话，像每个人都穿着同样的救生衣。

你打量他们，知道人们来到这个城市后就不再有变化，永远都是年轻人，十年前她们喜欢烫发，十年后喜欢涂艳红的唇膏。你从来没有在这样的游历里遇到过交谈。人们都有交谈的对象。其实你有交谈对象，我，不过你不知道，你漂浮在神秘的岛屿之上，我对你的悲伤无能为力。

你的右脸还没回来，你想也许再也不会回来了。你把食指伸进右耳，仿佛你的手伸进了个温暖而熟悉的巢里，转动手指，闷闷的窸窣声穿过颅内。你不敢走进任何一家吃饭的地方坐下来，所有的人都有伴，你不怕孤单，怕被人观看孤单。

于是，你去了一家书店，有名的书店。你拿了一本书，坐在高脚椅上，你想看完一小时刚刚好。我看到你五分钟后就把手伸进背包找水，随身带水是你唯一不变的美德。喝了两口放回包里，没有盖好，它正汩汩地流出来。

你高估了自己，你这一辈子都没有专注地看过一整小时的书。你的人生是由碎片垒起来的，每道裂缝都生着野草，因被人遗忘而如释重负。

最后，你的脸回来了，你买了一个面包大口嚼着。你开着车从滨河大道出城，你看着两边往后退的城市，就像带着钉子和锤子离开建好的房子，毫发无损，几乎没有受惊。

速写

她个性多变,没有耐心。因为没有耐心,所以她也不是一个拥有习惯的人。她希望生活像钟面一样,所有空隙在固定的时间里都有指针扫过,无一遗漏,从不出错。她每天都试着培养一些习惯,有时候以为已经养成了习惯,这让她高兴极了。

她用笔在本子上记下每一件可以成为习惯的开端以及持续时间,但她没有记下中断的原因。我知道的,七月这一个月,她的新习惯是这样被破的:

大雨中断黄昏的散步以及夜晚临睡的散步,因为不能散步,也就不能沉思,她将山间散步改成室内健身。两天后因为洗手间的地漏飘出难闻气味而中断。气味消失后,她再也没有对着镜子拿起哑铃。

她让出上午的一大部分时间给严肃阅读,但意志与行动之间有一条奇怪而巨大的鸿沟。为了标记,她要先去找笔,觉得笔起着至关紧要的作用;找笔的时候看到茶盘,没有茶的提神书肯定是看不好的;而空腹喝茶也是不好的，于是先找吃的。

一旦进入吃的世界便包罗万象，纤维、蛋白质、淀粉都需要均衡摄取，否则会衰老得比其他人快——上午逐渐过去，她变得越来越不安，只能将所有计划安排在第二天展开。

即使上午有一小时她在做事，这一天也会被浪费掉，她会感到一个成果累累的一天以及未来在她面前铺开；带着满足而骄傲的心情，她会到阳台伸伸腰，看看花草；回到屋子里时她开始看手机，亢奋地与人聊天，直到夜里和罪恶感一起入睡。

她获悉一些评价，他们从图片上判断她美，虽然比常人有特点且更难以发现，从文字上说你写得不错。

好相机与色调抹去了惊人的细节，但她知道现实是什么，这张脸上几乎有十七道细密的皱纹，如果笑起来，皱纹还将成倍出现，而额前有好几根因匆匆出门而来不及拔的白发；而文字，每一篇文字的开始都源于某本书的灵感，如果没有找到合适的文字，她就一直翻下去。

有很多时候，她打开门，为空荡荡而毫无秩序的屋子感到羞赧和震惊，这些生活场景仿佛是一个陌生人的，一个有很多想法但无法实践，刚刚开头就永久搁置的人。她觉得这个安在自己身上的自己很恶心，且带着恶意，但她无能为力。

一年翻半，如果她身上有父母的遗传那一辈子也翻半了，三个人她都不需要哀歌。关键是放松，她想，如果一天过去像没有存在过一样，她才稍感安慰。

今夏无战事

1

端午早上被鞭炮吵醒，零星短促，密集炸裂十几秒后猛然收寂，集中在上午，过午不放。

鞭炮声让我着迷，它将日常生活一下子推远，迅速建立新的秩序。我们摆脱理智，无视节制，带着积极的激情穿过这一天，以证明节日的重要性。

未来越走越薄，过去越积越厚，人都有一些与记忆挂钩的声音、颜色和气味。它瞬间将我拉回到过去，我躺在床上久久不肯起，等着家人千催万催叫起床的声音，厨房煮东西时锅盖嘭嘭响的声音，说食物、天气、议论亲戚邻居的七嘴八舌的声音。

粽子仍然是白米最好，煮透摊凉，剥了蘸白糖，用筷子戳着，举着侧头咬。

2

不知虎皮几岁，前两年看到墙上有壁虎她很激动，颤抖着下巴发出嗷嗷的声音要冲到墙上去搏斗，这两年只是看一眼。我想她或许也到了我这把年龄了，对世界的想头正在渐渐消失。

要我不打她不咬她不吼她，不可能，我可不会为了一只猫而改变我的性格。我能改善的是，换好一点的猫粮，让她走向食盆不仅仅为果腹，还为吃的愉悦。

3

夜会在某一处很黑，月亮不在的时候，星星少的时候，早晨还远远未到，云在很高远的天上急速移动，地面一丝风都没有的时候，这时候就像在夜的芯里，有种温柔的甜蜜劲儿，鸟、夏虫、山林发出睡熟后细微而均匀的声音。这时候我才明白，夜晚的臂膀也是如此围紧我的熟睡。

4

前两年每到夏天，蚊子叮一口就会烂全脚，红肿溃烂流水，夜里百爪挠心。想了很多办法，前一阵查资料，怀疑蚁酸过敏，买了一管药涂了几天，居然对了，消肿止痒，褪成一个个暗色的斑痕。我摸着我的脚，不知要从哪里抓起。

敌人突然决定撤退，然后它就退了，今夏无战事。

5

狂风，暴雨，炸雷，艳阳，阴沉。都可以在六月找齐，有时从阳台望过去，发现海消失了，不见了，只有一片混沌的灰色天空，如同住在某个凌空的山顶。有时海很清晰，决绝地与天空划开一道深蓝色的线，感觉如果它再横长一点，就可以穿过你的身体。

在我的生活里，我已经得到孤独这个礼物，以及面对它的一小点诀窍，比如把偶发和短暂的事情当作永恒来尊重。

所有那些觉得被生活拯救了的人

夜里从大鹏回来,漆黑的海面渔火点点,早上到村里吆喝"卖鲜鱼——"的卖鱼佬,他收的鱼,就是捕自这片海。

夏季下午的海囊括所有的蓝,深到像石墨,浅到像能吹开的烟纱,又因云影、疾风、鱼群,海面呈现斑斓闪耀的蓝;夜里的海绝对漆黑,没有上下,没有远近,比眼睛闭上、比睡眠还要深的黑。

我每周大约要来回六次,有时会忽略看山,山变化很细微,从冬到夏,山上各种树叶枝条一点点舒展,会感觉山一点点向路逼近,岿然不动又缓慢移行,但从不会忽略看海。海傍着桥突然间从起伏的树林里露出来,一大段,极平极缓,像霎时跌入蓝色的停顿里。

我去大鹏的健身会所,一周六次,偶尔懒怠也不会低于五次。哪怕我的生活有多一成不变,将每一天相叠,每一个时辰相叠,叠多厚都不会有起伏,哪怕是这样,去健身这件事还是慢慢挤了进来,并占了重要的一席,这算是生活给我的惊喜吧。

我第一次感觉到非常幸福，是今年初夏上杠铃操。那之前陆续感冒了近一个月，嗓子全哑，咳得头晕眼花，健身停了一大半。那天晚上算好全了，便去健身。熟悉的热身音乐响起，硬拉、划船、推举几次后，突然有种浑身是劲即将征战沙场的感觉，又像回到故乡，身处黑甜梦乡。我记得在某一处俯身划船时，感觉我再次被身体接纳并收留，这种幸福感如此强烈，以至眼眶微湿。

那一次的幸福感，其实是预支式的，带着一部分的自我怜悯与自我感动，一部分虚幻的想象，不管如何，它刷新并纠正了我对锻炼的认知。

我头疼多年，几年前曾持续疼了半个月，去医院拍片，没发现明显的器质性病因。这些年时缓时急，去疼片占我百分之九十药物的开销。前年起又新添了眩晕的毛病，虽然每天走一万步，只是减缓了发胖的速度，对头疼基本没什么用。

系统的锻炼确实赶走了我的头疼头晕，赶得很慢，刚开始健身时，有时还需要吃一粒去疼片才能跑步，否则跑起来前额会一跳一跳地疼，慢慢地，头疼越来越少，间隔越来越长，远到你会忘记上一次头疼是什么时候。这是我倾囊办年卡的唯一原因。

当生活里的头疼以及对头疼的恐惧淡得忽略不计时，

会体验到另一种快乐，比如跑步的快乐。体能增加后，以往跑几分钟就心跳得想死的感觉没有了，顺滑跑到二十分钟后，开始觉得身轻如燕，整个身体紧绷又放松，欣快感在全身流动，如果此刻身旁的跑者和你有一样的节奏，似乎能一直跑到天黑。思维极其活跃，迅速分岔，每一条小径都通往更绮丽的世界，像幸福在深情地邀请你。

锻炼的枯燥与痛苦是真实和实在的，这让很多人停在起跑线里，他们没有享受到痛苦后那长而持久的快乐反射弧，不仅仅是快乐，更是获得，祝福，或加持？锻炼我都能扛过去，还有什么不能扛的？

——所有那些觉得被生活拯救了的人里，我是其中一个。

这个夏天的任何时候都很美，烈阳，暴雨，疾风。一周里的大多数下午，四点多时，我开始烤面包煮鸡蛋，五点前下楼去大鹏，夜里十点我回来，海面漆黑。偶尔遇到大禁渔或台风前夕，海面上一艘渔船都没有，我会想对小鱼说，快游快游，游到深海，那里船少鱼多，莫回头。

一天的缝隙

1

七十来岁的老头坐小巴,一路大声报站名,还报有没有人上车,司机将音乐开到最大,又关掉,扭头说,不要你报,你吵死了。老头停了两秒又报。

过不久,对面小巴来了,两部车在坡上挨肩停着,两个司机交谈天气,坡下漆黑的海面映着远远的碎光。老头突然大叫,一手拍玻璃,一手将长柄雨伞往车厢底用力杵。

在他的提醒下,对面小巴下来一个阿姨,五十多岁,绿外套红背包,眉毛十几二十年前纹过。老头拍了拍前面的空位喊,快坐,快坐这里。她坐下,从包里摸出硬币要投,老头说,不要投,给我。女人半转过身子,手心摊开两个硬币,老头去拿,将她的食指和中指在手里轻轻捏了捏摇了摇。"溪涌到了,没有下的。"他大声报站,女人说,你不要说话,吵死人了。

他听话收声,身子前倾,手扒在前方椅背上,脸上笑笑的。

2

村口泉眼那里，靠溪一侧的禾雀花挂满了整条藤，像一只只排列整齐的绿色禾花雀。今年是禾雀花的盛年。大前年也是，记得在村最后的一处院子旁上山，不久便是穹顶般的禾雀花藤，成千上万串的禾雀花串垂下来，像水帘洞。摘回一些，就着那处院子里的柴火灶炒了一盘，刚上盘还是油绿色，然后以秒计的速度变红，粉红，再是绛红，脆里有清香，好吃的。

院主搬走后，院子萧瑟，桃树只勉强开了一两枝。去年冬天，一只橘猫蜷缩着躺在院子里，我想，它踩遍整个村子最后才选择在这里死去。这里曾经是村里最美的院子，一对笑笑的夫妻，还有三只猫。橘猫一定羡慕过，并在心里下了决心。

3

看了一篇小说，晚年的门罗写的，写一个人的少年时期，青年时工作，看了几次电视，生了一次病，突然，她笔锋一转，写道"——我已经减少了工作量，以及等待需要小心谨慎的老年的到来"。我吓了一跳，真的吓了一跳。怎么回事？还没恋爱，就到了老年？

我往后蹭开椅子，几乎是弹起身，在屋子里走来走去，狠狠地看卧室窗外的山，又狠狠地看另一间房窗外的山，看客厅背面窗下的村子，又走到阳台，看菜地，鸡鸭棚，菜地外的山，山外的海。我想看出几何倍数来，把我忽略的美和时间一一抢回来。

我生怕我的时间也会这样"突"地不见了，生怕它让我一下子抵达某个站，比如说中年，老年什么的。我现在也没有爱可以恋啊，老天。

山下的店铺，黄昏时人们把桌子摆出来，一边喝茶一边热烈地聊天。他们交谈熟悉的事物，具体、日常，以这样的方式拯救易逝之物。我无人交谈，我慢慢经过，听他们交谈。

没有秘密,无人过问

从隧道出来后是一个长长的引桥。走下坡,我的车速很快,我看到它歪着的头,地图样的身子,其实我不确定它的眼睛是不是半睁着的,可能只是我希望它是半睁着的。

白色的雾团团聚在隧道上方,山上的植物像墨一样黑,城市离这里很远,最近的房屋也有几里远。猫很小,两三个月的样子,它这么小,还没有忘记妈妈。它穿过引桥肯定是去找妈妈,它倒在中间的车道上。它这么小,不知道这是一条单行道,不知道路的这边和那边没有区别。

下完引桥,又开了很长一段,慢慢进入城市。台风过后,一半大树腰斩,城市像陡然升高了一样,站在了某个高处,光线强烈。这样一想,突然觉得空气有些稀薄,打开车窗,城市的气味与森林的气味截然不同,它很重,重量的重,仿佛噪音混进了气味里。

黄昏时,我又回到镇上,这一天过得不好也不坏,没有秘密,无人过问。可以折叠起来存放。离健身还有一个多小时，我叫了一杯之前没有喝过的咖啡。

我坐在外面，外面也很吵，音乐声大得不能做任何事情，穿庭风从我脖子扫过，有些凉，我将头发放下来挡住脖子。

咖啡上来了，上面一朵奶油挤的花，中层是咖啡和冰，下层是牛奶，最底呈翠色，那是抹茶。我用吸管一层层吃，有时伸进杯底。抹茶的味道很奇特，像没有蒸制过的，而是将茶叶直接晒干磨碎，有股浓浓的青气，像小时候出去踏春，飞奔时草汁溅上来的气味，或车在乡间小路上走，车窗开着，轮胎压过杂草时腾上来的气味——

我本来把那只小猫给忘了，一整天都没想起。引桥是一个长长下坡，我的车速很快，我希望当我看到它的时候，它也能看到我，尽管那时它只有灵魂了。这一只灰黑的小猫歪着头趴在路上，像一张地图嵌在路面，头很完整，微微朝向身子，像是扭头去看身子是怎么回事。就在那一瞬间，生命从它身上起身。

如果我说，把当下埋在当下

前天晚上从盐田回来，溪涌出口临时封掉，要从土洋绕。

土洋收费站还没开始拆，黑漆漆立着，可能是离海最近的收费站，转弯时要留神不要扎到海里。夜里的海空无一物，接壤的山除了轮廓也空无一物，它们吸走路灯的光，仅给路面留下微暗如萤虫的光。

左转回溪涌，狭窄公路沿山沿海，与海平行的时候会出现木麻黄林，有坡的时候沙滩变成悬崖，从比沿海公路高的高速上可以看到，公路旁的村庄整体迁走，留下被植物入侵的建筑物。

只有夏季，人稍多一些，但也只是周末的白天。夜里九点，最后一班亮着昏黄灯光的小巴从山坡上经过后，公路归于阒寂。在深夜的海湾里游泳，能看到公路顺着山与海一路蜿蜒，路灯如遗落的珠链，微茫，沉睡。

更黑的山上，一箭那么大小的村子，山下看不到，只有进了山过桥拐弯才看到，谁会住在这里呢？我想道。我就住在这里。

溪涌，好美的名字，一个朋友说。我从她的话里重新审视这两个字，这个夏天我好几次涉过从山上一路淌下来的溪水，去到海滩游泳，溪水的深浅取决于暴雨和涨退潮。溪涌，美丽的名字，溪水冲下海洋时美丽的样子，外人美丽的想象。

我觉得我严峻而冷漠，快活又阴沉，像刚倒了霉运，既不打算倒霉下去，又不知如何爬起来。

不，想起另一个意象。十岁前家在学校里，就我家一户。暑假时，教室是我的游乐场，桌椅都堆在教室后面，空出来的地方供村民存放稻谷，我两脚插在金灿灿热烘烘的稻谷里，在黑板上画古装女人。长长的水袖，高高的发髻插满珠宝，红粉笔画红宝石，黄粉笔画金钗，白粉笔画的珍珠项链至少有五层，从脖子一直挂到腰。但每次离开教室时，我都会擦掉，那是我对未来的唯一想象和愿望，可不能让其他人看到。

一个个挂满金银珠宝的女人在粉笔下显现，又被一块坚硬的海绵擦掉，时间和粉笔变成粉尘掉进稻谷里。现在我过完一天擦一天，睡觉前一笔勾销。有时候我觉得要记下些什么，很快就会觉得不必要。

我对待很多事都是这样，不理它，直到解决它显得比不解决还要怪异、尴尬，然后这件事就不必要了，到它快消失时，我加速擦掉它。

这个世界没有什么必要事情需要我，我像躺在黑暗的秘密船舱。如有人问我过得好不好，我会说，把当下埋在当下，无须死去，就找到了一种稳定而安详的平静。这样说有点无耻。我承认我有时确实无耻。

我出门时的打算

1

中午杠铃,下午花十几块钱买面包和咖啡,躺在车上看书;晚上上两节团操课;上楼后不要玩手机,也不要吃东西;把衣服放到洗衣机里。打开电脑将这一天写出来,写完晒衣服,睡觉。

这是我出门时的打算。

2

中午杠铃操的人很多,教练说上周也这么多人。她们大多是附近单位的,单位,不是公司,有单位人特有的闲适、笃定、傲气和天真。我和她们不交谈,也不笑。

洗完澡,找有瑞幸咖啡的写字楼。街上一点点人,一点点树荫,阳光热水一样泼在裸露的皮肤上。我走着,感受左右两条腿有力地往前,运动鞋摩擦着地面发出刷刷的声音。此刻我看到的所有人里,或没看到的所有人里,只有我,无所事事又专心致志地为了省六元的外送费在这烈日底下行走,去买一杯打折饮料和一个打折面包。我想起毕肖普诗集的译序,标题是"忘我而无用的专注",我呢?

一无是处的专注,沉迷于走路的律动,衣服摩擦的声音,后颈微微渗出的汗,世间所有事情一一推开。我抬头找像写字楼的高楼,右前方,那在太阳下不到一百米地方就有一幢,闪闪发光。

3

我花了一点时间琢磨如何下单付款,这是抓紧新世界必要的技能。没有桌椅,只能打包。工作人员打包的动作,手打开质量坚韧的包装盒的声音,还有用手将纸袋张开的哗哗声,引起我比愉悦更深的情绪的激荡。

我拎着纸袋,一边走一边吃牛角包,去海边栈道。太阳斜过帽檐晒到脖子和脸,明天会更黑,我想。但别无他法,我盯着太阳照耀的地面往前走。

下天桥的一瞬间,我感受到秋天的气息。夏天的阳光如铸铁锅,热气能透到骨子里,秋天则像铁皮锅,只在火舔到的地方炙热,哪怕秋天的阳光更明亮,更直接。

4

海边有墨蚊子,拍死两个叮在我腿上的墨蚊子后,我拎着纸袋回地下车库。

咖啡洒了一半，打开车窗，将座椅放到最低，几乎能放平，很好躺。

打开手机里的阅读软件，躺好，左手举起。这几天在看门罗的《岩石堡风景》。座椅是假皮革，不透气，我的后背渗出汗，一只蚊子不停地在左侧大腿边叫。突然困了，关掉手机，将头歪向左边朝着窗外，这是我通常的朝向，眯一会。

5

夜里回来时，经过便利店，把车停好，进去慢慢看，最后买了一个五折的饭团，坐着慢慢吃，感受嚼碎后米粒的甘甜一口口滚下喉。

经常，在一天结束的时候，我会感觉白天的一切，包括过去的人生，都退得非常远，退到窗外的寂静里，退到黑暗里，像一部年代久远的电影，它跳过了许多东西，跳过了复杂的东西，因为篇幅，只呈现重要的事物。

半夜起来看台风

夜里十一点时,眼看一天将尽,计划要做的事也不可能再完成,于是去打泉水。唯有体力活我从不拖延。

路灯埋在树冠里,照不清路,小心提步,怕踩到蛇。路上经常看到被车压扁的蛇,小小的,乌色或翠色。

打完水回村,想到今天关于阅读、写作的计划完成得一塌糊涂,一整天过去只写了混乱不堪的三百个字,这一天又荒废了。

无能到只能干些体力活,打一桶又一桶的水。反正一天已如此无能,还有更黑的深渊么,看到小卖铺已关一半的灯,我将水搁在树下,往小卖铺走去。

基于吝啬,我只拿了一罐啤酒,我希望它能满足我坠落的欲望。走的时候店主说,明天台风哦要小心点。她突如其来的关心让我想再买点什么,又觉得此时回转再买,显得我伪善,只好笑说好。

我坐在灯下,打开啤酒,喝下第一口,来,终结我这备受否定、煎熬与不安的一天吧!如果可能,我还希望酒精赐给我疯狂的力量，击溃那些让我打不下字看不进书的不明阻力。喝了一半头渐晕，熟悉而久远的酒精式的晕，兴奋与睡意并置。

我很久以来不信任酒，我远离酒。其实现在的酒对我来说很安全，我不再害怕酒精的放大作用，我没有任何想说的话，没有想听的话，更没有想说话的对象。

我倒在床上，台风初始的风雨让温度与湿度刚刚好，我准备睡一个整觉，第二天是一个全新的人，不煎熬不沮丧，一切都来得及，有的是时间。

半夜被猫叫醒，它要出门。听到风一阵阵呼啸着打到窗上，除了后面一幢房子的一间房还亮着灯，整个村子都睡了。

台风来了，怕随时停电，我给手机插上充电线，打开热水器的开关，将冰袋放进冷冻箱，烧一壶开水，去阳台把能搬动的花盆拖进客厅。

卧室窗外，风穿过每一棵树都发出不同的声音。远近高低，风像一把密齿刷，整山的树叶都发出刷刷的声音。山腰的竹丛与别处不同，它们大幅度摇晃着，竹节愤怒而惊恐，咔咔，咔。灰黑的天空里，大片大片的云迅速向北移动。

没有虫声，没有鸟声，没有狗在游荡。猫可能感觉外面不妙，不再吵着出去，而是卧在草垫上，肚子随呼吸上下起伏。

  我打开窗，久久地凝视着这一切，用力呼吸，希望以后的日子都是此刻的不断重复，不要发生任何事情，我不需要它好一些，但也不想承受再坏。

这漫长夏天的受害者

我又在梦里找房子,这次是一处被城市遗弃的老区,巨大密集的水泥和红砖厂房,能从通廊看到房间全貌的公寓楼,无人行走的街,绿色的草顶开街心失修的柏油层,一间废弃的房屋,残旧洁净,窗外的树叶巨大如蒲扇,在阳光下闪闪发光。

梦的尾端我又见到母亲,这次她是拾荒者,吃力地拉着一车堆得高高的废品,对我的出现毫不惊讶,她早年就看到了我今后将一事无成,也就没打量我如今稻草人般的脸。她不打算和我住,说了一句苍白的祝福语,拖着沉重的步子拉着车走了。

这不算噩梦。醒来后我想了很久,突然意识到我梦的也许不是母亲,而是自己。遗传以压倒性的力量,把我脸部的轮廓慢慢变成她的。除了脸,还有身体的一些特性。这些天夜里总是热醒,身上无汗,头下方靠近脖子处淌着汗。我想起最后屋子里的夏天,母亲夜里将凉席铺在地板上睡,鸿运扇对着头,她说我就只是脑壳冒汗。

显然我被骗了。太近了，梦太近了，近到我能听到我以为是母亲的呼吸的声音，看到她额头两边如茸毛一样的小头发，两眉间微微的川字皱纹。正是这皱纹泄露了秘密，白天我曾对着镜子无数次看两眉之间，川字正在慢慢写成。

我夜夜做梦，反复梦见几个旧人，我和他们像隔着一堵透明铁墙。一个人的梦里，我总是在寻找一处长满植物的土地和一间可以安睡的房屋。每次我把自己从梦中打捞出来时都信以为真，以为是他们的隔空寄予，得脚踏实地，得有一处固定的房屋，供你缔造永恒。

生活不能从梦中获救，假如还能得救的话，应该就是夏天。夏天，每天都像一场盛大的仪式，刚睁眼就看到辉煌的天空，太阳从海面蒸起水汽，卷曲成云，风将云团一朵朵吹过来，低空的急速移动，高空的缓慢移动，从海面上方，掠过山峰，掠过头顶，再往西边去。

我是这漫长夏天的受害者，这无尽的应允，这致命的美。下一个梦里，我希望我能年轻些，就是此时我的样子，我要看看镜子里和梦里，有什么不同。

上午更像我，没有食欲，表情严肃

照例起得迟，睡了超过九小时。早上隐约醒来，看到狭窄锐利的光像剑一样，斜斜地插在眼前的黑暗中，顿时大惊，起锚一样将自己从混沌里拉出来。知道那是从窗帘缝漏进来的光，就翻身继续睡。

早餐是白面包，本来想喝牛奶，想起吉根笔下的人劳作后总是吃茶和面包，便冲了一壶茶。丰富与单调，我总是会被后者吸引。去年看过一部电影，冬天的父女，一日三餐都是煮土豆，到饭点时女儿就在铁板上煮几个土豆，土豆很烫，在手里倒来倒去，迅速剥皮，蘸盐往嘴里塞，可能毫无胃口，有时吃几口就扔下，直接上床睡觉，被子很薄，把衣服也盖上。我总是想起这个。我有时早上也吃很少，一片面包，一杯咖啡。

早上没什么胃口，腹内半空，我会撩开上衣站在镜子前左右转动身体，看上腹部隐隐的线条，有时也会拉开短裤，看隆起的下腹，一直看到微微鼓起的大腿。钻石般的腿。

上午更像我，没有食欲，表情严肃，会认真地思考一些问题。腹内半空，整装待发，去阳台看云看海吹风，捏一下植物的叶子。猫在的话，我会赤脚踏在它肚子上轻轻揉，感受脚心毛皮的温度和呼噜的颤动。

下午不像我，通常毫无效率，被贪食、焦虑、烦躁、悲观、怀疑覆盖。好在下午不会永远是下午，我会在傍晚活过来，至少七天里有五天，我会在下午结束前起身，把自己押往健身房。我总是那个汗最少的，但人们并不知道，我早已不再通过运动获得什么，我沉浸的是运动本身，骨头酸痛，肌肉无力。

今天下午像我。最近这几天在看《光年》，第三次拿起，去年两次倒在缺乏耐心上，同时倒在像诗一样跳跃的语言、随时随处的停顿、像编麻绳一样穿插的对话上。今天也是，中途多次放下，句子密度太大，不得不拔出来透气。我不太推荐这本书，又难又长。我要不是无所事事绝对不会拿起它。

但是我从中获得了极大的阅读快感。三四天里，伴着书中的各个人物走完他们一段或全部的人生，感受其中的丰美、复杂、绵密、契阔，阅读像是日常生活里一条鲜为人知的捷径，你找到它，越过障碍攀上去，它会送你到山顶，你瞬间拥有俯瞰的视觉。

不久前朋友问，你有感觉幸福的时刻么。

我说了三个时刻。深夜跑步，地球在脚下移动，月亮高悬，蝙蝠低飞像微型超人从眼前掠过，萤火虫在林间舞动；有效率的一天，写了完整的东西，觉得自己赢了时间；健身回来的路上，身体像浸在暖洋里，从盐田回来时从高处看灯火辉煌的港口，从大鹏回来时在土洋大桥上看左侧漆黑阔大的海。

以及没说出来的，阅读时那种坐在家中尽享人间瑰宝的感到无比幸运的时刻，还有掐指一算每月只需千把块（前提是身体不能生病，社保钱也不能算进去）就可以一直这样生活下去时感到无比满足的时刻，还有回家时看到邻居们放在我门口的水果零食的时刻。

随机选择

很多时候,我都会忘记我为什么在这里。前些年还有些人问起,现在没人问了。时间每推进一点,越无人问津,直到"在这里"变成瀑布一样的存在。

当我感到迷惑,像悬在某种真空容器里时,我就会想说话。

我想说,七月是分水岭,我看着阳台外的那片海,从五月不稳定的天气里挣脱出来,到六月,像蓝宝石一样湛蓝闪亮,红色的货轮缓缓驶过,到七月,它渐渐消失了,暑气的白翳笼天笼地,海就那样一天比一天模糊,直到彻底消失。如果此时有人来我家,我会指着阳台朝南的方向说,那里,你看不到的地方,就是海。

我并不特别热爱自然,但我会在阳台或窗前逗留很久,看看山看看海,看着一朵云从东面一直飘到西边,飘到中间的时候,我站在厨房的窗前看它。

最近摸到右腰有个小疙瘩,不痒不疼,比皮肤颜色暗一点点,我不确定它是不是痣,我对我的身体几乎是毫不在意的。为了确定它的性质，我用手去抠它，如果是痣，当红肿消失后它会变成原样，如果不是就会消失。肿了三天，昨晚冲凉时，我用指甲掐破，是脂肪粒，又过了三天，它完全平了。它不是我身上的痣。

我不知道我的生活是用心，还是漫不经心，或者我是在这两者中间随机选择。

生活很简单，一天两到三个鸡蛋，三百毫升牛奶，一百克肉，半斤带叶蔬菜，半斤根茎或果实类蔬菜，控制到两百克以内的主食，一把坚果。在大鹏时我会经常吃麦当劳随心配，十二元，一个堡（麦香鸡或双层吉士）和一个小新地。我告诉你，这完全是为了愉悦口腔而吃的。每次我舀一勺雪糕入口时，我都代替我的嘴巴感谢自己。

大部分时间都在生活。我喜欢煲粥，也喜欢看粥形成，看米粒在火里翻滚，慢慢地每一粒米开始膨胀、裂开，最后米粒如絮，像骤风吹散一团云。吃粥的时候，可以听到非常细微的沙沙声，那是牙齿将它们再次分裂的声音，它像月快圆时夜里涨潮的声音，一浪接一浪，一浪压一浪，冲向沙滩，再将沙滩的一些沙粒卷回大海。

我对时间的流逝毫无兴趣，也毫不畏惧。

真是这样么？

只有虎皮清楚一切，它一天有十几个小时和我在一起，洞悉我所有的秘密，有的是它看到的，有的是我抱着它时说给它听的。只有它，才是真正的对时间的消逝，不，对一切，毫无兴趣，也毫不畏惧。

记录一次头晕

我坐在椅子上,等着头颈的沉重感过去。

昨晚连续四次鬼压床,下颌抖动,清醒的间隙只想捏住打火机,终于入睡。热醒,浑身大汗,开空调继续,又冻醒,身体像被冻土深埋,关空调盖被子,将膝盖抵在胸前。

早上醒来后,感觉到头很沉,我重新躺了很久,直到看到绝望感像一排浪从远方滚涌而来,起床后,我在屋子里晃荡。无所事事,做什么和不做什么,都没有什么损失与收获。

还有遗传的驱使,母亲从来不做没有意义和目的的事,她从客厅的这头走到那头,一定是为了做某样事情;父亲刚好相反,他毫无目的地在屋里踱步,绕开障碍物,椅子、我们、地上的西瓜。

我也这样踱着,头颈的沉重感没有加剧,但也没有缓解,看到灰绿翅膀的小蛾子仍旧趴在椅子上,昨晚它就是这样,当时我碰了一下它的翅膀,它微微动弹,像少女侧躺时抖动的肩胛骨。前几天的溪涌沙滩，穿碎花泳衣的溺水少女及时被救，躺在沙滩上，侧躺着轻轻抽动身子。这只蛾子，它歇够了会飞走。我后来在阳台看了很久的月亮，越高越亮，也越清白，朗朗照进阳台。

现在，蛾子死了，我用拇指和食指捏着它翅膀的一角，没有重量，像捏着空气，来到厨房，垃圾桶是空的，还没有装垃圾袋。昨晚的垃圾全在水槽里，蛋壳、菜叶、碗、筷子、桃核。蛾子不应该和这些垃圾一起，我将手伸出厨房的窗，松开拇指和食指，它轻，会飘很久。

我泡了一壶茶，茶味短暂，受潮后又阴干的味道。茶叶是朋友送的，他母亲采的春茶，炒好后放在风干的柚子皮里，用黑色的线缝着放阴凉处，半年后可以喝。我希望这混合了柚香的茶叶，能舒缓我头颈的沉重。

上午的阳光和夜晚的月光一样，一寸寸从阳台移走，我从窗口探出头看阳台，发现橡皮树出新芽了，紫红色的芽苞像剑一样冒出来。我还以为它已完全枯死，像阳台的其他植物一样：蔷薇叶一片片凋落，多肉粗壮的茎突然萎缩断裂，仙人掌的根部正在镂空。

看久了脖子疼，懒得开阳台门，收回脑袋，像扛一颗铅球。吃下一片布洛芬，我从客厅移到放杂物的房间，窗帘合上，屋子里温度一点点升高，制造虚假的黄昏或夜晚。我坐着，等着沉重感过去。

现在，它过去了，沉重感过去了，我的脑袋感觉是从过去或未来突然扔回现在，太阳也到了朝西的窗口，一寸寸往屋内移。在我的记忆里，这天就这么结束了。

在这里，就是这样

摁灭闹钟，挣扎着游往最后一个近在咫尺的梦里，直到在梦里感到一种火烧般的焦虑才彻底醒来。阳光已从阳台挪到屋顶。这是近期一连多天真实的写照。夜里，绝地反击式地调整闹钟，精确到分。八小时。我觉得时间再多就是对身体的一种豢养。八小时后，闹钟像一把寒光凛凛的匕首插进最后一个梦里，我拔出匕首继续翻身向梦。

阳台的植物已晒完一天的太阳，此时在屋檐的阴影里，慢慢消化光合作用产生的养分。摁灭闹钟重新返回黑暗的惬意，到站在日光下，瞬间变成挫败，像是被某个不可战胜的黑暗力量抢走了三个小时，无法夺回，也无能为力。

站在阳台，看着山下在近乎正午阳光下如绸缎般发光的海，不得不这样想：

我有愚笨的权利，懒惰的权利，丑陋的权利，一无是处的权利，一无所有的权利，默默无闻的权利，贫穷的权利，孤单的权利，不渴望任何事物的权利。让生活原封不动,让表达失语,让精神匮乏,让身体丰满。

我打赤脚,棉短裤,黑色背心,戴帽子。有通知说今天上午要停三小时水,等我起床时,水已停完又来了,洗衣服晒衣服,枕套就算夹在栏杆上也已晒不到太阳。

我调整晾衣夹,忧心忡忡,我已经失去写作的源泉——渐渐忘记出生地里的人和事,旧的记忆失去,不会再有新的记忆进来,我对父母的记忆已经凝固在某个地方某个程度,不会再有人出来辩护,我对自己也不再有谴责与期望。没有抱负,没有反抗,没有想去往哪里的欲望,也没有想逃离的欲望,没有人希望我爱他,没有人希望我忠诚,也不会再有温柔的情感。

在这里,我不是谁的孩子,不是谁的母亲,不是谁的妻子,不是谁的爱人。不是试图写作的人,不是试图阅读的人,不是努力生活的人,不是放弃生活的人。

所有曾激励过我压迫过我的,都已经消亡,在这里,就是这样。

我坐下来写它们

周四,下午在麦当劳吃随心配,十二元,双层吉士汉堡和零度可乐。打可乐的时候我一直盯着,看着它从普通可乐口出来,对我的疑问,工作人员说不可能错,因为我们的盖子不一样,你看。她指着旁边几杯可乐,确实和我的盖子不一样,我的中间有凸起。我把吸管重重戳进杯子用力吸,每吸一口,都让它更大面积,更慢地滑过舌面。这是正常可乐的味道,好甜好香,我肯定被那个人糊弄了。不换了,好好享受。每一口都慢慢吮咂,坐在外面的椅子上,对着嘈杂的街。

周五,下午在维园吃茄子饭,碟上倒扣着压实的米饭,茄子去皮和肉末咸鱼粒一起炒焖。我吃完了它们,汤匙刮着瓷盘,酱汁像分开的红海,露出一条白色的底。夜里又喝了豆浆,五元一大碗,很烫,慢慢吹慢慢吃可以坐很久。可以坐很久。我就是这样被诱惑喝了很多碗豆浆,夜里的下午的,每次都想赋予坐着的那些时间一些什么以拔高这一天的高度,每次都沉没于无聊的浏览或无聊的多人对话，最后由皮脂沉默地承载多余的能量。

周六，停课，去游泳。对面的朋友在吃雪糕，黑色漆碗里，白色的糕体高高堆起，周围一圈化成稠泥。我也吃雪糕，端起碗用大勺子舀着吃，将碗放到嘴边，扒着吃，大口吞咽，嘴巴被冰麻了，尝不太出甜味，来不及等它化，直接往下吞。解恨、复仇、绝望，撕毁合同般。

周日，无课，又去了海里游泳，这次是背仔角，石头没那么多。被人说"你是搞体育的吧"，这是最好的话。上山后直接去吃饭，上身还是游泳衣，底下一条运动短裤，湿漉漉的。吃焖鹅，不太烂，味道新鲜。一块好鹅肉得带皮，带一层薄的软的脂肪，带一厘米左右的鹅肉，和滴沥下来的酱汁。每次都要吃三碗米饭，往往最后一口米饭扒下时罪恶感就来了。其他菜都普通。

周一，被暴雨困在壹海城，站在奈雪的茶店前很久，眼看雨停不下来，要了个脏脏包，不要饮料吗？不要。拿着包在外面切，对小哥说虽然在这里吃但我还是要一个袋，雨太大了待会可能要脱鞋走，我要用袋子装鞋。小哥说，那我给你一个大袋，再给你一个塑料袋。他弯腰从柜子底下拿出大纸袋，撑开，再放进一个塑料袋。切完面包，他在盘子里放了两个小方块包，这是什么？哦这是手套。他戴口罩，声音轻柔。

一天过去，它就失去了独特性。也不再重要。我坐下来写它们，饮食、天气、欲望，都不会让它具有玫瑰的光泽或煤灰般的质感。所有的一天，都将沉没，而海平面不会上涨，永远停在同一块礁石的同一个寄居蟹上的那圈螺纹里。

准备过冬

一半多肉在潮湿燠热的夏天死去，它们死去的方式是消失。一盆繁盛得连手都插不进去的虹之玉，每一天都比前一天稀疏，到最后只剩一根根枯萎的梗戳在盆里，还有一半，拖着被蜗牛啃咬和雨水侵蚀的残缺身子挺了过来。

多肉占据我的时间，只比虎皮少一些。搬动它们追太阳和躲雨还不是最繁琐的。一种白色的小粉虫在夏天滋生，它们扎在多肉的叶片上整日整夜地吸，几乎不移动，也许月圆时它们拼命地恋爱生子，繁殖很快，铺满整个叶子的背面，达到某一程度，多肉就决定不活了。

我经常蹲着一片片翻叶子，硬一些叶翻不动就把盆拿到桌上，猫下身子用牙签戳，一手捏着纸巾，将牙签上的虫撇到纸上，纸巾对折用力摁，从不留半点活口。我活着不是为了虫过得好。就像《流离失所的人》里麦克英特尔太太一样，她不管什么上帝或对于难民的人道主义，她唯一的目标是保住她的农场，任何不利农场的一概不在她考虑范围内。

《流离失所的人》是弗兰纳里·奥康纳的短篇小说，这两年听人说起多次，前几天下了一套三本的集子，第一本看完大半，蛮对我胃口。我就是那种流离失所只顾着当天一日三餐的人，有时觉得活着挺好，有时觉得死了也不错。

挺过夏秋的多肉，进入冬季，几个大太阳下来，它们的叶子染上了一层红色，让人心生安慰，不是美，而是觉得它们最没辜负好阳光，连夜晚微凉的气温都在它们身上发生作用。让你觉得携着它们小心翼翼度过夏天是值得的。

冬天，小房间有完整的阳光，从午后一直到太阳下山。我把书桌搬进小房间，准备过冬。

你以为村里有田园，
而我们每天唱的都是牧歌吗？

到村里有两条路，一条是高速，另一条是沿海公路。

高速发卡站的人会对你笑，他们先笑好，以直角猛然转过头，这种笑上午看一眼会一直如浮雕在脑里持续到深夜；另一条路，沿海公路，要穿达墓地。这里墓叠着墓，后死者优于先死者：久无人打理的墓就被腾出来重新出售。从墓园穿过时总会听到哭声，哭声最大的往往是近期运气不好的人花重金请的，嚎天嚎地。

到了村口，车开到闸前一两秒，响起"欢迎光临"的声音，道杆自动升起。目不斜视的话，你看到的是这么一个村子，有樟树、青瓦房屋、菜地、村民、外来人、农家乐、民宿、癞皮黑狗和三花猫，还有一个两百平米的小公园，种了六棵一人多高的树。半个小时就能看完的村子，看完也就可以走了。

细心一些的人会发现电子显示牌上写着还有九千多个余位。整个村子将房屋全部推平，树砍倒，全部变成车位也只有几百个，如果你产生疑惑的话，你会在明确的村子上看到另一个模糊的村子。

你会看到屋前屋后都有罗汉松，如果盯着树看，你不会知晓这是哪个季节，每一棵罗汉松都挂着数以万计的毛毛虫，你看到的每一片叶子的地方，都曾经长过好几片，只是毛毛虫吃光它了，黑橙色的条纹相间的毛毛虫也没有天敌，鸟不吃它，狗从树下过的时候也绕开走。

一直到六月，毛毛虫变成蝴蝶，乌云一样遮满村子上空，因为太密，它们只得往上蹿，飞到我住的七楼以及更高，飞着飞着，没风没雨的，它们会突然死去，啪一声掉下来，一动不动。

最后一只蝴蝶死掉后，罗汉松才重新长出叶子，这时已来到七月。七月的天气是南方海湾山腰特有的模糊蒸腾、带着叶片簌簌的热，充满暗示，缺乏城区气候的明确。

如果在村里待半小时，能看到树木葱茏蔬菜肥美，村道洁净猫狗惬意，蜜蜂从山里运回满满的花粉，能听到虫鸣、轮船的汽笛，你会觉得这个村子再也没有可看之处。如果有耐心慢慢待着，会有另一个村慢慢显出来，它由黑瓦白墙、祠堂和百岁老人组成，她们拄着拐杖在傍晚出来，坐在矮墙上，底下是菜地，用谁也听不懂的语言与人、猫狗、天气交谈。

而我们，会在村里没有陌生人时出来，在山里闲逛并消失，像一片树叶消失在山里。

来我们村，如果待得足够长，有可能会看到田园并听到牧歌，或者，去与老奶奶们交流，她们会告诉你时间由瞬间组成，而你能在什么地方找到我们，如果你听得懂的话。

民治夜行动物

我喜欢一个地方，必定含了夜。

前两天我在民治，夜里十一点后街空下来，找一辆好骑的单车，一条街一条街游荡。

民治因龙华新区而从庞大而繁杂的宝安区脱离出来，这很好。二十几年前，十六岁的陈敏南下打工，她给我写信，说最大的愿望是进关看一眼深南大道。她在宝安七十二区的工厂打工，没有边防证，花五十块钱找人带进去却被扔在新安。那时我想以后不能去深圳，不能去宝安，然而命运还是把我甩到深圳，在福永被一辆飞驰的摩托车拽包拖行两三米，左手肘至今有淡色伤疤。

我在民治住了几年后，有次要去街道办办事，突然发现是民治街道办，我反复问，我住的地方就叫民治吗？工作人员像看怪兽一样。对我来说，民治就像大浪、油松、牛栏前、坂田一样，是遥不可及的地理名称。记得刚住到龙华时买空调，我开着车朝着龙华正街的方向，整整两个小时我一直在各种窄路上兜来兜去，我火冒三丈往回开，一怒之下在楼下买了个二手空调，发誓再也不去龙华正街。那个破空调有时半夜突然往下滴水，或莫名其妙地呜呜响。

得知我住的地方叫民治后，瞬间感觉断了的线重新接上了，风筝飞得再疯现在也有了一块牢牢的地面。我开始探寻这块地，把我熟悉的范围从方圆一里扩大几倍。

夜里十一点过，我下楼找一辆好骑的单车，开始扩大探寻的半径。

白天的街道很拥挤，充斥着人、车、声音和满当当的光线，还有各种各样的欲望与目的地，而夜里，一些店铺关门关灯，将夜还给夜，能歇的都歇了，路让出来，建筑物像变稀了很多。

民治，可能取自人民治理的意，因这个"民"字，像噩梦一样衍生出几十条以"民"字打头的路名，如果有人能背出完整的几十条有民的路面，这样的人，如果不是疯子就是极度热爱民治的人，街道办可以颁发荣誉市民给他。我老家所在的路，原来路名非常好，叫汀澜路，取自《岳阳楼记》，后来不知是被猪屎糊了脑子的什么人改成了兴什么路。民什么路也好不到哪去，每次出门我都要看一眼路名，但从来没记住过。

所以，我熟悉民治的方式不是以路名而来的，现在我的记忆里，每一条路都没有名字，我记住的是建筑的样子、坡度、路旁特殊的植物，以及是否有好吃的店铺。

我记得民治大道旁有一家湘菜馆，我曾和一个非湘籍男性在这里吃一顿饭，点完菜发现完蛋了，太吵了，简直是宇宙噪音中心，因为还没熟到可以什么话都不说而不显尴尬的地步，我们只好在震耳欲聋的喧闹里努力说着话，偏着脸吃饭，好让一边的耳朵清晰点听到对方的话。五分钟后，我们不再交流任何话，埋头吃饭，像两个互不认识的人在各自吃着自己的快餐。

我记得深夜的梅龙路边上，一对年轻的男女，女的说，那么，再抱一次吧。她凛然地打开双臂，男的很高，他神色惊骇地往后退两步说，不行，说好分开了就不要再抱。女的说，最后一次不行吗？男的说，不行。"那好吧，再见了。"他们背向而走，两个人都没有回头。

记得深夜的民塘路，一个女人蹲在路边哭，她披着头发，肩膀一耸一耸的，颈似乎支不起头，头垂在双膝，眼泪滴在放在地上双手抱着的浅色皮包上。

也许，她，和再上一个她，她们会在以后说起无法原谅的事，或永远无法原谅自己的事，但我们总是原谅了，原谅并继续爱着夜里发生的事。

我喜欢在夜里游荡，哪怕只是为了从狭小的自己或痛苦里逃避出来。关于夜，你要么热切地喜欢它，要么对它无动于衷。

我骑着单车，经过一条条几年前走过或开车经过的路，如果今天有更好的事物，就让过去消灭过去好了。

尽你所能

1

把那双蓝色小方格纹面的布鞋洗净晒干,好好保存,在随后的几次搬家时莫要弄丢,到深圳也要带上它。

它最后一次出现是春天,整个冬天那双鞋都挂在屋檐下的土墙上,傍晚放学后从墙上取下鞋,掏出里面的钥匙。春天,你脱掉棉鞋想重新换上这双你最喜欢的单鞋时,已经穿不下,而且两个拇趾那里已顶出破洞,只好扔掉,你提着鞋走到垃圾堆旁,鬼使神差地将它们并齐摆正,看了很久,像在告别。

你那么郑重其事,似乎预见了几十年后会一再想起。

2

提防那些过早来到你书包里的言情小说,它们不会对你一生遭遇的爱情(那些究竟是爱情还是欲望与寂寞的混杂体?)起到任何作用,如果不能抑制课堂的困意,起码你可以趴着睡,哪怕发出鼾声,或者大胆地与同学玩耍。

尽量不要拖着小说进入你后来的全盛时期，以至于很迟才发现只可能形单影只，推迟了飞越自己的群山的时间。

3
在对待第一场严格意义的暗恋上，我给不出更多更好的建议，我知道你经历了绝对的自卑、否定以及绝望，情绪有多像雪球在体内迅速翻滚，你的表现就有多漠然。这是对的，我可以告诉你如果当时你前往了，你一定不会愿意回顾过去，你一定愿意付出所有代价以求能重复你的选择。最后一场暗恋同样如此。

你已尽你所能。

4
不要再对他说"会好起来"的谎言，不要说"现在医学很发达你一定能等到的"这些你自己都不相信的话。去，去坐到他床边，去握住他的手，去跟他说话。说你想说的话，你还可以要求他对你说话，因为他是你的父亲。

现在，你只能想象当年他一个人躺在床上睁着眼看着众多的白天和黑夜时在想些什么，你那时逃避了多少，现在就以数倍的惩罚回来多少。

你梦到所有的他，都躺在同一个床上，眼睛看着他的第三个孩子，等着她前来握住他还活着的而不是死后的手。

5

把阳台稍微收拾一下，把客厅稍微收拾一下，把餐桌稍微收拾一下，把书桌稍微收拾一下，把厨房稍微收拾一下，把床稍微收拾一下，把衣柜稍微收拾一下，把以前作书房现在作杂物间里的杂物稍微收拾一下——把生活作为一种意义加以选择。让你的弱点和缺点具有尊严。

事情是这样的

事情是这样的,夜晚九点,我拎着两个打折面包在竹子林等车。

八点过后,开往郊区的车半小时发一趟,一直到十点。这大约是一年前开始的,而我知道这个消息也就是最近两个月。以前七点收趟,像城市在夜晚来临之前把不属于城市的事物挤出去,我赶过一次末班车,在光线充足的黄昏里奔跑,几乎四肢着地,狼狈而悲壮。

竹子林是始发站,我站在1号台,除了我没有其他人等车,陆续有车从不远处的停车场开过来停下,我摆手示意。九点过三分,车来了,LED显示的数字是白天开往郊区的车号,N29是夜晚的班次,我问司机是不是N29,他转头看了我一眼又正过脸,说了句什么,我没听清,嗯?他无声地叹了一口气,身体突然低下去几公分,右手不耐烦地朝空中一挥,算了算了,你上吧。像临时做了一个决定。

车很快上了滨河路,几个站都没人上车,车很高,像旅行客车，车肚有横开的门专门放行李箱。不知是他心情不好还是觉得只有我一个人不必要开灯，车厢漆黑一团，只有仪表盘是亮的，路灯的光时不时闪进来又抽走。这样一趟乘客稀少的夜班车，不管谁先开口，总归会说几句，路况、天气和车费的合理性等等。但我们没有说，坐在黑暗里，看着前方。

过联合广场，过鹿丹村，一小段擦着边境铁丝网，一小段深圳河，冲上高架桥，然后是铁轨，以及上方将铁轨悉数吞进的建筑。我霎时意识到是深圳火车站，心想它拓展了我对火车站的记忆。正在这时，我心里咯噔一下。

好像是过联合广场时，看到站台有两个年轻女孩在打电话，一边来回走动，像仍在处理白天没完成的事。想起待在岗厦的那几年，那时岗厦还没这么流光溢彩，就在那时我的手伸进了塑料袋里摸面包，两个都是粗麦核桃包，一个是切开的一半，另一个稍有不同，像个鼓鼓的方包，我伸进去悄悄撕着面包的皮，送进嘴里一点点咬，吃到核桃时感觉味蕾带着隐秘的快乐奔向全身。一点点咬，将核桃小粒抠出来吃。

我后来一直对小方包下手，它的表皮更硬，撕下一点可以嚼很久，吃完表皮我用手指往内掐，一直探，一直挖，看到铁轨上方的火车站时，我的手指像伸进了一个黑洞，突然悬空，中心空无一物。

我转动中指，一种突如其来的柔软接住了我的手指，柔软、潮湿，有弹性，每次当我的手指要离开时它都有微微的黏，像挽留又像邀请。霓虹像潮水一样在窗外涌动，我盯着前方，眼前空无一物，悄悄地用手指探寻面包黑暗而不为人知的柔软，就像被窝里潮湿的身体。

罗湖的最后一站，有几个人上车，最后一个站在刷卡机前问司机多少钱，司机沉默了几秒，大声而含混地说了句什么，那个人生气了说我又不是不给钱。但是他的卡有问题，一直刷但没有声音，这让他看起来确实不想给钱。司机将刚启动的车停下，这时突然刷成功了，油门带着怒气往前猛冲。那个人一屁股坐在我旁边，可能觉得离司机太近，转身去了后面。

过隧道时有电话来，我没有抽出右手，用左手按了耳朵的键。对方说你在健身？没。又说在村里？不在。那你在哪里呢？在车上。我说完便挂掉了。这个我曾经的情侣，肯定以为我怀揣着秘密，其实我只是怀揣着空洞。

下车后，路上空无一人，似乎是一年里最孤清的时刻。我朝着海的方向走，疲惫得像一个退役的士兵，海浪冲着沙滩与一侧的岩石的声音隐隐传来，路灯在我拐弯的时候突然不亮了，黑暗像是从高空坠下，一丝丝沉降进我的皮肤。

我的手仍在面包里，我很喜欢这个柔软而潮湿的空洞，像是我无意中发现的一个秘境，它完美无缺，就像每一天都有完美无缺的时刻。不过对于日子来说，当那个时刻过去，剩下的就是黑暗，而面包，它给我的好时刻是永远的。

所以一到了晚上

1

总得有人,将碗归位,锅洗净,把砧板倒挂起来,捞起水池里的菜叶。

总得有人,给植物浇水,把衣服收进来,顺带关上阳台的门。

总得有人,拣起地上桔子皮、核桃壳,还有一只灰色的袜子,另一只虽然不知在哪但这一只应该放到鞋里。

毕竟事物不会自己收拾自己。总得有人收拾它们,这些充满拒绝意图的事物,好让路给第二天。第二天起床,目之所及都是前一天以及前前天的生活,我只得挤开它们,一日日下去,我手脚可去的地方越来越窄。

2

我发现了,不可能仅仅是天气干燥的原因,不笑的时候我脸上很平整,眼梢还因为遗传的原因微微往上翘,但一笑,眼底便绽开一丛皱纹。

我认识的人里每个人脸上都有不同的皱纹，有的眉心有川字纹，有的额上有王字纹，有的在眼角，有的在眼下，而抽烟的人上唇会有隐约的竖条纹。我只是想搞清楚，我的那一丛皱纹跟哪一部分我有关系。我能查到的，是笑得太多。

我决定少笑一些，需要大笑的时候用微笑，需要微笑时瞪大眼睛嘴巴微张，表现懵懂，同时，提防严肃的时候皱眉头。我每次去洗手间都要看一下脸，发现我所有的表情都充满弃绝的意图。

3

气候学上不难解释十一月为什么是这样的天气。

这个月包罗万象，除了台风，四个季节里的所有天气都能在十一月找到。就在昨天，雾瞬间吞没大鹏中心周围的山，山并不矮，像连绵的屏障隔出半岛；天色是雾色，灰白，暗哑又明亮，本来就这样直接进入夜晚，潮湿闷热，但北风来了，到深夜时，我被凄厉的风声叫醒，屋子的所有墙都爬满了风。

在这样的半夜醒来一点都不是好事，会清晰地感觉身体里的各种白天麻痹的痛，想到白天未收拾的生活，想到猫在外面不知哪个无风的角落蜷着，想到要用什么样的方法查到它到底几岁该不该每天给它吃好一些，想到爱过的人他们后来都和别人睡在一起，想到明天还很漫长，但过去的几十年却只用了一瞬便来到了现在。

无知的行进

下午突然停风,枝条缓缓直起身子,鸟跃上树冠伸开羽翼,树叶落下,停在草尖上。

太阳斜进屋子,墙、桌子、瓶里的红色冬青,被宽宽的光带照拂,墙上冬青的影子不易察觉地拉长,光带悄悄向我移来,已经点亮我右手的小手指,仿佛世界特意为我裂出一条通道,我必得行进。

现在我的两只手都显在光里,我的手搁在键盘上。这是我的另一种说话方式,大多数时我打开空白文档,一个字都没敲下,两小时后合上电脑;大多数时候我不认为我的生活有一丁点变成文字的必要,我的生活只适合被生活淹没,一层盖一层。昨天我吃猪手煮萝卜,今天热一下继续吃一天。

在猪手煮萝卜的香气里,我看了电影《白色物质》,讲述非洲后殖民时代白人种植园在各种内战与驱殖运动里遭受冲击的故事,看完后又倒回去看第一遍时忽略的场景,每次看到好的东西,影片、文学或音乐都有一种很复杂的感慨，欣喜，不安，惶恐，幸运等，它们是人类卓越创造力的表现，是某些人倾尽一生的精华，而我们何其有幸，简直是唾手可得，付出的仅仅是下载的一点时间。我总是想起一个搬走了的村民，他说人类是这个星球唯一能承上启下的生物，如果没有觉知这个特性，只满足本能感官地活，无异于非人类。

奈保尔的《非洲的假面具》《河湾》《半生》《游击队员》，库切的《耻》，加缪笔下的阿尔及利亚，卡瓦菲斯诗句里的亚历山大，电影《走出非洲》《第九区》里的约翰内斯堡、《通天塔》里的埃及，以及非洲的音乐，构建了我的非洲。

我不认为我这一辈子有机会去非洲，我知道它有白象似的群山，白人走后原始森林吞噬无人的城镇，而亚历山大曾经是另一个中心，犹如希腊。这是我的非洲版图。我还有北美洲、南美洲、欧洲，甚至婆罗洲，这些我认为此生都难以前往的地方，我通过阅读构建它们。

村北进山的路，重新挖开又填上，因连续久晴，路面黄色的细尘没过脚踝，一走一团黄云。挖路的时候，以为要修绿道了，打听几次知道只是建水沟，我松一口气。

我希望不要有更多的人来，不要有更多的人知道，饶过这里。我在这里待着，也哪儿都不去，起风的时候解决风，起雾的时候解决雾，解决不了就去健身。风停的话，我就在斜进来的光带里坐着,看时间夺走时间,它走它的,我行进我的。

第三辑

无题

接近中午，我们决定出去晒太阳，换上轻薄衣裳，卷起裤脚露出腿肚子。往村北的山里走，一路无人，房前屋后也无人，狗也没出来。经过攀着番茄和荷兰豆的篱笆时，我看了看，没有停步。他说，你今天不吃了？不吃了，今天番茄没红。我说。

快出村时，一只黄色的胖母鸡从矮树丛里踱出来，不慌不忙，偏着头看我们，走近时它又钻进林子里。他肯定在想这只鸡的味道。这种鸡很好吃的。他说。

经过鸡，又走了一会，进入林区，前后无人，他脱掉上衣，我也将衣服下摆掖进内衣，露出后背与腰腹。山路颠簸像引力波，我的肚皮随之荡起微漾，他的肌肉紧实，抬臂沉肩，让我看后背明显的大圆肌冈下肌。

右侧荔枝林里除了草，还是有人管的，去年夏天我们爬上这片林子里找荔枝，只找到几颗尖尖泛红的，酸到一咬下去身体忍不住发抖，舌尖迅速渗出口水。荔林的山顶是桃金娘的天下，荔枝刚熟时正是桃金娘的花期，粉色的一大片，想着桃金娘果成熟时去吃个狠的，后来忘了。

我们在桥那里停下，桥旁有棵杨梅树，手够得到的杨梅总是红不了，刚泛黄时就让人摘了，包括我。我们站在桥边，看着几乎枯竭的溪水，想起的应该是同一件事。这里我们去年冬天攀爬过，爬溪壁上去，下山时天已黑，找不到山路，在齐腰深的杂草里乱踏，对着溪涌海湾的灯火一路连滚带爬。

有时我们弄不清楚，进屋后的拥抱，是习惯，是喜欢，是补偿，还是一种有效关系的证明。我们也不想弄清楚。所以，有些时候我们在忍受，有时候在承受，有些时候，也肯定是在享受。

我是这样，也不是这样

揭酸奶盖时我意识到现在我没有猫了。有猫的时候，我不太常吃酸奶，而它又不经常在，所以，我的猫吃酸奶的情况也不是很多。我想我的猫对此并无抱怨，人类才有如此复杂的情感，我也没有跟猫解释过我是那种，缺乏热情，对任何事情都保持距离，避免深入事物的核心的人。

我估计以后也不会再有猫。我正在慢慢学习失去，适应生活里的事物以各种方式失去。我已经失去一只猫，我接受了这件事，完成了这一项。虽然被迫和为时过早，但完成了，就应该画上句号。

以往我喜欢将自己加工变形，变成文本里的我，与叙述者和我保持一定距离，慢慢地不知道有什么可以写的。要么，我已经与那个文本里的我和叙述者三位合一，要么，是我自己并未真正理解我的内心生活，我无法谈论它，于是把它推向沉默。

有沉默这个黑洞，我不仅对他人沉默，对自己也是——总是可以逃离，不必观察自身，不必检视生活，对他人和自己，只要走开就行。

　　我们躺在一张床上，各自做了一个有对方的梦，像两个边缘交汇重叠的圆。我觉得是我创造了一个梦，醒来后把梦递给他，他把这个梦演完，因为我先醒，并起身去了客厅。我们只有很少的一点要求需要被满足。我们幸运地逸出习俗，或多或少，有点像冬天迟迟不来，秋光延长。有点像阴天的光线，对傍晚有着无心的欺骗性。我们在这里，也不在这里。我们是这样，我们也不是这样。

　　冬天确实来了几天，又被秋天逼退了，空气介于温暖潮湿和阴冷潮湿之间，夜里渔船停在离岸几十里的地方，万瓦灯排照在海面，像游乐场。刀刃上闪耀的星光，绝望又美丽。

躲猫猫

村北的山路,这些天走了无数次,沿途烂熟于胸,了解山径的曲度有如自己的身体。成千上万棵植物,开花的,展新叶的,手够得到的,都一一抚弄过,路面显眼的石子,也都踢到草丛里了。傍晚归林的聒噪鸟叫,也悉数分辨。有种鸟,前一声拉得很长,快无声息时再急促婉转地连叫两下,隔一小会,就会有鸟呼应,我们模仿鸟的对话。

你——回来吃饭吗?

我——回呀。

你——快点啊!

我——吃完这条虫就来!

有可能鸟在求偶。

你——一个人吗?

我——是啊!

你——要钱吗?

我——100块!

你——便宜点可以吗?

这时要么我打他,要么他打我,手掌用力抽。

走到鸟声渐消,植物在黯淡的光线下慢慢失去锐利的轮廓时,我们不再殴打,也不交谈,沉默接管一切。风吹茅草和竹叶,鞋底碾过碎砂石,鸟叫完最后一声,虫子开始在草丛里叫。他说,来玩游戏,一个藏一个来找。

他往前跑,我慢慢走半分钟,过了拐弯开始寻。一切都变了,树,草丛,岩石,都因是绝好的藏身之处而成了他的同盟。狡黠阴森,每一步都像踏在雷区,不知道黑影会何时以何种方式出现,有时从草丛冒出头,或从头顶的树枝上吊下两条腿,又或是岩石后的树枝剧烈摇动。最恐怖的其实不是这个,而是,被抛下,茫然无助,明知是游戏,但仍会设想如果永不出现,是否要永远找下去,把这一时刻过成一生。当然不会出现这样的情况,要么找到,吓一跳,要么找不到跳出来,也是吓一跳,然后,山林迅速归位,植物重新成为植物,山峦承接晚霞。

这个游戏玩了好几次,没有乐此不疲,也没有厌烦。除此之外,我们还发明了一种游戏,用口哨模仿鸟的声音进行交流,佐以手势与表情,几十句长长短短的口哨声,像两只叽叽喳喳的鸟。将身体与智性降到最低,能获得一种即时性的、浅薄又明亮的快乐,时间的流逝似乎兼具两种相悖的属性,迅速又漫长。

这种忘记世界与自我的方式，仿佛某种物理的力量将自身抛掷到某个实实在在的场景，使我能暂时摆脱因循僵滞的日常生活，凭本能过着的默默无闻的生活。从一种孤寂迈进另一种孤寂。不管怎么说，这是一种自由，唯有我们身上那些与他人无法交换的东西才是保证，保证我们所选择的生存方式并非出于他人的意愿。

什么都看不见

小径从山谷穿过,我现在已经记不起是哪一年,夏天,因为充满水流的声音;不是盛夏,因为盛夏的山里很干燥,不会有这样充沛的水声。

我们傍晚从城里出发,来到这里天早已黑透,可能接近深夜了,这里如此荒凉,没有灯光,月亮也没有,只有几颗星星努力投下的一点点光线,小径上方的高大树冠挡住大部分星光。我们看不清对方的脸,只看到脸部的轮廓。我们都怕蛇,远离两旁漆黑的草丛,紧紧地贴着走,牵手,肩膀紧挨。

我们经常在水流声急促的地方停下,他说感觉回到小时候,需要整月在山里干活时,父母会在小溪旁搭个简易的棚子住下,他枕着水流声入睡。他抱着我,将头搁在我的肩上,心跳缓慢,呼吸轻柔,像鸟栖在每夜入睡的枝上。

我们已经没什么要说的了,我们说过很多话,很多很多,并肩躺着时,抱着一起时。我们甚至还说到如果第二天是世界末日就去结婚，像年轻的情侣那样假设着很多场景。现在，我们只想诉说爱意，用身体用手用嘴。

这条路既黑又迷人，很多弯很多坡，没完没了。我们一直往前走，没有遇到一个人，也没有遇到月亮，我们的知识有限，弄不清楚月亮是早已移下还是没有升起。我们不想离开这个地方，简直是疯了。直到星光被云层遮掉，远处山下的海滩一个人也没有，树冠密得完全遮住小径，像一个巨大的黑洞，我们才折返。

那天晚上，我们在一个很黑很黑的屋子里，"啊，好黑，黑到真的什么都看不见"。连轮廓都看不清，靠得很近很近，仍然什么也看不清，像两个史前动物，在黑暗中寻找，皮肤最大面度地贴近。

他的脸从我的脖颈处稍稍抬起，我感觉他的脸正对着我的脸。"我爱你。"他说，轻柔而慎重。"再说一遍。"我说。"我爱你。"他又说了一遍。我想哭，并且真的哭了。像一盘漫长的棋局，每一步都要求对方的合作才能继续下去。

这个夜晚的最后几个小时，我们一直很兴奋，迟迟不肯入睡。我们抽烟，打火机点燃的时候，我们看着对方的眼睛。我们分抽一支烟，第一口总是他递给我，然后自己再抽。有时，他让嘴里吸满烟雾喂给我。烟灰落在枕头上，最后才勉强睡了一睡。

整整一夏都属于这种癫狂。对于这种奇异安排，我们什么也不说。他喜欢但并不擅长说谎，我不喜欢但擅长说谎。我们是对方完美的情人，我们相爱，但我们什么也不说。我们知道这样的事在我们一生中不会再有，但我们什么都不说。

而盛夏笼罩着一种固执而沉重的等待，对于灾难的暗中期待，以及一种悲伤的气味。盛夏过后，我们再也没有见过面。那年夏天的事，我的生活里再也没有发生过。

无题

1

他们曾经很喜欢对方,有天深夜,他们手拉着手往外走,四野无人,月亮高悬。他突然动情地说,我觉得吧,我们这一辈子再也不会分开,什么也分不开我们,不管吵多大的架都不会影响。她没作声,望着月亮,手指在他手心轻轻抠。那时他们认识一年多,是他也是她最长的一段关系,他们都觉得获得了永恒。

2

一种植物,叶子像婴儿的耳朵一样,柔软,披着薄透的细绒,一碰就发出微微的辛香,所有人都知道。强劲的北风刮过两天后,叶子缩小,坚硬如铁,像愤怒的耳朵,但还是散发着香气。一旦风停春来,它会迅速重新柔软。这一点,目前只有我和它知道。

3

每次到阳台

看见小方花盆里

一片褐色的多肉叶子

它的头深深地栽在泥里

尖尖的叶尾从泥里高直地翘出

就想起

那个夜里

阳台上的两个人

在上弦月的暗淡光线里

将小方花盆

当成烟灰缸

好爱情敌不过好牙口

有一阵，我的邻居们以投喂我为快乐，食物偏脆爽，嚼起来响的那些，而且，她们还要看着我吃。有一次，她们拿来紫菜片，全神贯注看着我，有一个甚至还把头发拨耳后，等好劲开锣。

我用眼神和她们互动了一下，张大嘴，一口咬下去，将咬下的紫菜用舌头卷起送入后牙槽，她们爆发出热烈而长久的笑。

我问，我吃东西和别人吃东西有什么不一样么？

你的特别响，特别脆，很好听，噢，你可以去试着拍牙的广告，肯定能挣大钱。

打死我也猜不出，有一天我会以牙口出名——那种猜中了开头却猜不出结尾的深深的忧伤。

我憎厌我身上的很多事物：一些部位肉过多，还有一些部位肉过少，皮肤不够白透，身体不够修长等，但都比不过憎厌我的牙，自我记事起，没少被人嘲笑。

表哥说我的牙刨猪屎最好，我的姐姐们没有这么狠，但每吃西瓜都拦着让我先别吃，说我一牙刨下去，半边西瓜都没了。

什么样的牙，得用"刨"字呢？它一定有些弧度，能瞬间掘进一切。龅牙。我记得儿时不大敢笑，一笑就用嘴唇包住，这个还不是最大的噩梦，最大的噩梦是门牙两侧渐渐长出两颗虎牙，虎牙猖狂之极，闭上嘴也能看出它们的形状，分明是獠牙。它们如门神，守住四颗大而突的门牙，真是屋漏偏遇连夜雨，连微笑我都不敢了。

每次照镜子都不知道拿自己的人生怎么办，觉得可以死了。我摸过农药瓶的盖，记得拇指、食指、中指捏住瓶盖的感觉，瓶盖侧边有很多竖条纹。

连滚带爬上到初二，我决定把獠牙弄掉。每次上课，我将肘放在桌上，用拇指摁住獠牙，头的重量全压在牙上，然后轻轻点头，幅度不能太大，否则老师会以为你是踊跃着要回答问题呢。每天七节课，节节不落，一个月不动就摇两个月三个月。一个学期，两颗獠牙被我用拇指生生摇掉。

那以后，虽然四颗门牙还是刨状，但笑起来不再凶险了，我终于可以直视坐在最后排的一个男同学了，在上学路上遇到他时，我露出大牙笑。

有没有一张相片记录过那两颗獠牙，我自己也忘了。很多年后，不知怎么谈起牙，我姐看了看我，让我把牙露出来，左看右看后问，咦，你之前是不是长了一对虎牙？我想了想，是啊。她说虎牙呢？几时拔的我怎么不记得了。我很想回嘴说，你是我姐姐吗？我怎么不记得了。

二十几岁时，我把自卑、自怜、不被重视、不被想要的人爱的原因归咎为那两颗大门牙。虽然白而齐，但显然比别人的要突，我担心他们会因为接吻时不舒服而跟我分手，谁愿意情到浓时，一排牙伸进来呢？如果对方刚好跟我相反，地包天的那种，刚好嵌得上，是否可以叫天作之合？遗憾的是，我从没遇到过地包天。谢天谢地，我也没有亲过和我一样龅牙的人，不过偶尔会有些小幻想，两个龅牙接吻，如果没有你进我退的默契，两排牙齿该打起来了，谁胜都是一嘴血吧。

年轻时一个夏夜，和一个人喝啤酒，出来时已经喝大了，他在前面走，我在后面跟，他走着走着突然发现我没有跟上，就原路返回找，返回了约百十米，发现我扑在黑漆漆的树下，翻开一看，我血糊了一嘴，已经睡着了。那么厚的唇会把牙崩到，一定是牙先着地，正咧着嘴笑呢，笑着笑着扑到地上睡着了。牙比心先伤，牙的疤看得见，血糊一嘴，心的疤看不见，泪过无痕。

年月慢慢攀，往事慢慢了。我现在不喝酒，不抽烟，不跟人打架，不在马路上睡，也很少接吻，除了吃东西，用牙最多的是上厕所时叼书——就像狗狗叼球球。

我的牙，再也不会动荡了吧，失去两颗獠牙、差点敲掉重来、崩了一小块疤后，它们整整齐齐乖乖地待在嘴里，一共二十八颗。我熟悉每一颗的轮廓，总是用舌数它们，如同农夫每天清点自己的鸡舍羊群，失去任何一颗，我都将哭天抢地，再也不想活。

洪水来了

我们的土话里,有一条关于雨的谚语,夏雨隔牛背。

一阵疾雨,隔壁田的人淋得直骂娘,这边田的人直起腰打起哈哈笑。雨本任性,何况是夏天,更不得了。村里会看云的老人家,一个夏天都不需要买烟,来问天气的人,要先递支纸烟,有时抽到第二支才开口。

孩子不管,雨越大越好。第一桩好是可以站着洗澡了,那会坐在木脚盆里洗的,有时突然头顶一阵疾风,猫直接越过脚盆扑老鼠,猫比老鼠猖狂。还有闲庭信步的鸡,不知怎么关在屋里,赶都赶不走,踱着步,屁股的毛一抖,一泡屎啪地跌下来。

当屋檐下的雨水变成水柱时,便可淋浴了,站在屋檐下,让水柱从头上浇下来,趁无人将短裤拉开,将平时洗不到或懒得洗的地方冲个一干二净。

雨刚下时大人都很喜,不用半夜抢水了。缺水时,队里只敢晚上偷偷抽水,不看着的话,到天亮你家的田里都流不进一滴。抽穗时的谷喝水多,喝不饱尽是空壳。抢起水来，打死人的都有。

连下三四天雨，刚轻松几天，比缺水更严重的涝来了。这下"撒嘎哒"，排都没处排，渠里的水涨到田里了，有人失悔顿足，刚下肥料，自家的稻子还冒吃到，都肥到别人家了。

然而是我们最有意思的时刻，水天一片，除了树与房屋，一切都颠倒过来，田埂、牛爱吃的草、野蔷薇、禾苗沉在水下，芦苇、枯枝浮上来，鱼在田埂上、小腿间、蔷薇丛里乱游乱窜。走一步，水哗地响一下，水里的田埂、草、鱼都跟着晃荡，觉得整个地球都在脚下，自己是那洪荒世界里唯一也是最后的人。

雨继续下下去，"倒垸子"成了人们唯一的话题，1954年曾倒过一次垸子，洞庭大堤决口，村子瞬间沉到十几米的水下，幸亏那时的床是结结实实的木床，浮起来，给村子留了一大半人。几十年后大家仍是惊弓之鸟，内涝严重时，只要广播里传来村支书嗯啊清喉咙的声音，才听到"各家各户——"，大人就迅速拎起了箱包一手揪住孩子准备往堤上跑。

我跑过一次，半夜，我妈突然把我摇醒说你快跑到堤上去，要倒垸子哒。我翻下来，鞋子呢？还穿屁的鞋子！你快跑到堤上找外婆，我清好包袱就来。

我妈从不对外人说粗话，这是突显她民办老师的素质高于村妇的一种策略，关起门就另说了。

堤是小堤，洞庭的第三道防线，多年没起作用，村里人死了都埋堤坡上，白天我都不敢走，何况是晚上，我边跑边哭，被鬼吃还不如淹死。

那晚所有人都在往堤上跑，比过年还热闹，打手电筒的，举火把的。牛被抽得疯跑，猪也赶到堤上，还有抱鸡的。跑到堤下，听到外婆喊我的声音，我冲过去腿一软就倒下了，外婆抱起我往堤上跑。她是村里最后的小脚，跑起来步子又碎又摇，比摇篮舒服。

第二天在树上醒来，人们在前几天就用木板在树枝间搭起一个个的铺，树下卧着牛和猪，太阳出来了，堤下内涝的水慢慢在退，村支书从广播里走出来，站在树下挥手喊："你们倒是困得蛮好，老子一通晚冇困，都回去都回去，把猪牵好。"

洪水退去，最烦的不是几个月吃不到肉，而是菜土要重新翻、禾场要重新压实。压禾场最枯燥，我被勒令牵牛，牛拉着石碾，我们沉默地并排转圈，无聊时你看我我看你。我从不打它，它看我的眼神温柔而慈悯。

无法对证,只属于我的故事

我捏着两毛钱,正准备去九队的小卖铺买吃的东西。

舅妈从池塘边走过来,远远喊道,小妹呀。我站在屋檐下,等她走完池塘,穿过禾场。

"穿新裙子了?哪个给你买的?我看看,"舅妈用手捏着裙子的袖子,用食指和拇指搓几下,"好薄,那不经穿,穿不得一年就要烂。你妈在屋里吗?"

"在。"我头往厨房偏,低头看裙子,这是我人生中第一条真正的连衣裙,不是用旧花衣改的,也不是用剩下的棉布拼的。它是绿花白底的薄纱裙,泡泡袖,领子与下摆缀着荷叶边,与棉花布裙相比,它轻薄、素净,它唯一的功能是美。这是我的儿童节礼物,我爸从街上买回来的。

我妈从厨房出来,"嫂子来哒。"

舅妈家虽然就在池塘上方的堤上,但她很少来,何况还这么早,我妈站了几秒,说,"进屋恰茶。"

"不恰茶,屋里还有事,我只是来讲一件事的。"舅妈脸上半笑着,这是一种猛看在笑,细看又不确定的笑,

"小妹的裙子那么薄,不经穿的,她乱搞的,穿不得几个月就会烂,你们过日子要懂得划算。"

我妈在和人扯白谈时眼光落到我身上,会突然转话题,述说我的种种不听话——除了舅妈和村里极个别她看不上眼的人。舅妈和我妈互相认为对方不配她们的丈夫。我妈觉得舅妈太蠢,舅妈认为我妈太傲。

我妈说,"这是纱裙,街上都这样穿,再说小孩子的衣服要穿一世不成?到后年穿就小了。"

"像她那调皮法,穿到明年就要打补丁了。"舅妈脸上保持着笑。

我不想听,准备走,但看我妈的眼神是让我再等一会。我站着,冷得微微发抖,早上醒来时还在下雨。那时的夏天迟,一下雨就回到春天,我妈让我穿夹衣,裙子留到出大太阳时穿,但我不肯,说不怕冷。我妈说,到时凉到肚子疼莫哭。我说不哭。穿上新裙子,拿着两毛钱,准备过我人生里第一个自主安排的儿童节。

"嫂子,你今天来是么子事?"

"也冒得么子事,我只是来讲你听一下,"舅妈望着我,"这条裙子看起来冒得么子颜色。她啊,把我菜园里的还只小拇指粗的黄瓜全摘下来,摘哒丢到地上,一个个还带着花的。"

我妈硬着脸看我,"是不是你搞的?"我不作声,脚趾在凉鞋里悄悄地拱来拱去。

"嫂子，呐，小妹在这里，我不讲一句话，你来打，打死我都不讲一句重话。"我妈说。

"我没叫你打她，只是觉得好可惜，她要是全部恰进肚子里，我也觉得冒得事，但她不恰，全部给我丢到地上，不晓得是为么子。"

"嫂子今天你来打她，打死都好。"我能听到我妈的牙咬得咯咯响。

"算哒啰，今天好像是儿童节，今天莫打她，我跟你讲，逢年过节都不要打细伢子，对屋里运气不好的，你要信我的。"

"今天的节是从外国兴起过来的，打她冒得事。"我妈从口袋里摸出一盒烟、一盒火柴，抽出一支烟，在手背上顿几顿。只要她准备抽烟，我就安全了。

我悄悄转身，穿过禾场，顺着渠往小卖铺走，眼神平视，裙摆被冷风撩起微微作响。这是只属于我的节日，所有的事情都让开。

小卖铺的木板上放着四个玻璃罐，分别装着红姜、瓜子、麻花、糖粒子。红姜是最好的零食，甜咸辣，一坨慢慢撕着吃能吃大半小时。

"要一毛钱的红姜，五分钱的瓜子，五分钱的糖粒子。"

秤盘里垫一张纸，草纸、报纸，或写过的作业纸，红姜放在纸上，加减两次，到秤平，拿出纸包好，红姜包小四方形。瓜子直接放在秤盘上，称好后，拿张纸，用手旋成羊角筒，再将秤盘的瓜子倒进去，包好。再数几粒糖丢到木板上，手按住，在木板上轻轻一送，糖就滑到我跟前了。

糖和姜放在裙子两个荷包里，先吃瓜子，顺着渠边走边吃，瓜子吃一半再吃红姜。红姜下肚冷热交加，我的肚子迅速疼起来，刚走到池塘边就呕天呕地。

"喊哒莫穿裙子，快换衣服。"我妈出来看了我一下，马上进屋烧柴煮饭，她要把饭煮出焦锅巴，加水熬成煳锅巴粥。这是我妈治一切肚疼肚痾的秘方，如果不见好就再吃一碗。

吃饭时，她吃白饭，我低头喝白米粥。

"恰点菜。"

"恰不下。"

"莫装病，我也呕过，呕完就冒得事哒，"她挟了一筷子菜放到我的粥里，"就算你今天生病，过节，也要讲清楚你为么子摘黄瓜，黄瓜那么小，又不能恰。"

我抬眼看她，只见她神色安宁，毫无怒气，不像要打人的样子，"哪个叫她对外婆不好。"

"莫恰哒，站起来。"她说，"把竹条子拿过来。"

我起身拿放在门边的竹条子，递给她，她放在桌边。

"裤脚卷起来。"她说完，放下碗。

我卷起裤子露出小腿，她站起来，边抽边说："大人的事你莫管，事情冒做错，但我们不能这样做人，我还是要打你。"我哭起来。

那天晚上，我妈把我领到舅妈家，弯下腰卷起我的裤子让舅妈看一条条青红印，外婆把我搂在怀里，骂舅妈和我妈："你们两个都不是好家伙。"起身拉我到灶旁，用青油擦伤痕。舅舅觉得这是女人间的事，一言不发，喝着每晚必喝的一小盅酒。

那条白底绿纱裙我穿得无比爱惜，穿到第四年还没破，只是腰线勒到胸上，不能再穿了，这时我也上了初中。这条连衣裙的花色、款式、风将裙摆吹得摩擦小腿时的感觉，至今闭眼闪回，比我后来穿过的几百条连衣裙都清晰。

关于偷摘黄瓜的事，那天早上发生的事，有时觉得可能是我自己想象的，因为后来几十年里没有一个人提起过。我一直想以后有机会聊一下这个事，我妈在时忘了问。后来，舅妈也不在了。

舅妈晚年很慈祥，每次见到我刚进门喊一声舅妈，她就哭起来，走的时候说声我走了下次来看你，她瞬间泪眼婆娑，抓住我的手千叮万嘱，在外面要小心，要找个人家，再要个细伢子。

这个故事，只属于我了。

洗澡

只要胸还是平的，就不用穿衣。只要抽水机在抽水，就不在家洗澡。

夏日傍晚，抽水机隆隆响起，我拎着铁皮桶跟在老二后面，提手吱呀呀响。她打赤膊，挺直的背上，肩胛骨像微张的蝴蝶翅膀。我的背后也有一对。

水从渠的深处抽上来，冲出黑色铁筒，洁净冰凉，水花雪白。水翻腾的劲像按摩，我们泡在水里，露出头，一旁的大路偶尔有人经过，牵牛的青年脚走到这里不动了。老二微微蹲下，只露出头，将脸转开。我从水底摸出石头往青年的脚砸去。

冬天太阳好的中午，我妈把教室里的孩子赶出去，木脚盆放在南边太阳能进来的窗下。两瓶开水放在盆边，炉子里还烧着一壶。她用手划了一下水，说站进来。我脚一探，说好烫。她说快进来，烫不死的。

她说，把手张开，莫笑，胳肢窝要洗干净，脚也张开。毛巾像火把一样擦着我的身体，浑身通红。窗是塑料布蒙的，映出几个挤来挤去的头，我妈拿起教鞭往窗上挥，"啪——"一下，窗外脚步声四散。

后来搬到村里，自己洗澡，浴罩吊在堂屋的梁上，堂屋大门关上后只有顶上的亮瓦（玻璃瓦）投下狭窄的光线。罩住木盆，倒上热水，浴罩就撑开了，热气缭绕。水太烫，坐在盆沿，两只脚也架在盆沿上，手指拈着毛巾在盆里划圈散热，脚耐烫先下脚，差不多就可以坐到盆里。香皂打遍全身，有时动作大一点，碰到浴罩，水珠滴下，像下雨一样。

初中的宿舍是世界上最潮最黑的角落，都蹲在门后用脸盆洗澡。她们蹲下才脱衣，露出白色的确良内衣，她们双手往后解扣，肩胛骨一动一动。水不能完全流出，除了冬天其他季节门后都是小泥潭，进出宿舍时先打开门，跳进跳出，不小心就溅一脚泥。一次夏夜突降暴雨，听到男孩们淋雨的吼叫声，我说我们也出去洗，先冲出去，女孩们羞涩地跟出来，撑开衣领口拉开裤子，雨灌进去。

没有电灯，一团漆黑，什么也看不见。他们一定脱光了。那时要看见了，就不会在快二十岁的时候突然吓一跳，他们也有毛啊！

十七

十七岁那年,我的书读完了。意思是我的母亲、父亲,周围所有人,都认为一个家庭对孩子读书上能尽的责任已尽完,而我,也觉得拿到高中毕业证,是他们能接受的目标。读完了,接下来做什么呢?出于母亲向来喜欢安排家里的所有事情且不容置疑,我从没考虑过毕业后要做什么,我唯一的烦恼是有点胖。

同时毕业需要母亲考虑的,还有她的第二个女儿,她复读了一年,虽然她的分数比我高出一百多分,但我们的结果是一样的。无论什么原因,她被母亲偏爱,或排在我前面,她都是要优先考虑的。

我和老二都认为那是我们最饱满的夏季,不用再假装搞学习,天天吃西瓜,电视看到深夜。上床前要上厕所,要下楼走一段十几米两侧都是齐腰高荒草的小径才到单位的公厕,有时能看到蛇。老二下完楼总是提议就地解决,就地,通常是几棵梧桐树下。老二有本事一蹲下去就解决,我怀疑她的尿在提议的时候就已下拨到门口。我不行，蹲下来左看右看直至安全才行。老二站着等我，不耐烦地说，你在搞么子，快点窝呐。

厨房在楼下，夜里吃饭时桌子摆出去，风从南面来的时候气味飘到饭桌上我母亲就骂，哪个猪嬲的又窝到树脚下。不过这样的日子并没过多久，老二被安排去深圳打工，她有横无际涯的未来。我继续在家，夜里打手电筒去厕所，青蛙、蚱蜢从草丛里蹦出来，跳到脚背上。天气恶劣时也在树下解决，收窄阀门，以压低声音。

高二时我母亲一时冲动承诺我的亲事包在她身上，也没见有任何动静，没有青年来我家。单位院内唯一一个考上大学的年轻人，他不高，圆脸，他总是抱着篮球一个人在两个篮板之间冲来冲去，假想有人对阵地躲来躲去，我把感情的一些假想转移到他身上。

夏季过后，篮球场上的声音消失，年轻人去上他的大学了。我母亲让我去城里爷爷奶奶家住，住的意思是，倒马桶洗衣服买菜做饭，有可以工作的机会就工作。

奶奶家在城里，千年老城的腹地。二层楼的公屋，分给每家是狭长的条形，前后两间半。屋里墙腰以下涂成蓝色，上方是白色的，这种粉饰方式是那时城市的象征，充斥着所有的学校、工厂、单位、医院以及普通居民家里。

我住在那套两间半里的那半间，没有窗，采光靠厨房，厨房是与后一家人共用的，厨房采光靠天井。我倒马桶洗衣服，在奶奶的指导下炒完整的菜。我炒菜时那家也有一个姑娘在炒，拖着一条乌粗辫子，是后屋乡下的亲戚，来几年了，在服装厂做了几年临时工后转成了正式工。她的城里话说得越来越好，这是一个完美范例。我的范例。冬天时，我终于被安排要正经做事了，去奶奶当年的工厂。

工厂的名字叫三五一七，这个城市还有另一个类似的工厂叫六九零六。数字说明一切，庞大系统里的一个。工厂由一幢幢相似的建筑物和相似的人组成，巨大的铁管连通所有建筑物，那是冬天集中供暖的管道。厂区白天充斥着巨大的轰鸣，我的工作是踩着电动缝纫机，将半圆形的布缝到脚后跟处以加固，一个后跟要踩七八个间隔均匀的半圆。

车间里都是女工，从二十几到五十几岁。每个人一台缝纫机，中间的长条台堆满军绿色的布料与鞋帮子。车间被暖气烘得热烘烘的，只有大型工厂才有暖气，这样的工厂在整个城市不超过四家，所有人脸上都挂着满足与骄傲，我因为学得很快踩得很圆被师傅夸奖，夸奖很快传到奶奶耳里，奶奶也显出满足与骄傲。

慢慢地，我不需要全神贯注也能将那个半圆踩得均匀，动作变得半机械，时间多了起来，我开始听她们聊天。我突然发现命运已经降临在我身上了，全面覆盖，这就是我的未来。每天完成几百个鞋跟，只需要再待一个月就能从这里获取全部的性知识以及婆媳关系的要点。我很渴望接吻，但她们从不提接吻，好像现实生活里完全不需要接吻。

白天我一圈圈踩着缝纫机，晚上疯狂做梦，有时是年轻人，有时自己正在死，而我正在抢救自己。我每天似乎站在离自己不远的地方，看着她低着头一圈圈踩着，她的嘴唇鲜艳饱满，每一天都在想象接吻是什么滋味。

工厂有公共浴室，女工只需要两毛钱，我准备洗一次。穿过浴室的两三道帘子，热气扑腾过来，眼睛像被人蒙住了一样，几秒钟后，只见几百平米的大通间两侧都是喷头，喷头吐出热水，每个喷头下面站着女人，她们全裸，以各种角度对着我。

她们的手搓着头发、身子、胸腹、脚踝，也许双腿间是她们平时难以彻底清洗的地方。她们将骨盆往前顶，将水柱打在小腹。她们拿香皂擦几下，搓出丰富的泡沫。她们说着笑着，和踩鞋帮子时一样大声、自如，如同皮肤也是一件衣服，乳房、卷曲的毛发只是衣服上的装饰。几十个女人，各种年龄段的身体。

我刚感到震惊，突然意识到我也是这样，没有任何不同，也只是各种形态与年龄中的一具，我对情对爱对欲的渴望和忐忑被这座裸体森林全面击溃，我对未来的所有渴望与焦灼，不敌一具将手伸进双腿间擦洗的正在笑着的身体。

出了浴室，我踩着单车回家，缓缓经过岳阳楼，左侧楼与楼间偶尔露出来一闪而过的洞庭湖面，阳光满满当当，从冬天掉光了叶的梧桐树枝间落下来。离做晚饭还早，我慢慢踩，身体被热水泡过的潮湿绯红一时还没褪去。

洗澡时我已决定不去工厂上班了，我要掀开这已经笼下来的如浴罩般的命运。我盯着每一个迎面而来的人看，当他们也看到我的时候，我迎着他们的眼睛，毫无畏惧，我觉得我已获得进入世界的通行证了，倘若我曾经拥有过什么，我现在也决定全部失去它们。

一个月的学徒工资是十七元，我没有领到它，据说这些钱全部用来返工，因为最后十天我踩的鞋跟有一大半踩得歪歪扭扭，像是一个愤怒的人在画一幅愤怒的画，得一个个拆开重踩。没有人遗憾，工厂觉得我肯定不会成为一个合格的车工，奶奶觉得我毫无耐心不可能做好每一件事，而我母亲，她沉浸在她人生最长最重的悲痛里无暇顾及我短暂的女工生涯，她的母亲那个冬天离开了。

过完春节，我母亲为了眼不见为净，让我跟老二到深圳。"随你闯，书，你书读不好，事，你事也做不好，我反正不管了，你自己奔自己的前途。"

丢个衣架下来

我妈来了，多了好菜，也多了唠叨。

她喜欢开门，说通风。房子不长，从阳台到大门，不到十米，风从这短短的十米里疯狂地跑，把身体的炽热带走。

她开着门，我就背对着门吃饭，我不喜欢将自己开膛破肚地展现给陌生人看。房子很乱，收拾了还乱，这是我的零乱生活。似乎任何一处，都是暂住。

周日上午，艳阳满天，好洗被子。没有洗衣机，我用脚在桶里翻踩，一手扶着阳台的洗手池，身体一侧在阳光下，桶里的洗衣粉泡在我脚趾间跳跃，阳光下幻发着五彩光芒。

抱着洗好的被子下楼。一楼有院子，能晒到完整的太阳。被子贴在一起不好干，我仰着头，望向六楼，朝整栋楼喊道："姆妈——"

这时天很蓝，有很多白色的云，顺着一个方向飞速地跑。太阳也在上面，我不敢看。朝着这栋残旧得不可思议的楼,我用尽力,喊:"姆妈——"很多人都听到了吧,可他们并没有伸出头来。

一个花白苍老的头,从六楼走廊伸出来,她问,你要什么啊!

我仰头喊,丢个衣架下来!

腊肉

踏入腊月，其他都不念，就念我家独一无二的腊肉。

腊肉对湖南人家来说是平常物，没什么独特秘方，但家家味道不一。我母亲做不好猫鱼，但腊肉一流，烟熏味里有隐隐的桔皮香，肥瘦适宜，切面可以看到内里是鲜艳的赭红，纹理清晰，手指摁一下，柔软有弹性，做腊肉菜时满屋都是香味。

腊月是母亲最意气风发的月份，走在街上脚底都带风，像掌门人巡山，她接受街坊们季节性的敬羡。

问她缘由，她笑说，诀窍就是盐，太咸会压肉的鲜味，那是以前穷惯了，一碗腊肉上桌不能一餐就吃完，得吃很多餐，所以就要做得很咸，而且盐放少容易臭。这就考功夫了，要用力揉，把盐揉进肉里，腌的时候均匀翻边，一次性晒透、熏透，再阴两天，不好吃才怪。

2008年冬天我正在等下一份工作，索性提前回家，刚好和母亲一起做腊肉。

我跟在母亲后面去菜市场买肉，扛了三次，扛到六楼洗腌晒,熏的时候再一趟趟搬到楼下。

我们的房子盖得很莫名其妙。说是有个人赚了点钱想做房产生意,便买了一块地,种树一样盖完五栋房子,房子卖完就找不到人了。我们随后都是自己拿着收据去办房产证的,又补了些钱。没有物业没有管理,楼道里的灯都是各户凑钱找人装的。我家是顶楼,十几年来所有的顶楼都在漏雨,有些人家索性在顶楼再盖半层,屋顶装铁皮,解决了漏的问题。不过一下雨,屋顶的铁皮响声巨大,波及整个巷子。我家没有钱加盖,雨季来的时候,母亲将电视机移离墙壁足有二十厘米远,水迹在电视后面的墙上留下树枝样的纹路,雨停后买些沥青,母亲想必是自己爬上去糊的,就像以前村里的土屋漏雨,天晴后也是她爬到屋顶拣瓦铺牛毛毡。

就这个满是水痕的屋子,母亲舍不得在阳台熏腊肉,怕熏黑,每年都是搬到楼下熏。膝盖不好,每次搬一点点。那一年母亲很满足,有我这个劳力搬肉,还守熏炉。

肉熏三天就可以了,其实是三个下午。吃完午饭,我们一起下楼,我搬肉,她生火,炉子放在两栋楼间的空地,锯木屑、稻谷壳、香樟树枝、晒干的桔子皮等作为熏料。母亲吩咐我不要让腊肉的油滴下来烧出明火,我说好,你放心打牌。光线穿过楼顶乱搭的棚屋、各种半封闭堆满杂物的阳台,像射入井底。我坐在矮凳上,手脚靠近炉子取暖，捏一本书偶尔翻翻。有时会想起，十几米远的空地，父亲几年前曾躺在那里三天，接受所有人的吊唁。

约三个小时，母亲打完牌过来，再和我一起搬肉上去。在楼道里她会说第几圈时抓了一手什么样的牌，如何险胡。2008年那场著名的大雪来临前，腊肉已熏好，架在阳台上，黄灿灿的，要吃时拿刀去阳台割一截。冰雪封路时，我每天下午四点半去麻将馆，从口袋掏出我在家刚烤出的糍粑递给她，糍粑里塞了辣椒萝卜或腊肉。母亲把麻将哗哗一推说，不打了，你们打，我崽来接我了。她坐在麻将桌旁，吃完糍粑起身和我一起回家。

第二年我带母亲来深圳过年。那是我住过的最糟糕的房子，八十年代的通廊老公寓，单身公寓，卫生间的窗玻璃被台风摇碎，用纸皮挡住。隔音极差，一到半夜走廊响彻下夜班的声音，一直到天泛白才能彻底安静。

房子那么不好，母亲还是在深圳住了很久，每天晚上都有四五个菜等着我，她用整个下午在阳台上的电磁炉里炒出来。

那些年，她跟着我住过蛇口、岗厦的出租屋，后来我住在前海又大又新的小区里，在那里她有一间完整房间，阳光充沛，窗外是大片宽阔的园林，她在小区里摆各种姿势让我给她照相，冲印出来回湖南时带着。

最后住的却是这个残旧的单间，她睡床，我睡紧挨着的沙发。夜里她翻身、磨牙、说梦话，近在耳侧的声音滤走失眠的烦躁，睡意在安然里悄悄来临。记事起，我从没和母亲睡过一个房间，一张床。这是我们睡得最近的一段时期。

吃完晚饭我们出门散步，有次看到一个还不算老的男人翻垃圾桶，用手抓着饭盒里的饭菜吃，我站在他身后看了好久，他神色几乎是羞愧的，趁无人经过时才塞进嘴里。快到家时，我说打一下转。我们回到垃圾桶旁，我问男人，你想不想去仓库做工？挣不了大钱但包吃包住。母亲在一旁大声劝，你快点答应啊。男人说很谢谢你们我不想做仓库。

那天晚上母亲没有像往常一样倒床便响起鼾声，黑暗里她翻了几次身，突然说，我发现你是个心善的人，唉，真的是我生的，我也是看不得作孽的人。我没作声，发出均匀的呼吸声。她从来没有和我聊过关于生活以外以及如何做人的话题，更没有夸过我。我不知如何应对，只好装睡。

就是那年冬天，在小得只能放下电磁炉和两盆花的阳台上，她说要架熏炉，熏腊肉过年。她说没有腊肉过不好年。晚上散步时，她拣起地上的桔子皮，说可以熏腊肉。我抢过来扔进垃圾箱，说这就去买一堆桔子。桔子买回来，但阳台实在太小熏不开，只好放弃。

那是她最后一次来深圳,最后一次和我长久地住在一起。在这间比她年轻时住过的土屋还破的房子里,我看不出她的内心是否凄惶,不知她是在安慰我还是自我安慰。她说,其实这里也蛮好的,买东西方便,房租便宜,又小,好搞卫生。

其实那时并不拮据,我只是懒得另租房子,懒得去装热水器,我不在乎它破它旧,甚至觉得蹲在地上洗头和用手洗衣服很酷。母亲住的三个月里,她也蹲在地上洗头,用手洗我的衣。

在我后来的房子里,我总想象在客厅隔出一小间,一张床一个电视,这里有她要的一切,电梯、花园,阳台很大,可以熏腊肉,她可以住到生命自然终结——我有这些的时候,她去了另一个世界三年了。

大前年,我在家做年饭,蒸了一碗腊肉,大姐吃了两筷子,仔细尝了尝说,咦呀,这是姆妈做的腊肉啊,就是这个味,你还留到现在?我说朋友给的,家里带的腊肉早吃完了。

"不可能,你肯定搞错哒,这个味我吃得出,就是姆妈熏的。"她急得眼泪就要出来。

我没接话,低头吃菜。她慢慢嚼,将最后的滋味长久地嚼进记忆。我完全回忆不起最后一块母亲熏的腊肉是怎么吃掉的,一遍遍想着每一餐有腊肉的菜,毫无线索。她从一个让人痛不欲生的死人变成一个死去很久的人，慢慢退出我们的生活，缩小成不易察觉的潮湿。

是啊，我应该留下最后一块她熏的腊肉，放在冰箱里冻着，一直冻着也不会坏，它将永远保有它独特的香气，是我们那条街、那个城所没有的香气，永远可以偶尔拿出来闻一闻。

大姐慢慢吃腊肉，吃着她以为的母亲最后亲手熏的腊肉，她比我幸福，我的心里全是草。

真的是个娘

清明了,想起我妈的几个片段。

"你,起来回答"

我四岁时,教室外面已经玩不住了,我妈把我领进教室,竹条教鞭指着黑板上的a、o、e,让我跟着一年级的孩子念"阿哦呃"。

我那时还不是后来的惊弓之鸟,听到要举手,我的手快快举过头顶,申请炸碉堡。我妈说:"小妹,你,起来肥答。"我站起来,双手扣在后背朗朗乱答一通,只是坐下时,往往一屁股坐到地上。那时课桌是井字形,几张连着的桌椅,坐的条板总被村民偷偷撬走,一半课桌没有坐,都偏坐在六七公分宽的竿上,扭着腰上课,我只要站起来,就会忘记身后的座位无木板,好几次坐到地上,引来大笑。

第二个一年级,五岁,还是我妈教。我除了《学习雷锋好榜样》唱得很溜,"阿哦呃"还是一窍不通,还时不时坐到地上。到三年级时，我妈很少叫我回答问题了，像对待其他差等生一样，眼无一物地扫过我。谢天谢地，她没有教到四年级。

好老师能主持公道

外面公认我妈是个好老师，两方面。一是她带的班，考试总在全镇同级前列；二是她对所有孩子视如己出，意思是，想骂就骂想打就打。"不打不成材。"我妈说。

因是教书先生，丈夫又是城里人，见识自然多些，村里有难断的家务事时，会请我妈过去主持公道。她坐中间，两旁坐着打架或相骂的双方，我妈一五一十地，说完左边说右边，直说到双方脸红耳赤。事情完结后，她右手往口袋里伸，对方忙说抽我的抽我的，递来一支烟，火柴也擦燃。

"真的是个娘"

每次去外婆家，外婆第一件事是把我拉到光亮处，从上到下看一遍，再让我转一圈。让我穿针，她给我补豁口缝扣子，一边缝一边念，"你这个娘，真的是个娘，扣子冇得都不管。"

也不是完全不管。毛衣袖口脱线到半米长，走路都拖到地上时，我妈会拿针补一下。心情好的时候，给我们头上扎上红绸子。但就算我们收拾得再好，都像是别人生的。她背挺得直，脖子也直，穿得体面干净，出门前用铁梳子在煤炉上烧热将头发卷蓬，抹香香的雪花膏，而我们只许抹像猪油一样的蛤蜊油。

我们像她下的蛋，孵出什么成色，要看老天的造化。虽然是老师，但她从不指导或陪伴我们做作业，实在看不过眼，轻则骂重则打，打骂是她重要的教育手段，做到这些，她也就尽到了做娘的责任。

生活里手

平常吃的鱼、虾、青蛙，几乎没买过，全是她弄回来的，但她从不一个人做完所有的事，钓鱼时我要拿蚯蚓罐子，捞虾时我提桶，抓青蛙时我拎蛇皮袋。还有，抬粪、拣谷、割猪菜、拣西瓜等等，都是我。

为什么不是两个姐姐？说来话长，老大是婚姻里短暂的美满时期的产物，三岁时胖乎乎的，毛选教三遍就能原样背出来；老二白净秀气，文静又聪慧，最接近我妈心目中女儿的样子；我呢，据说出生一周后，我爸从市里回来，听说又是女儿，看了我一眼，扔下一对猪脚又走了。我天生粗黑，一副三八红旗手的样子，所有她们不愿干的活，自然落在我身上。

夏天晚上在田埂上抓蛤蟆，手电筒照着，我妈弯腰，出手极快,捉住后反手往后递,我立即撑开蛇皮袋。她手松,蛤蟆稳稳跌进袋。有一次我手没拿稳,蛇皮袋跌到田里,忐忑了十几秒钟才说,我妈马上补救,只捉回三四只。她起身后用力敲了我一个叮弓,"冇得寸用的家伙,做不得一点事。"

"把灯扯燃"

十一二岁时,我上初中,家里通常只有我和她。

早上传来她喊我起床的声音,我穿过堂屋穿过她的房间,到厨房,放柴到灶里,用火柴点燃,炒一碗猪油坛子辣椒蛋炒饭,吃完我上学时,她正在起床。

夜里,我在房间里做作业,她的声音越过堂屋传来,"作业做完冇?""做完哒。"她说那你来看电视吧。我过去坐在椅子上看,她坐在床上,盖着被子,一边看一边就着黑白电视的光打毛衣,错针时她说,把灯扯燃一下。我扯灯绳,灯亮了,她挑几针后说好了,我又扯熄。

进广告时,她搁下毛衣又说,把灯扯燃一下。她把右手伸进棉袄内的胸襟处,掏出一摞大小票子来,一张张数,每数几张便将右手的拇指放到嘴里舔一下,嘴里念道,一百零一块,一百零二块,一百零三块。

"搁些钱都是我慢慢细细存出来的,放哒别个,保证存不出来。你以后要晓得存钱呐,听哒冇?"

"都是为了你们"

她说,我那时农药都买好了,想带哒你们三个一起喝,下不去手,后来想自己一个人跳河算哒,但又舍不得你们三个,都是为了你们。

我成年很久后,想起她的话觉得很有意思。她那种有仇必报的性格怎么可能会解决自己,父亲给她的伤害,她以将他排除在生活之外的巧妙方法来复仇,直到退休后才重新慢慢纳他进来。

至于说到是为了我们——我们三个都会笑,会异口同声说,怎么可能呢?我们从来没有感受过传说中无私而伟大的母爱,她的母爱和生活、工作、挣钱、娱乐混杂在一起,很难说哪种更重要。

她手巧,很会扎辫子,但很少给我扎,多数时候头发长到再不扎就梳不直的时候,她就给我剪到耳根。

技不压身

她晚年时,外面兴起广场舞,她看不起,我让她去跳,她说冒得么子搞得了。

她爱钱,爱动脑子,爱话事权,退休后,她为自己找了一些集各种爱好为一体的娱乐方式。

打牌与研究码书完美地结合了这三种爱好。她擅于打各种牌,记得每个人的出牌套路,打得不大,一天输赢三四十块，一月下来，生活费绰绰有余。每次上楼坐下便掏出钱来数，与当年坐在床上看电视数钱的姿势一模一样。如果连着几天手气不好，她便禁牌半个月或更长，直到感觉手心运势满得蠢蠢欲动才坐到牌桌上。

打牌之余，她研究码书。码书很厚，也很贵，四五十块一本，各种奇怪的诗词、图案和数字，据说囊括了一整年香港六合彩玄机。为了省买书的钱，她借来书，戴着老花镜每天花两小时工工整整抄下来，有时让我帮着抄，抄完便开始一页页研究，研究的项目天罗地网，包括电视上她认为有关的节目、晚上做的梦、偶尔看到的生肖或数字。每一次开码是她验证研习成果的时刻，觉得总有一天她会靠智慧与悟性参透所有的密码。

虽然她认为自己的天分要高出众人一筹，但她每次只买十几二十块，并大声责骂老大老二投入过多是极端的愚蠢行为，她说老大，"她小时候实在是聪明，不晓得怎么回事，越大越蠢。"

向生而死

她走后几年，我一点点记，以同样的年龄看当年的她。

她活得身轻如燕，没有任何角色束缚她，以自己的方式而不是别人要求的方式生活，又自私又善良，勤勉聪明，诡计多端，恣意洒脱，天生的认真劲，让独自在家的生活有时有序，井井有条，几乎可称"慎独"。

她觉得她能战胜一切，在最后的病床上，全身只有一只脚能动时，她还努力抬起来，脚趾一下下用力勾向脚心——人生最后挽救式的锻炼。

她一生都充满着希望，每一天都觉得明天会更好。她一如既往、一以贯之地抱着随时调整的希望走向死亡。先是以为能彻底好，后来以为只是会偏瘫，再后来觉得全瘫也没什么，好多人都躺着活几十年呢，她想。她死的时候肯定以为自己一定会得救。这很好。

你想记得,你以为你记得

天气突然降温,像来到一个真正的冬天。

早上被闹钟叫醒,摁闹钟时拉开窗帘,重新钻到被子里。风持续地发出嚎叫,从拉开一半的窗帘看到玻璃带着棕色的金属窗框剧烈地摇晃,像要挣脱墙,客厅的、厨房的窗外,也都爬满嚎叫的风,再远一点的风声,发生在屋后延绵的山脊,还有山腰处的一丛竹林。

一会侧身躺着看窗外,一会正过身子看天花板。灯在墙上,天花板上空无一物,只有倒映的晦暗光线。温度还没有低到不敢起,被褥里的温度都是自己身体的,也不会暖到让人贪恋。我只是没有什么事,起与不起,都无关紧要。

躺着躺着,似乎响起一些声音,"起来,快起来,紧哒困!怎么一直睡!"这是母亲的声音,下达命令式的、急促、不由分说。她喜欢用"紧哒困"来结尾,瞬间将睡懒觉拉高到人生准则的这样一个高度,让你觉得"紧哒困"不仅不道德,更是不孝顺。

还有一种声音,是电视的声音,早间新闻,字正腔圆地在客厅里大声响起,那是父亲故意调大的。我和老二的房间总是挨着,要么她喊"讨嫌死哒!搞小点声音!",要么我喊。

我和老二的起床气慢慢消掉后,开始哼,不哼歌,是喉和鼻间发出一种类似猪拱地时发出的声音,没有调,只有绵懒的情绪,在不满和满意之间摇摆。有时会和老二比赛,看谁哼得好,终结往往是母亲的断喝,"快点跟老子起来",她可没有父亲那样的耐心。

这样的情况总是冬天,且是寒假里,不必上学,也没什么事要做。夏天很少这样,夏天热,每天都有一堆的事。

我似乎在等着这样的声音,但屋子里只有风声,无休无止,摇着玻璃,从窗隙钻进来微微鼓起窗帘。我想起还有另一种声音,各种各样的歌声,是磁带发出的,温柔宽厚,那也是父亲放的,也是冬天,那个时期家刚搬到市里,每个人的心情都特别好。

那时,每个人的心情都特别好。前段时间翻到一张旧相片,母亲正扭着头跟婶婶说话,她们穿着浅色的衬衫,婶婶的刘海用定型发胶吹得高高耸起,像一片云,母亲的头发在耳下一点点,发尾微微卷起,我见过她用插电的梳子将头发弄得蓬松,母亲微笑着,她不漂亮,但有一种聪明和自信的美，那么从容自信、松弛，应该是那个时期照的。

家搬到市里，又因为父亲已退休，单位收回了我们原来住的房子，母亲没退休，还要在乡下教两年书，学校便腾了一间房子给母亲暂住，父亲没有先回城，而是住到学校，等母亲退休后一起回城。

那时我还在外地上学，寒假我回到城里的家时，母亲的学校还没放假，我一个人在家，二姐也不在家住。几天后，母亲放假了，二姐就租辆的士去乡里接他们回来。他们回来后，二姐也回家住了，一起过年。

通常我都在家等。不过，有一年寒假我跟着二姐租的车去了乡下一次，接他们回来。

老二从出生起那之后的五六年里都是他们的骄傲，不同时期骄傲的内容不一样。小时候老二白净乖顺，后来是成绩较好，那个时期是因为老二做生意有点起色，租一辆的士从市里过去可是件让人称羡的事，那时的车只能靠汽渡横穿长江与洞庭湖的脖颈，需要钱、时间与心意。

我为什么去过一次，不太记得了，可能是那年他们要带的东西不多，车坐得下，我便跟着的士过去了。停留时间不长，我只是略看了一眼他们的房间，一间十几平米的房子做卧室，做饭的灶具放在另一间放着体育器材的房子里。几张床？不记得，没有印象。肯定是两张，万不得已他们不会睡在同一张床上。那房间对我来说相当陌生，没有一点家的感觉，就像从一个陌生人家里经过一样。很快，母亲带我去附近村民家烤火吃饭，他们的冬天整日烧柴烤火，整个屋子都是暖的。吃完夜饭，我没有返回学校，好像是站在路边等车过来，然后一起回的市区。

后来，母亲经常和我说起她和父亲待在那个乡村学校的时光。那是父亲最舒心的一段时光。他一辈子兢兢业业，升任前被挤兑，无意争夺，便提前退休，终究有点郁闷，住在那个学校时，每晚都有村民请他吃酒，远离人事郁闷彻底消散，吃酒闲聊到月上中天，他深一脚浅一脚被母亲牵回学校，嘴里还哼着歌。母亲即将退休，她漫长的更年期已过，脾气不再那么火爆，虽然以严厉著称，但三十年顶呱呱的教学质量，无人不尊敬，村民竞相请她到家里吃饭，顺便请教如何管教家里的小崽子。

那是他们最好的生活场景，我不在场。后来我一直回想那一个半房间里，床摆在哪，有没有衣柜，二胡在不在等等，但完全空白。无论出于什么原因或目的，我们没有建立记忆，或丢失了那些记忆，我们以为会轻装前行，身轻如燕，但后来你会发现，让你的身体沉重的，正是那些你遗失或缺失的记忆。

那也是他们一辈子最和睦的时期，他们即将彻底回城里。城里，住他们用毕生积蓄买的房子；城里，有他们的三个女儿。他们有很多需要展望的未来，而后来的一系列变故与离散都还没发生。

现在，我很想记起他们那时的样子，那个在母亲最后任教的学校时，他们两个临时的家，想知道枕头是否有枕巾，衣柜门上有没有贴挂历，二胡的弦是否刚擦过松香。但完全空白，关于那个乡村学校里的家，我去过一次，没有重视，只是瞟了一眼他们的那个家。我是在完全失去他们两个之后很久很久，回想母亲的话才生出这强烈的想法。

唤我们起床的声音，我能一一想起，我们还没起床时客厅和厨房的各种声音，我也能一一想起。但那个乡村学校里的他们，我连一点记忆都没有，只有想象，我把他们想得更有感情，设想他们都没懊悔过与对方共度一生。

二十年后深圳的冬天，我躺在只有风声的出租屋里赖床，想象父母在叫我起床。我的第三根肋骨里面突然弥漫出像闪电一样尖锐的疼痛，你想记得，你以为你记得，但是，你不记得。我重构那些幸福的场景，只不过是在为自己构建虚假的幸福而已。

我将身体摊平，等着那疼痛向身体的末梢流去，慢慢变淡，直到可以忽略不计，我从床上爬起来，开始过这重复的，并且肯定以后会被我彻底遗忘的一天。

工厂

十八岁时,我在深圳打工。

我每天右手镊子,左手小榔头,将手表的三根指针"叮叮叮"敲到表盘上。我装得又快又好,却很穷,因为总被分配非常难装的机芯,返工多罚款多。

穷得床上只有一个枕头。被子被工厂帮派扔到楼下沟里。月底弹尽粮绝时,只能用电热杯煮面。

表姐在一个傍晚摸到宿舍时,我正坐在只有一个枕头的床上吃面。她听说深圳尽是钱,只要舍得捡,她决心过来捡钱。我重新煮面,加重了油,解释了枕头的事。她吃了几口,气呼呼说:"你真是冒得屁用,要我打她不?"

我想了一下,不行,表姐打完扭头出去捞金,打出去的还会在我身上打回来,十几人的湖北帮,一人一拳,我就客死他乡了。

表姐突然呀一下,翻下床从旅行袋里拿出一个玻璃瓶,红黄相间,还有白色的辣椒籽点缀,剁辣椒!

天呐!我抢过瓶子,右手钳盖用力拧,虎口一震,

"嘭——",瓶盖被气冲开,酸辣的鲜香轰腾出来,极具侵略性地弥漫。我挑了一大筷子搅到面里往嘴送,来不及细嚼便吞。我要让这意义无比重大的物质直接达到舌根,迅速吞下去,不会出现任何变故,再也无人夺走。

半年多没吃过剁椒,一瞬间辣得两耳轰鸣,像被猛抽了个耳光,突然意识到我是吃辣椒的,想起我们质朴又彪悍的村风——邻村偷水渠的水时,一人敲锣,醒来的人都抄起家伙往田里跑,谁动水就打谁。

我下床喝水,掀开门帘,对面铺的人坐在床上,像被打搅了一样狠狠地瞪我。平日我都是垂眼顺墙走的,但那一霎,我的霸气和蛮劲突然上来了,像披挂上阵似的,我把床帘重重一甩,喝道:"看什么看!"

我的深圳不是表姐要的深圳,她把剁辣椒留给我,去了东门。

几天后,早上领料,仓库递给我一盘男式机械机芯,一种没有人愿意装的机芯,像我这种新手,一天只能装一盘,赚四块,只够付一天宿舍费。重要的是,因为这种机芯难装,工厂明文规定不能分配给入厂不到一年的人,而我一周要装两次。

我把塑料盘推回仓库,管发料的是隔壁宿舍的湖北女孩子,她低下身子歪着头看我,像看动物一样。

"换一盘。"我说。

"不行。"

"换一盘。"

"主管说的，轮到什么机芯就装什么，不能挑。"

"换一盘。"我加大声音。

"主管说的——"她也加大声音。

我死死扒住领料窗，身后排队领料的人开始骂，发料员最后一次将机芯推过来时，迸出一串恶毒的脏话。我双手一抄，一盘机芯全数掀到她身上，足有半分钟没有任何声音，只有机芯翻滚的声音。

我没有被罚，也没再领到过这种机芯，被子也没再突然出现在楼下的阴沟里。表姐很快找到事做，在东门卖衣服，穿掐腰碎花连衣裙，烈焰红唇，美得要命。我们躺在服装店上一米高的阁楼里，身边堆着廉价而时髦的衣服，她说她知道如何倒货了，三年就能在家乡起一幢楼房。她还说，有个香港人总要请她吃饭。

两个月后，表姐夫来深圳接走表姐，她重新回到山脚下的杂货店里。表姐的捞金梦搁浅。我不久也进了另一家工厂，还是装表，遇到不公就地理论，理论不过就吼，吼不住的挽起袖子就要架场打架，要不是很快回了老家，我肯定会成为工厂一霸。

几年后，表姐重新来到深圳，重拾捞金梦，我刚刚重新来深圳，正在找工作，我们在"女人世界"前面碰头。

她眉眼如画,唇色如火,她说:"我们是一起过了苦日子的,有我的,就有你的,来,拿哒用。"

她往我手里塞了两百块钱。

白色背心

我有两件白背心,很旧,但还没有破洞,夏天热到知了响彻云霄时就翻出来穿,穿着过白天,过夜里。

父亲的夏天也是这样。

他穿着白色背心,一条民警蓝布短裤,凉拖鞋,右手夹着纸烟慢慢地走来走去。他很不矮,走路背挺得阔直,人们说起他时用"有个子,有样子";皮肤天生炭色,神色安宁温和,话不多,乍看严肃,细看觉得还有俏皮或滑稽,因为他有次喝醉酒,将一颗门牙的半边摔缺,另外半边侧着突出来。我二十几岁时喝醉把右虎牙摔缺一块,也算遗传吧。

他不小气,不扯八卦,是村里唯一的城里女婿。他们很喜欢他,但都不像外婆那样喜欢。

村里最有声望的老人,我的外婆说起他时,是用"我哩文雄",语气骄傲、宠溺,有种不由分说的独享。外婆舍不得吃别人送的零食,藏在床上垫着的稻草里,父亲去看她时才悄悄拿出来。他说,有次你外婆从床上的里面摸半天摸出一只法饼，上了绿霉，她都不晓得，她笑眯眯看着我，我只好吃掉了。

而父亲，下班后和临时工一起挑了半年多石头，得了八十几块钱。他给外婆买了件羊皮袄子，内里是厚而卷曲的羊毛，这是外婆一辈子最珍爱的东西，此后直到九十二岁最后一个冬天，都没有穿过其他棉袄。那时我家在村里买的四间大屋才花了八百块，奶奶心里不舒服，时不时说"我这辈子崽的福是享不到的，只有穿棉布袄的命。"

我想，父亲也许是在等遗传基因在我妈身上起作用，他说外婆是世上最好的老人家。他从来没说过我妈是最凶的堂客，但他婉转表达过他的期望，"她有嗯外婆一半就够了。"

父亲的方言里，很少用"哒"音，如"够了"，我会说"够哒"，他会说"够了"，这是文雅而语调婉转的城里话。吃饭时，我们几个说着村里方言，直接、短促，哒哒哒哒，汤渣横飞，他安静地吃饭，偶尔说一句"好了"，像抄着手站在河对岸，笑着不肯泅过。

父亲是城里人，和村里人不一样。他从不直接穿衬衣，里面总会穿一件白背心，有了背心，褂子也显得特别洁净。夏天断黑时我妈让我看路，远远有人骑单车，我能迅速从颜色的纯度上分辨是不是他，转身朝厨房喊："来哒来哒，快点搞饭恰。"

我在老远处等他,他停好单车,摸我的头,拿走车篮里的东西说小心点。我推着单车去操场,一圈圈学溜、踩三脚架以及横杠,龙头摔歪了我会将车胎夹在两腿间扳正,听到我妈喊吃饭的声音时伤痕累累回去。

桌子摆在坪里,饭菜也摆好了,菜有烧辣椒,配皮蛋或茄子。父亲穿着白背心,身子靠在椅背上,很松弛的样子,一口酒,一口菜,中间还会抽支烟。暮色慢慢围拢,渐渐看不清脸,只看见白背心、几张乌黑的脸上白色的牙、一明一暗的烟头的光,直到月亮升起来,一切又被月光从黑暗中拎出来。

那时夏夜家家户户都出来乘凉,村里的男人在夜里都光着膀子,六十岁的老婆婆在没有月亮的时候也脱掉上衣,胸像往下长的兔子的耳朵。但父亲始终穿着白背心,不仅从未脱过,也不撩起来,而很多人会把背心卷起来,在胸那里缠一圈,穿成"艹"盖头的样子。

父亲一周回一次,在家穿着白背心,总是很干净,很白。父亲不爱出汗,出了汗也会及时洗净,他走过时,能闻到纯棉布肥皂洗后暴晒的好闻的气味。有水田的几年里,双抢时他也会请几天假,拌禾插秧,虽然样子滑稽,但他不偷懒的劲让人们交口称赞。

但我妈似乎对父亲的一切都不满意,我觉得这是她的个性。养猫嫌猫懒,养猪嫌猪脏,养鸡骂鸡蠢,养孩子不顺眼就打。她可能觉得自己应该匹配更好的生活，包括有更好的孩子。

父亲并没有改变些什么让妻子更满意些，他仍然一周回一次，油瓶倒了我妈说扶一下，他就扶起来，我妈骂他他就走开，抽着烟看菜园，小时候他还摸摸我的头，大了也不摸了。我相信他从来没搞清过我读几年级了，也不知道我的成绩，看到我腿上被竹条抽出的青红印才知我数学考8分。

他看起来一直在路过他的生活，我从姑妈嘴里得知他游泳很好，胡琴很好，唱歌很好，成绩不差但因为家贫只能供一个读书，他辍学工作，供了姑妈四年大学，胆小，从不敢打架，清高，幽默。

这些，他在婚姻生活里展现得很少。我很小的时候，夏夜，吃完饭，他偶尔会拉一段胡琴，但我妈并不爱，胡琴声让她烦躁。

我高中时，他因公南下，在中英街背回一套黑胶机，给我妈买了一打丝袜。音响重修了差不多的钱才响起来，而丝袜一上脚就破拳头大的洞，丝袜是在威胁下买的，说是把他逼到墙角不买就捅死。音箱响起来时，父亲的脸上绽出谜一样的微笑，他把声音开很大，篮球场上空都是歌，直飘到云里。

直到他退休，生活才靠近了他。淘米煮饭，春节也打麻将，输十块就不来了。每天早上在客厅挨个大声喊我们的小名，起不来便将收音机打开，扭到最大的音量。他虽然还是很少和我们说话，但会让我妈传话，要老大好好教孩子，老二要对老公好些，老三上班要舍得吃苦。

一次，我妈发完飙气冲冲出门后，我问他，你们当年为什么不离婚。

父亲说，你姆妈聪明，会过日子，顾家，要不是她，这个家哪搞得起来。他的头转动着扫过客厅，又说，我是个不成家的人，手是松的。

父亲要一个家。他吊脚摆手什么事也不操心，我那个脾气暴躁一言不合就抄起锅铲打人的妈给了他一个家，一直到最后，他都有家。

他看到的最后的家，更破碎的还没有发生，我妈看起来能长命百岁，打麻将讲究斗智斗能，总赢，而我们几个孩子，不管是谈恋爱还是赚钱都大无畏，他闭着眼，看起来也很安详。

十年前我在商场无意中看到白背心，六块九，买了两件，穿上后发现它极其完美，没有一点束缚。易洗易干。

白背心成了我夏天最爱穿的衣，用手洗，打一些肥皂搓几下，在大太阳底下暴晒。收衣时，将脸埋进去闻，阳光的芬芳画图一样，在脑子里徐徐展开。

哪怕新的月份一个接一个来

前几天去了龙华。几年前老二在龙华时，我在南山，她让我搬过去，挨着住有热饭吃。那时北站还没好，地铁没通，新区大道两侧全是荒地，敞开的花圃只有黑狗把守，福龙路边可以随意停车，桥下是水库，钓鱼的人躲在半人高的草丛里。

现在高楼林立的地方，那时都是围墙圈起的待用地，洒满树种，雨季一来每棵树踮着脚往上疯长，风一过齐莤莤发出沙沙声，如绿色巨浪。从裂开的围墙钻进去，一条踩出的小径伸进树林。我拿棍子进去过两次，进到二十米远，所有声音都消失，路也消失了。光线如天井一样从头顶透进来。

夜晚是另一种景象，有真正的萤火虫飞过，屁股闪着绿色的微光，时歇时飞，那时地铁刚开，我坐在石块上，看它一趟趟在漆黑的夜里凌空飞过，像开往宇宙去，又像列队归家的萤火虫。

除了老二，我在龙华不认识一个人。我住的城中村就是老二帮我找的，离她住的小区隔条马路，我晚上下班后去她家吃饭，有时太累懒得跑，她会送过来。记得有次她煲了银耳汤让我去喝，我懒得跑，她说我送过来。她带着四岁的女儿添添，端着大海碗，出小区过马路跨绿化带，进城中村，爬六楼，进屋后气喘吁吁，放下碗，双手直甩。添添说，好啦现在小姨吃到啦我们回家吧。她迫不及待地要回家。添添从小爱干净，每次到我这里来，一进城中村，脚就像蜻蜓点水一样，跳来跳去，避开地上各种垃圾与水渍。

家里事情一完，老大也住到龙华，开始自己租房子，后来租不起，我让她过来和我住。一房一厅，我睡房她睡厅。她那时偶尔喝酒，喝多了用普通话打电话，打很久的电话。我希望她有爱情，哪怕是远方的。我房间的锁时好时坏，有次怎么都打不开，她拿锤子把锁敲歪我才出来。我先搬出城中村，老大和老二半年后一齐搬回老家。那三年是我们挨得最近的三年，也是最齐的，三个，老大老二，我是老三。

我搬的地方，离那个城中村只有一里多，是一个很小很旧的小区，虽然它是真正属于我的房子，但我也只住了不到一年，因为无业，我只能租出去抵一部分月供。租客搬走了，钥匙在管理处，我去拿钥匙。足有两年半不曾来过小区，树又高了几尺，花园的格局有些调整，管理处还是那个姑娘，只是下巴多了两粒痘，和几年前一样眯眼咧嘴对我笑。她说我以为你一直住在这里。而我身子微微颤动，百感交集，强忍住想和她谈谈这三年如何流逝的冲动。

红山站外的月亮又圆又高，悬在深色的夜里。出城的车少，大巴司机心情好，大声说，你运气好啊坐不上就要等半小时了，要回村了我也心情好，说这不叫运气这叫缘分。

下了车往盐村狂奔，在卖菜车收摊前赶到，买了两把青菜。

我只适合在小范围里操持自己的人生。一间屋子，一个阳台，一只猫，几盆半死的植物，每个窗都能看到山。我把猫抱在怀里，它看我，然后将头往后移了移再看我。虎皮也老花了吗要远一些才能看清我？只要我在，你就一直在盛年，哪怕新的月份一个接一个来，老到眼瞎。

没问题

节前回了趟老家，老二给我她不用的爱疯 X。

老大做扁桃体手术的医院，我去看她，是老妈最后两个月住的医院，同一栋楼，并且是同一层楼。十来年，再一次踏入，差点站不稳。

老大过得清简恐惧有秩序，老二过得阔绰混乱又无聊，她们更不想过我的生活，按她们的想法，这是一种死亡式的生活。

我看到老大身上的我，看到老二身上的我。我随身裹着一层捅不破的透明薄膜，我不可能是其他人，也不可能有其他样子，父母以他们的有限性炮制出老大、老二，以及老三，如果有老四我想也差不多。

老大有个女儿，老二有两个女儿，我没有，我觉得我在某种程度上终止了一部分的循环。比如我，就觉得不必要有我，这个集父系黑肤冷漠和母系高颧窄额自私于一身的人，对他们对世界对老大老二以及对我自己，没有，是一件丝毫不遗憾的事。

不过问一切，也不需要一切来过问我，我是一只举着半粒米饭横穿山路的落队蚂蚁。

老大出院后，我和她在夜里去了藕塘坡，几十栋破旧房子里的一栋，六楼。这是我们最后的家，老妈走后空了近十年的家。老大说，她天天担心阳台的东西掉下去砸到人，一直想来清理，但一个人不敢来。

水电早停了，我们举着手电筒，空屋子，只有墙和门窗是以前的。阳台是重点查看的地方，防盗网上的瓷砖仍在，瓷砖和客厅地板的一样，记得刚搬进来不久，母亲说放几块瓷砖方便晒东西，确实，晒过萝卜干，拖鞋，袜子，还承过月季花盆。瓷砖用铁丝绑在防盗网上，不知是父亲还是母亲拧上去的，都有可能。现在，我要解开它们，铁丝在我手上松开，像他们的手在松开。

去挂山，老二出钱修了父母的坟，很气派，相对以前简单的碑，像镶了金牙穿了名牌衣。此后，他们在这世上唯一的、最后的、长久到永远需要履行的任务，是保佑后代发财。嗯，这是老二给他们的任务。

我回深圳，买鲜奶；哪怕膝盖还是不好，瘸都要上健身房，鲜奶与健身，是我最想实现自由的东西。

写到的不一定重要，没写的不一定不重要。

骑马马

我已不太记得骑在人肩上的感觉了,应该像是放风筝,缓慢爬升,获得风后持续飞翔的感觉。

把我放在肩上的最后一个,不知是父亲还是学校的哪个老师。可以肯定的是,他们过早地放下我,不再把我举到肩上。父亲可能是不好意思表达父女之情,老师们起先是碍于交际把我举起来,既然他们看到我母亲并没有把我当回事,加之我也一点都不可爱,所以他们也就不再举了。后面这条理由是我推测的,但很可能是真的,因为,我记得比我大的孩子都还骑在大人的肩上,但没有人把我举起来,抱的人也没有。那些骑在大人肩上的比我大的孩子从高处看我,洋洋得意,神气得不得了。

倒是骑在牛背上的感觉很清晰。牛是舅舅家的,我家两亩水稻全赖它春耕夏耘,作为交换,我时不时放牛,一头母牛。所有母牛都很相似,眼神温柔驯服,牛角为了美而弯曲,我只能从它尾巴断过的痕迹认它,不过它认得我。要骑牛时,我对它说脑壳放下来,它停止咀嚼,头直直垂向地面，我双手扶角，左右脚踩住脚跟，一声起，它扬起颈子。我爬上牛背，再掉转身子跨着坐。

最后一次骑，是去洞庭湖边放牛。及膝的嫩草无边际，看不到湖边，早上把牛赶去傍晚再赶回来。带糍粑，拣杨树枝烤着吃，当午饭。那天我的糍粑被人半哄半骗半抢弄走了，一口没吃到，也不敢发脾气。傍晚回村我一路骑着牛，平时怕牛累我很少骑，那天实在没力气了。路两侧粉色的野蔷薇开得团团簇簇，香气和着路上的烂泥和牛屎气味往上翻，恍恍惚惚摇摇欲坠。牛认得家，醒来时看到自己倒坐着趴在椅背上，母亲用瓷调羹在我背上刮，我是疼醒来的。看到几双脚，有人围着看。我想，胸前的衣是否也掀起来了？这种事母亲做得出来的，她总认为我不应该长大。还好，只撩了后背。

刮完痧，吃了一碗猪油剁椒蛋炒饭后，我彻底活过来。后来也放过牛，没再去那么远，就在田埂堤边。骑牛时胯下温热的牛脊，一左一右轻微摆动，牛背上升高的视野，看见更远的地平线。牛走路缓而匀，景物缓缓地悠悠地往身后退。

我还记得坐在单车前横杠的感觉。父亲带我去很远的村里吃酒席，吃得醉醺醺，他让我坐在横杠上，也许是他知道自己喝多了，我要坐后面的话，掉下去他到家可能都发觉不了。我坐前面，父亲让我负责摇铃铛，他两手把着龙头，像把我牢牢围住一样。父亲哼歌，酒气从头顶喷下来，我觉得很好闻，冬天下午的阳光晒得也很舒服，路上一有人我就摇铃铛，尽职尽责。

不过这种机会不太多，虽然父亲总有很多吃酒席的机会，但他很少带我们，主要是母亲不让，她认为那些带孩子吃酒席的，是家里很少吃肉的，母亲用这样的方式让人明白我家的孩子不馋肉吃。她好面子而已。偶尔有机会一起吃酒席，母亲会低声跟我说，等下嗯自己挟肉，不要恰菜不要恰饭，先挟肉恰，你听到冒。

听到了，我现在，不爱吃米饭，爱吃肉。

它能在任何地方找到我

我爱上的第一个生物,是一只猫。它没有名字,就叫猫记,就像喊鱼为鱼,喊狗为狗一样。

我们家的每一样东西都有用处,猫记到我家来的任务是捉老鼠,并且最好把它吃掉,省得天天喂饭。

猫记来之前,我有意无意把鸡和猪养成我的宠物,不过很难,不出一年它们总会被宰掉,变成桌上的菜。

猫记来的时候正是暑假,我有大把时间跟它玩。猫记麻褐毛,天真娇憨,喜欢咬我的手,咬完再用柔软的舌一下下舔。我穿过堂屋,它不知从哪蹿出来,整个抱着我的腿,我走路它仍抱得紧紧,昂着头看我。我一直渴望能被那样注视,我有了一个小家伙。

我钓鱼它跟着,我摘菜它蹭着,它梳毛时我将手靠过去,它专心舔我的手。我长大它也长大,放学回来,我老远喊"猫记",一条黑影从波浪的绿里蹿出来,急切地喵喵叫着,跃过小渠、稻田,像一个完美的小行星飞到我的脚边。

我家的土墙有个猫洞，猫记自由进出。冬天晚上刚睡下，听到轻轻地"咚"一声跳上床，略带重量的猫爪在被子上踩来踩去，找好地方便蜷成一团，被子一角被压得实实的。到隆冬，它钻进被子，蜷在我的怀弯里，我将两只手放在它肚子下，感觉这世界上最温暖与柔软的方寸。

猫记不爱跟其他猫来往，记忆中它只生过一窝小猫，听到灶里传出小猫的叫声才发现它做了猫妈。小猫大一些后陆续送走，乡间谷多老鼠多，猫是必备用品。

一个冬天晚上，吃着饭，我妈突然想起一件事。她说哦，我把猫记送走哒。我说为什么？不是养得蛮好的么？

人都养不活还养猫，它要再生的话怎么搞？她说。

那屋里老鼠呢？我说。

屋里现在没老鼠了，快吃饭。

那晚我在被子里的哭泣，是众多哭泣里最无力的一次。第二天晚上我梦到猫记，它回来了，正蜷在我怀里睡。我突然醒来，发现它真在，我摸了又摸发现它湿漉漉，发着粪坑的臭味。我将它拎起来闻。惊喜迅速被恐惧替代——如果我妈发现它将一身的粪滚到我床上的话，那还得了，我把它抱起丢到地上，让它去灶里睡。

不知它怎么找回来的，它那么好的眼神与嗅觉，不知受了怎样的惊吓才跌到粪坑。

我妈说，它真是厉害，我用围裙蒙住它的眼走了好几里路它都能找回来。我仍然没有保留猫记的力量，我妈接下来又送过两次，她蒙着猫记的眼睛，抱着它走了很远。不过，我不再担心，我知道猫记会回来，果然，它总是能找到回家的路。

后来我才知道我妈执意要送走猫记，是因为我家要搬。现在，她决定带猫记一起搬，她说养出感情了。

我还在原来的中学，一周回一次，回去时有时猫记在，有时猫记一整天都不在。到高中时，我两三个月回一次。我妈说，猫记在家里待得越来越少，有时半月不回。我妈说她最后一次看到猫记，是满月夜，她正睡得香，突然听到外面有猫叫，她打开窗一看原来是猫记。它跳上窗户用头蹭着我妈的手，窗外的坪里蹲着十几只猫，在等着它。蹭了一会，猫记跳下窗，往树林里奔，十几二十只猫跟在它身后像它持续的、迅速又不忍消失的影子。

猫记做了自己的女王。高中最后一年，冬天晚上（怎么又是冬天呢？），迷糊之际，突然感觉有猫踩在我的被子上，和猫记的重量与力道一模一样，我在宿舍，不可能有任何除了人之外的生物。我抬起头看，没有。再将头埋在枕头里，脚步又出现了，我甚至听到了呼噜声。

我一动不动，愿意就这样入睡。这种无法描述的亦幻亦真的感觉一直跟着我，我在哪，它就在哪，甚至有虎皮在的今天，它都会出现。半梦半醒间，感觉有猫跃上床，床垫轻轻摇晃，接着便是猫踩的重量从被子传到腿、身上，我心里清晰如明镜，可以原样描述猫踩的轨迹。

我是在很多年后才觉得猫记是我喜欢的第一个生物，那时以为未来会有非常多的生物在生命中出现，以为爱像开花一样，只要开了第一朵就会永远地开下去。

猫记见过许多事，它见过我从童年哗啦啦破土而出却困在更大的壳里。那时未来是很遥远的事，我对它与自己都漠不关心。现在，我觉得那个在我将睡未睡时来探访我的生灵就是猫记，我那狂喜和绝望的特征，让它能在任何地方找到我。

两个湿漉漉的家伙一起上楼

晚上从大鹏回来,出发前收到强雷暴的短信,没在意。上高速后瞬间风雨大作,雨刮器被雨压到弯曲,略等于无。渐渐看到路面有吹断的树枝,我慢慢开,雨如一整片水从高处打下来。突然一声巨响,车头被树枝砸到,树叶遮盖玻璃,我瞬间置身森林,车内黑暗一片。

我听到我在大叫,身子本能地往左歪,头碰到车窗,同时手仍死死把着方向盘。几秒后,风吹走树枝,但暴雨如浇,能见度仅止于玻璃,如同驶入狂暴的水底。

我不知道是活是死,如果是活的,下一瞬间又有树枝或石头砸过来,车会失控,我将滚下高架,连人带车翻下山。总之,我活下去的可能性很小,一切希冀、焦虑、未竟,都同时抹平。我没有回顾太多,迅速掠过这寡淡的几年,好像死亡跟我的前半段人生没有关系,是从此时开始断裂的,此时你有恐惧就有,此时没有就没有。不无遗憾,但没有恐惧。

一个瞬间挨着另一个瞬间,能看清玻璃了,没破,车没坏，能走。看不清路就开慢一点，不过我已想完了死亡这件事，剩下的就是把车开稳。离隧道还有两公里，看不清路，记忆告诉我前方的路笔直，看到隧道指示，驶入。隧道里停了好多车，都在等雷暴过去。我停好车，从车厢拿警示牌放在后面，站在车旁。一切停当，身体这才微微颤抖起来，我拿着手机，手指颤抖无法按任何一个键。

我感谢这个身体，它在过去的几分钟里反应迅速，冷静有力地将我安全地带到隧道。我的身体足够匹配我的能力，还多出很多，九死一生后，我感谢身体，并愧疚对它的疏忽。

收费系统被雷击坏，等了很久。上山，路上大小石子如顽劣孩子的恶作剧。到院子时雨已停，齐踝深的水，踩了几步，听见虎皮叫，它蹲在花坛沿上，估计等了我很久。院子里齐踝深的水，它过不来，我先把东西放在楼梯口，再涉水过去抱它。我紧紧抱着它，两个湿漉漉的家伙，一起上楼。

猫的撤退

虎皮从我生活中撤退的方式，我想过好几种，这一种可能性最小。我坚信我能逮到它年老体弱，一旦发现它翻围墙时起跳迟疑，我就不再让它出门，有病就治，没病就陪，我的命肯定比它长一些，它乐不乐意，最后看到的，肯定是我的脸。

这一种——下楼后再也没回来，想过，只是没想到会这么快。它还没有衰老的迹象，在村里五年，它会选择性地跟猫打架，绕着狗走，它夜里等我时会藏在暗处，看到我的身影出来就蹿出来蹭我的脚，快到院子时箭一样冲到前面迅速翻滚。它会保护自己，且还没有厌倦我。

但它就是没有回来。我没有大费周章地找。夜里在村里走了几次，朝它有可能没有摸索过的暗处唤它的名字，有一次围墙上的猫回应我的叫声，我站定，感受血液迅速奔回心脏的震动。不是它，只是一只渴望善意的猫。

每过一天，它回来的可能性几何性递减。虽然我时不时会打开门，看一下隐约听到的猫叫声是不是从门口发出来的,压下门把手的时候,我想象它披荆斩棘跋涉千里筋疲力尽地坐在门口,仰头看我。我也知道其实我听到的猫叫声是六楼或三楼的猫发出来的,但我还是愿意去想象,一次次打开门。

现在,我可以说,我有过两只猫。第一只猫叫猫记,第二只叫虎皮。

猫记是慢慢不在的,有时几天不回,间隔时间越来越长,最后一次回是半夜,我妈听到窗外猫记在叫,她起来开窗。它没进来,在窗台坐着蹭了我妈一会就走了,十几只猫从暗处蹿出来跟着它,猫记到树林前还回过脸看了一眼。

我那时在两百里外的学校,很奇怪,也就是那个冬天,将睡未睡时,我感觉有猫在被子上踩,就是猫记的重量与频率,我相当熟悉。这时,我往往瞬间清醒,几次迅速抬起头看,当然空无一物。这种情况几乎只在秋冬的夜晚出现,这种猫踩被子的感觉一直持续了近十年,随我毕业,搬家,到深圳。最后一次出现(也许以后还有)是有了虎皮后,我以为是虎皮跳上床了,因为有两年我不让它上床,准备赶它下去,突然想起临睡前放虎皮出门了。我抬头看被子,没有。

如果说猫记用这样的方式回来——其实是我唤过来的,那么虎皮会有什么方式回来呢?它会不会回来看我?

不会。我总觉得它就是猫界的我，身体矫健，狡猾懒惰，机警独立，目光如炬，和所有人保持距离。如果是我，我会以某种方式回来吗？不，我会彻底消失。消失彻底。

我很遗憾那个时刻我不在它身边，我不知道发生了什么事。我想它肯定是遇上一帮狗了，它不会束手就擒，它孤立无援，它战斗到最后。我希望它那刻恨我，恨我没有出现，我希望它是恨着我离开这个世界的，而不是爱我。这样会让我好受些。

深夜过莲塘

不久前的夜里,从市里回村,已近深夜,罗芳路上的车一动不动,从新秀绕到西岭下,避开一部分拥堵。

从罗沙路到新秀是往南,有水产市场,灯火通明,看不出那些卸货的人是疲累还是精神,不知这是他们一天未尽的深夜,还是新一天的开始。穿过水产市场,一侧的榕树高大,树冠伸到路的中心。只有一侧有树,另一侧是铁丝网,不能有遮挡,那是边境线,铁丝网过去的植物也不可能高,山上也不会有树,只有厚毯似的草。

关了一半门的店铺前,穿红连衣裙的女人坐在电单车上,一只脚撑在地上,旁边站着一个男人,正弯腰亲她的嘴。

很多年前住莲塘时,等车时如果想坐的公交迟迟不来,就会随便坐上一趟到市里的车,有时会坐上经过这条路的公交。这条路线人很少,车也开得慢,摇摇晃晃,南侧是荒野,北侧是老旧的居民房,每次经过时,都觉得不像深圳。

我在莲塘住过两段时期，第一段每天踩单车往返上步路，单程一小时二十分钟，走笋岗路或深南路。回到莲塘将单车扛到六楼楼道锁好。煮米饭，炒一个青菜。饭吃得很多，一次吃半个电饭煲，菜只吃青菜，舍不得买肉。

那时我十九岁，有点胖，脸色蜡黄，头发毛躁，刚过肩就分叉。每次长过腰就自己剪，剪一筷子长，用皮筋扎好放在抽屉里。头发的颜色与质地不仅仅是让我屈服于命运，我觉得这样的发质是农村女孩的标志。标志即预言，它预言贫穷卑微丑陋，毫无未来。很多年后我才知道头发跟营养有极大关系，天天吃青菜，头发怎么会好。

房子是叔叔和他几个做生意的朋友租的，谈生意时才从家乡来，住几天又走，平日基本都是我一个人在。有时候深夜，我像蛇一样钻进另一间卧室。那个房间的衣柜最深处有几本画册，龙虎豹藏春阁什么的。怕人发现被翻动，我每次都会整理好每件衣服，记住画册的顺序，用中指拨动中间的页边，心惊肉跳看几分钟，再蹑手蹑脚出来。

房子的下面是边防的铁丝网，河对面的山下有个猪场，深夜时臭味浓烈，深入骨髓。画册让我感觉明白了世间事物。几个月后我第一次接吻，大致情形与我心里演练的相符，我被对方的烟味惊到了，原来，抽烟的人是这样的啊。那个猪场存续好几年，我第二次住在莲塘时还有，睡觉前得将窗关得严严实实，否则半夜会臭醒。据说莲塘片区的人联名写信给香港投诉，后来便拆掉了。

车拐上西岭下，又堵了一会，莲塘海关在建什么，封路，只留一条车道，时间已过十二点。这天去市区本来是去看膝盖，停诊没看成，在朋友家吃水煮鱼。下午她带我去喝茶，晚上我拉她一起去南山健身，之后又上她家去拿了一口锅，出来时，停车费交了六十块，我骂了半个小时娘。这一天这样过掉，每一天都会过掉，也会被忘记，无论经历了什么，还是什么都没经历。

不被允诺

他就在我身后,坡度让我们微微喘气。

游人不算多,这不是热门景点,知道的人不多,车只能到山脚下,需要爬一两座山再顺着山脊走一大段,才到达那个特殊的位置,俯瞰海湾的位置。

高大的云杉给山径投下泼墨一样的浓荫,我们沉默地往前走,欢快的沉默。像一路结伴而来,话已经说得差不多的人。其实我们是在山脚下才看到对方的,点点头,并肩往前走,山径窄,遇到有人下山,我们稍微错成一前一后。

爬上最后一个坡,恰好看到了这样的海,一朵叠一朵一层叠一层的云,从天空垂到海面,从乌黑到浅灰,山将海团团围住,万云压境之下的海像一口巨大的井,一束阳光从云洞投下,打在蓝得近乎发黑的海面上,像上帝之眼的显现,一种巨大的、无形的沉默居于其中。

远处有人大呼叫地惊叹,拍照。不是所有爬上来的人都能看到这一幕,平常这里只是风景很美的海湾风景,只有极个别的天气才有这样的呈现，人们到这里来都是来碰运气的。我们并肩站着，看着眼前的一切，都没有将手机举起来拍照。我们有着不太熟悉的人之间少有的默契。

他说，下去到海边上看看？

我说好。

看有没有鱼。

好。我又说。

下山根本没什么路，云杉变矮，最后消失了，只有及膝高的草。这次他在我前面开路，每踏一步，青草汁液的气味就从底下翻上来，有时会有轻微的汗的气味，这是他的汗味，我从来没有闻到过他的汗味，我触碰过他一次。有次喝酒，碰杯的时候，我中指指甲下面的小关节碰到了他的手指，我不知是他的食指还是中指，以及哪个部位。我的小关节像火柴头，而他的手是火柴盒上涂着磷粉的侧面，当他擦过，我的手指迅速燃烧起来，幸亏随之而来的是杯子相碰的声音，它掩盖了我手指灼烧的声音。后来我将手指放在鼻子底下闻，感觉闻到了硫的芳香，没有他的气味。

我们一路往下走，森林的气息慢慢褪去。遇到地上有什么沟绊，他半侧回头，用手指一下路面示意我小心。海的颜色随着我们与它的距离而变化，从山顶上看是如深潭般的黑，现在慢慢变成了碧色，像植物的绿全渗到了海里。

跨过一道两米来宽的沟，再上一道坡，坡的下方就是沙滩、海。

沙滩没有人，也没有脚印，就像史前的海滩。海透明如绿色的玻璃，一眼望到海底的礁石与鱼群，这简直是一场梦，我想。我蹲下来，将手插进沙里，我的无名指上有一处因干燥翻起的皮，我感受着无名指的轻微的痛，梦是不会疼的。

"快来看，好多虾啊鱼的。"他卷起裤脚，正俯身看。我也卷起裤脚踏进海里，脚趾间微凉，很快就适应了。我走过去看，一列列手指长的虾在游动，它们丝毫不怕人，或许它们在这里从来没有见过人，它们的触须一次次碰到我的腿，这种感觉很奇异。

我们将手放到水里，抓住触须，它会惊慌地往前游，触须一顿一顿地攒着劲，我们各抓一只虾，将手并排放着，我喊一二三，同时松手，看哪个虾跑得更快。这个游戏我们玩了很久，后来又坐到沙滩上挖沙蛤，看谁挖的更大。

这是一件很奇怪的事，这个世界上没有另一个人比我们更像彼此，但我们对彼此几乎都一无所知，我们从来没有聊过手头以外的话题，我不知道他有没有谈恋爱有没有结婚，我唯一知道的是，我们对彼此有一种陌生的、不被允诺的柔情。

我知道我们很快就不能同行了，爬上山后，走过几道山脊后，我们将各自离去，在目光交缠里理解对方的残忍。

现在，他在不远处，两手伸进沙里，抽出来，扬着手上白色的闪着珍珠般的沙蛤向我炫耀。我坐在沙滩上，冰凉的海水——不知道什么时候海水变凉了，下海的时候它还像体温一样——渗进裤子，这水多得像要把我底下的沙都悄悄换走，我几乎要被这浮沙托起来，漂走。

你到底会不会做豆腐乳

朋友发来一张图,青菜叶子一团团蹲在饭盒里。我说这是啥,她打了几个惊叹号过来。我又问。她说这是霉豆腐,你到底会不会做!

我怒了,说霉豆腐里怎么会有白菜!

她说,正宗的霉豆腐都是用白菜叶子包着的啊,白菜叶子是精华。

我说,我们湖南的霉豆腐从来就靠豆腐自己,不用白菜叶子。

最后,我决定做一次霉豆腐证明一个真正的村民是会做霉豆腐的。

豆腐乳是个很神奇的东西,有着明显的地域性,但归属感又不强,不一定是妈妈做的最好吃,甚至不一定是家乡的最好吃。哪一天吃到合口味的,惊为天人,终身铭记,这跟爱上一个人很类似,遇到之前,一点都不知道世上会有这样一种存在,他开拓了世界的疆域,不,他就是世界的全貌。

我妈会做好的剁辣椒，不会做霉豆腐，所以这些年我吃到的好豆腐乳，都是别人施舍而来。所以我也不知怎么做，问楼上的邻居，简直是运气，她居然会做霉豆腐。

一拍即合——自己动手做，从此不求人，让我们的豆腐乳和我们的胃永远幸福地生活在一起。

眼看朔风起，温度恰到好处，我们去村里买豆腐，一人头上顶着一块四四方方的木板，豆腐水顺着木板缝隙滴下来，渗到头发里。我们遇到人就说："我们要做豆腐乳啦！"现在，所有人都知道我们要做豆腐乳了。

豆腐没压太久，不够干爽，切开放阳台，风大，吹几小时就可以了。豆腐装进纸箱，移到书房的躺椅上，盖上被子，而我，我让自己多在书房里待着。我想有人守着，或者我的体温，能让霉菌知晓并过来在豆腐上安家。我坐着的样子，像母鸡孵蛋一样，母仪天下。

四五天时间，估摸着差不多，准备揭幕，那一天楼上邻居不在，我一个人开启盛幕，揭开一看，豆腐上面毛的毛，稀的稀，五彩斑斓，有的还淌着水。邻居在电话里说如果是这样可能有杂菌，不能要了。我把豆腐悉数搬出，一些摁进花盆里做肥料，另一些准备晒干了做肥料。

但所有人都知道我在孵豆腐，那几天出门，我都装作很匆忙的样子，让他们来不及问。

我又去买了一板豆腐，这一次很小心，戴手套切，刀也用开水煮过。到村前摘干芦苇，装箱。开始霉，这次我离它们远远的，锁着那间房门，让它们自个闹腾。一周后揭开被子，我的天，每一块豆腐都活了起来，浑身的毛毛像海葵的触手，呵口气就招手。楼上姑娘拿来调料，辣椒粉不够，半夜也架锅炒，她炒我碾，将一块块豆腐滚进酒里，分批装坛。这件事做好后，我才理直气壮地出门，母鸡下了蛋也是这样骄傲踱出鸡窝的。

一共装了五个坛子，调料不一样，霉的程度不一样，颜色不一样，它们将呈现出五种不同的味道。现在，这五个坛子坐在厨房的案几下，各自怀着不同的江湖。我们等着它们成熟，没有最爱吃的，我们也将不断地试，直到豆腐妥协，我们幸福。

我早就认识鸭脚嬷

冬蜜盛季，和邻居去山里背蜜，边走边说植物。他指着叶片似张开手掌的树说，你知道吗，这个叫鸭掌木，我们去背的蜜就是这种树的。

我说我知道啊，前几天我指给你们看了，我叫它鸭脚嬷，前几年就认识了。

六年前，我住过一个院子，院子里种了很多花，很多树，还有十来个蜂箱。蜜蜂夜里睡觉，白天飞。它们认识我了，如柴狗一样能辨出我的气味，我在它们忙碌起舞的身姿间穿行，相安无事，它们看到我，也一点都不惊诧。

整个院子只有我一个人住，整整两个月，承揽了整个春天。

院墙内辟了长长的菜地，住在另一栋的房东经常过来浇水，麦菜润得像能滴下绿色，豌豆攀在竹竿上开着紫色的花。院内还有一棵桂花、一架金银花、一株芒果、一株无花果、两株地老天荒的辣椒、一株桃花、一蓬枸杞、一株鸭脚嬷、几盆葱，植物有伴就长得好，又是春天，热烈得疯狂。

无花果虽然已绽出绿尖，仍有去年的果子挂着，干瘪、枯竭。我摘下来刚要往口里放，房东忙阻止我说，这个不能吃的，今年秋天结出好果子时你再吃。然而我已咬下了，满口冬天的气息，干焦。他胸有成竹地说："说了吃不得吧？"我摆出上当的表情："嗯咯。"

院子里的楼有三层，每层隔成两个套间，开阔明亮，只是离镇太远，不好租，没有怎么租出去过。我租的时候，房东要送我一个月免租期，我知道住不长，不敢承惠。房东以为我人好，总是送些刚割下来的菜，我抱着菜站在桃树下跟他说话。

桃花开得盛，把蜜蜂乐坏了，嗡嗡地直往上扑。这株桃树结的果最好吃，但这两年刚挂果就往下掉。房东说着，十分怅然，又指着桃树下挂的药瓶说，药也不管用。

金银花的叶儿十分旺盛，花骨朵一丛丛朝向天空，不日就要开花了。房东说摘一把花，与瘦肉一起滚成汤，又香又清火，到时随你摘。

房东是朴实人，院内所种植物一定有用途，果树与菜我都认识，唯独一株两人高的植物不认识，叶片硕大，似鸭的脚，从枝底一直热热闹闹地踩上来。

这是什么？

这是鸭脚孽啊。

哪几个字？

就是那个鸭的脚嘛，你看这叶子，像不像鸭子的脚？

那嬷是哪个字？

我也不知道普通话怎么写，跟那个什么剧里的容嬷嬷一个音。

《还珠格格》，它开花么？

开花，黄色的花，水库那里你熟不熟？有一大片鸭脚嬷，去年我的蜜蜂就在那里采。

房东带我到一楼平时锁着的房间，房子里堆满了不用的家具，十几瓶简易塑料瓶装的蜜放在茶几上，巨大的陈旧的婚纱照倒置着放在墙脚，我歪头看，年轻时的房东很英俊，我指着婚纱笑，房东也笑。他现在也不差，不难看的小老头。

蜜是乳白色的半凝固状，房东说这是初蜜，未添加任何东西，当然也未提纯。简易瓶上有一张小标签，三个字，"鸭脚嬷"。他递给我一支，送给你，吃完再跟我说。

春天还没过完，我要搬了，桃花刚谢完，有一些刚鼓出的小毛桃，看不到会不会掉了。房东说没事的没事的，你放心搬，会有其他人来租的。

搬家那天下着几十年不遇的暴雨，所有的路都浸在水下，城市变成一丛摇摇晃晃的浮城，一如我看到的未来。

如果不是到山里，看到并说到鸭掌木，六年前这段租房经历极少想起，不是它不美好，是它前后的时光太粗糙，不愿记得，它们挨得过于紧密，这些夹心也一并丢了。一旦想起，发现时间惊人地缝到了一起，现在的房东和当年的房东长得很像，像一个家里出来的，普通话里藏着同样的浓浓客家音，同样热情淳朴，也种菜养蜂，也送菜给我们吃，我也歪打正着——同样是赋闲，几年以后会不会也像忘记当初一样忘记现在？如果生命一直是在前行和后退、创建与遗忘中振荡运行，这该是一件多么恐怖的事。

细想一下，便不恐怖了。我估摸着，这段租房期会很长，不一样的赋闲仿佛正在慢慢变成重要一环。这是一个神奇的地方，太阳很好，几近直射，我不歇气地晒豆腐干、霉豆腐乳、晒萝卜干、腌香肠，种土豆、大蒜，因为这是一个没有菜买的地方。如此神奇的地方，怎么可能遗忘，忘记初吻都不会忘记它。

只有幸运的人才能看到禾雀花

去年见过两次雾。

一次是初冬清晨,早起有事,埋头走,走到村口,被雾惊到。正前方是一条宽宽的浅山谷,苇花遍谷,日日路过已经视而不见,现在它不是视而不见,而是真不见了,整片芦苇林都变成了一条乳白色的纱带,纱带上面山谷上方的桉树与荔枝树清晰得要命,单单把芦苇隐藏起来了。我目瞪口呆站在村口,直到十几分钟后阳光出来把雾叫回去。雾没那么听话,很不情愿,慢慢才把芦苇还给山谷。

一次是深夜,接近午夜,朋友说快上天台。雾正在起,只见隐约在极黑里的山峦正被另一种更黑的物质迅速笼罩,沉默又雷霆万钧的夜行军,几分钟内将北边的山遮得严严实实。我跟着雾的方向移动身体,先是北边的山,接着是西和南,眼看着最后一尾插入海的山峦被吞没,我们伸手摸雾,可以摸到,每个人都仿佛罩着一个钟形罩,说话瓮声瓮气。十几分钟后雾从来的方向撤退,把山还给山,海还给海,我们还给我们。

这两次体验太过神奇，向人描述时很难不让人以为我是骗子，今年已经起过好几次雾了，我再也不需要像个骗子一样描述雾的样子了。

山里雾更大，最浓厚的时候，只有自己在，其他一切都消失在雾里，像听从了某项命令消失得沉默而顺从，有时伸出手都快看不清自己的手指了，如果再浓一点，会不会连自己也消失？干脆把我也收走好了。

我楼下住着黄老师，我们偶尔在夜晚的路灯下碰到，他遛狗，我遛身上的脂肪，我们站在路灯下聊天气。

"现在这种天气往村那头的泥路上走很好，比绿道好。"

"是啊，开了好多花。"我说。我每天都采一抱花回来，紫花地丁、黄风铃花、禾雀花，它们那么美，感觉放过是罪。

"嗯，春天是很多花都开了，我想说的是，你走在那条泥路上会感觉有一种气，自然的生长的气，可以闻到各种各样的植物的味道。"

"啊，气啊，我没感觉到呃。"我有些羞愧，见识果然造就不同的人生。

"你去走一走，慢慢感觉，会感觉有气在升腾。"

"好啊，我明天去走。"

下午走山里的泥路，去感受气。路过湿地山谷，拐进去，这是我前一段时期发现的，溪水从山上来在这里盘旋了几下，植物肥美，都是我叫不出名字的，唯一认识的是野芹菜，地洼处一大片，茂密得不知魏晋。

继续往山里走，护林小屋前护林员在和一个中年格子衫男人聊天。他们说广东话，中年男人在问护林员哪里可以看到禾雀花。护林员说，唔知哦，唔知里度嘅山丫边有冇（不知哦，不知这里的山里有没）。

我看了他们一眼，经过时，笑着又看了他们一眼，然后目不斜视往山里走，像一只怀揣着秘密的坏乌鸦。

好吧，前几天我摘了一串禾雀花，就在这山里的某个地方，它们开成片了，简直开成了海湾，我摘了一枝，把它吊在厅里，每天无数次在花下穿行。今天早上，一些禾雀花睡在了地板上，它们从浅绿变成浅褐，浅缩着身子，像极了睡着的小鸟，一指来长的小鸟，安详、美丽、忧伤，我一整天没有动它们，经过时绕着走，它们睡着的样子可爱得要命，感觉有小家伙们在家里陪我。现在，我正要去看它们。

我不会告诉他们禾雀花在哪，我不会告诉任何人。只有幸运的人才能看到禾雀花。

起风了

起风了。中午还微微冒汗,下午坐在椅子上,慢慢收了汗,转向外面一看,天阴了。

天阴,没有雾,无悲无喜,我爱看雾,但有雾的时候,房间是湿的,雾再浓一些,就可以直接在空中游泳了。整整一月,都在雾里,这几天散了,太阳惨烈,只在外面野了半天,脸就黑了。没有雾也很好。

我没想过是不是喜欢阴天。阴天变化小,我就会在一个地方待久些,不然像屁股长了刺一样,一会跑到这,一会跑到那,生怕错过每个方向的光线变化。

还没来得及想阴天,就起风了。

去年冬天第一阵风过来时,以为来了鬼怪,发出巨大的叫声扑过来,花盆里的植物直接倒在盆沿上,而一楼风平浪静,连桂花的花都不掉一粒。后来才慢慢收了惊恐。四周是山,阳台刚好对着唯一一个看见海的缺口,风要去海里,一定要经过阳台。阳台上所有的物件都发出声音,窗、花盆、栏杆、椅子,不同的声音。

有一天,土豆长得好好的,茎叶饱满,一阵风过来,天地变色,一小时后去看阳台,土豆叶已变成菜干了,直接挂在茎上,如果要吃的话,开水才能泡开。

很久没起风,要不怎么会有雾,雾整整罩了我一月有余。关于雾,好像今年才有了见识,开车下山不过两分钟,就穿破浓雾。山下阳光普照,山上遮天蔽日,车上山,冲着冲着就看不见前面的路了。现在起风了,所有的窗子都发出声音。

我去帮楼上的邻居收衣服,门一开,猫冲我叫了一声,这个东西平时见我都要往房里窜躲起来,我不去找它,它永远都不会来找我,连看都不看我一眼。现在,它在我怀里安然躺着,半眯着眼打呼噜,这个礼遇,就是风给的。

有人问我最近在写什么,我说没写什么。

也没看什么。

也没想什么。

发现没干这些事,日子也一样过。如果吃东西不会长胖的话,我就没有任何忧愁了。

冬深年近，一次回家的路

冬深年近，想起初中时一次回家的路。

初中住校，每个周末踩两小时单车，穿过十几个村庄和一个小镇回家。如果周末下雨，我就住外婆家。外婆跟舅舅住。一个冬天的周末，又下起雨，按惯例，周末下雨我就住到舅舅家，但那天早上起我就一直想回家，到中午放学时，雨已成气候，我还是想回。

学校到镇上的路还好，是砂石路，留给单车只有窄窄不到半肩宽。一侧是沟渠，小心翼翼地骑，那时不会游泳，滚下去难活。冬雨如刀，刀刀钻人心，风把雨吹横了，像箭一样笔直地插进棉衣。

一小时后到镇上，表哥家在镇旁。经过表哥家门口时我基本上是快速踩过，但有时会被表嫂瞟见，瞟见就大声喊，小妹下来吃杯茶再走。我就乖乖下车，吃杯茶。按说冬天，又是下雨，不知怎么的表哥家的大门是开的，我穿过去时，表嫂正好朝街上看什么。她的眼神像细密拖网，街底的鱼虾都被她一网拖尽。她逮住影子过隙的我喊，小妹！小妹！唉哟我的个娘，这么个天你还骑单车，快下来。

我捏住刹车，右后脚一抬下了车，推着单车掉头。

屋里黑洞洞的，没亮灯也没生火，跟室外温度差不多。我捧着热茶没敢坐，一身湿漉漉的，坐哪哪滴水。表嫂让我住她家，我执意要走，喝完茶继续往北。

穿过小镇石拱桥后，是连绵的村庄。我要穿过它们，再上一条堤，伴着长江走几里，下堤才到家。

刚穿过桥发现路变了，应该是要修路，原来的砂石路翻开肚，泥从深处翻出来覆盖了整条路面，砂石消失无踪，连日雨早把路淋得稀烂，踩一脚滑一下。单车只能推，没几米轮胎就被稀泥卡住，一手拿树棍，几步就戳一下泥。雨越下越大。

这条路有近十几里，这样推一把单车戳一下泥，半夜都到不了家。单车也不能丢掉，这是家里唯一的车，丢了单车还不如丢了我。

与路相隔一条渠的是田，冬天稻田种满了绿油油的紫云英，半膝高，毛毯一样伴着路铺向远方。我把单车推到田里，看似平整的绿毛毯，却有很多暗坑，那些坑基本是牛脚在半软时踩的，一不留神，整只脚就陷入灌满冰水的窟窿里了，直没小腿。这也不是大障碍，虽然慢一点，总算能推着走了，但几乎每隔几亩地便有一条深深的贮水沟，春夏的时候灌满了流向各亩田的水，秋冬是干的，夏天的水草到秋天变成茅草。深的沟比我还高，沟壁陡峻。

遇到这样的沟，我就得把单车丢下去，再跳下去，揪着沟壁的草根爬上来，再趴到地上，欠下手去拽单车，拖上来再推，推两亩再把单车丢下沟。

雨越来越大，田野望不到头，没有一个人，没有一只鸟，只有风和雨是活的。单车也被摔得面目全非，链条断了，铃铛掉了，脚踏歪了。睫毛上的雨滴一眨就掉下来。

天迅速黑下来，像被一只巨大的锅盖盖住了，但是它却没盖住雨，新鲜的冰冷的雨。

我拖着不完整的单车走完田野，上堤，堤上是碎石路没有泥，但单车已不能骑。风冷得出奇，它从江面吹过来，凛冽刺骨，只吹向我。

家在望，就在堤下，如果光线好就已经看得见了，现在看不见，但它肯定在。

好不容易到家，发现门窗紧闭，一片漆黑，我把单车倒在屋檐下去找他们。这个天气，肯定在哪家烤火，他们最常去的是给单位种菜的一家农户，我叫她家张婶，隔个水塘就是。

我绕过水塘，推开木柴做的菜园门。菜园边有两间平房和一个院子，平房的门紧闭着，但有火光映出来。我推开门，天堂一样的火堆正熊熊燃烧着，人们围着火，他们烤了许久的火吧,双颊烤得红艳艳的,像热得不得了的样子。

人们抬起头,在众多红艳艳的双颊里,我看到了爸妈。他们看到我,他们的样子,见到鬼都没这么惊愕。张婶反应最快,说是小妹啊身上全湿了快来烤火,我站着不敢动。我妈盯着我,岿然不动。她问,你怎么回的?我说半骑半走。她说单车呢,我说单车回来了放在屋檐下。她说你怎么不住舅舅家?我不作声。我再问一句你怎么不去舅舅家?我还是不知怎么回答。她突然吼道,去你舅舅家住一晚上会死啊!

她随手从柴堆里面抽出一根手指粗的棍子站起来,跨过熊熊的火堆冲到我面前,身子还没停稳棍子就劈下来。张婶他们上前扯,我妈两手推开他们嚷道,今天你们谁也别拦着我,我就是要打死她,她这么不听话以后能有什么用。

我爸坐在火堆边没有作声没有起身,他是什么表情,怎么看我挨打的,我已不太记得了。

我知道她会骂,但不知她会这样打。

我只记得她打了我很久,一边打一边骂。一根棍子打断了,换第二根。直到我们都精疲力尽,她是累的,我是哭的。打完才让我坐下来烤火,张婶热好饭菜端来。

棉衣厚,上身没打到什么,下身只穿了一条毛裤,青痕第二天在腿上赫赫显出来。

老了的妈妈，像改变容颜一样，她的记忆也变了，她说她这一辈子只打过我两次。我问她是哪两次，她说一次是我数学考五十多分她气得吐血打了我一次，一次是初中时我不听话下大雨还拖着单车跑回家。我笑着说我又冷又饿跑那么远回家你还打，你真是。

她说你不听话我还不打？你犟得要死，那个天气你回家，路上要有个什么事呢，所以我要打，打得你听话，这是最后一次打你，再以后就没打过了。

虽然她不记得打过我无数次，但这一次，确实是她最后一次打我，那年我十四岁。

云停在昨天的地方

天气很好,阳光闪耀,没有风,云停在昨天的地方。鸟雀追逐,一只接一只,一声接一声,涂满空隙。好天气做什么都好,除了看书。

上午,我坐在椅子上,摊开《走在蓝色的田野上》,进入万里之外的爱尔兰乡村。那里多是深秋,人们日夜劳作,割草、喂牛、挤牛奶、做黄油,种菜收菜,为严酷的冬天做准备。

他们就近结婚,女人往往被不断地怀孕困住外迈的步子,劳作间隙里喝茶喝咖啡,吃涂黄油的面包。克莱尔·吉根有时用几页的篇幅写一个下午,有时一行字就涵括了几十年的生活。缓慢、简洁又饱满,高超技艺下的浑然天成。

小说很好,如果看书时天气恶劣就更好了。看书的天,越极端越好,风刮得地动山摇,雨下得海洋倒转,一整天光线晦暗不清,最好还很冷,手塞猫肚子下取暖。

其他时候我也开始不喜欢好天气了。每天早上睁眼看窗帘，蒙蒙的黄亮，一定是好天气。上午的阳光打到窗外的山上，再从众多植物的叶尖上折射到窗帘上。我愿意窗帘外的光线是淡淡的冷色，没有晨昏，不辨昼夜，时间消失在光线里。

上周早起了一次，六点，看着天一点点亮，我有些激动，像见证一整天是如何齐步走来一样。我想我最喜欢的时刻也许还要加上清晨五六点，但我很难享受它，它离我喜欢的深夜太近了。

门上有个洞——

进门不起身，出门不抬眼，猫用行为告诉我，它对我没有任何义务。但它是猫，我不能跟一只猫讲情感的道义。我确实认真考虑了要不要给门凿个洞，以解决它半夜爬上来叫不醒我的问题。

门是双层不锈钢，要动用切割机，要切个比猫头大一圈的洞，以防它长胖，又不能太大，怕狗钻进来。

门上有个洞——

楼道一有动静，猫第一时间从洞口蹿出去。我呢，双手趴地，脸靠近洞口，因膝盖有伤，无法跪地，屁股高高撅起，很不雅，好在无人知晓。

小动小静，脚步声寒暄声之类的，听一下猜一下就好，起身，拍拍手上的灰，该干吗干吗。大一点的动静，搬运探讨争执或长笑，起身，跑到房间换衣，"咔嚓"一声开门，冲到现场，要表现出一副被浩然正气逼出门的神情。

门上有个洞——

我从洞里看楼道，上至七楼半，下至六楼半，全是铺着肉红瓷砖的台阶。人从洞里看我，左有卧室，右有客厅，正有厨房，偏有厕所。从面积来算，不公平。

如果我会趴在地上透过门洞看外面的动静，基于同样的理由，不排除有人趴在地上看我屋里的动静。猫不怕被看，它的衣服是从皮肤里长出来的，我的皮肤与衣服经常分离。

被看到是其次——都是那么点东西，重要的是，这会让我感觉住在舞台上，置身舞台，会不会人生如戏？

门上有个洞——

进来吃，出去玩，是猫唯一有求于我的时刻，也是我当主人的唯一时刻。我捏着门把手，掌握着家与世界的通道。我轻轻压它的尾巴，其实没用力，一抽就抽走了。但它不动，盯着门把手，发出细微的嘤嘤的求饶声。

这是我和猫之间的默契，它只有发出这样的声音，我才打开门。它像一道影子一样冲出去，并不争着下楼，而是蹲在对门的门口，像成功逃狱一样。如果它刚走到门口，还没来得及叫门，我猛地把门打开，它一下子懵了，蹲下来，歪头看一眼楼道，又回身走到客厅，身子一偏躺下来。

我问它，"你不出去了？"它迅速蜷着身子左右滚动——眼睛看着我。

如果有个洞，它来去自由，那我对于猫来说一点用，或者说是一点威慑都没有了，它会把我当成一楼的狗，黑仔，每次它经过黑仔时连脸都不转一下，不害怕，不蔑视，只当它是一块黑色的瓷砖。

门上有个洞——

猫会把它喜欢的食物叼进来，老鼠、麻雀、壁虎、蛇，摆在它喜欢的地方，它还会邀请它的朋友们进来玩。它有两个好朋友，一只黄白相间，一只灰白相间，它们很少三个一起玩，而是单独和一个坐在前面的院墙上，并不挨着，相隔约一米，神色安逸，像已讲完所有的话，一起看看月亮就好的样子。

我不仅要讨好猫，讨好它的朋友，还要讨好我自己——门洞，相当于半露天，相当于将自己置身于舞台，不能让别人发现我根本一无所能。

前面是深海，我还是准备纵身一跃。我问房东能不能开个洞，钱我出。房东说，你买个门开洞装上，到时你不租了，再把门换上。

买门——量尺寸，运货，安装，买锁，开洞，装卸——

这么复杂（费钱）的事我应付不了。算了。虎皮你还是夜里叫声大一些吧，但愿我的梦轻一些。而我那一无所能的生活还在原处，我再也不用为我的痛苦操心了。

乱想一气

失眠有助于对孤独的了解，深入了解后还没有睡着，只好想想人生，人生因此惨遭不幸。换个东西想，想情感吧，想到负我的那些人，恨不得半夜披衣挥刀，砍死一个算一个。

一整天都在自然的光线下晃荡，但它完全被我忽视了，我不知道今天的天气如何，等意识到时，光线已退走了，黑暗合围，灯火登场。

勇气是我最欣赏的一种素质。与生俱来的是冲动，勇气是后天习得的，是一种面对阴暗与复杂甚至是深渊的自我激励的力量。

经过很多次测试，减肥与通便两难全。如果要保持顺畅，每天必须嚼大量青菜，吞大量米饭，水果牛奶一样不能少，然这样下去一定会肥得很迅速。如果不想肥的话，就得拼命地运动，如果懒得运动，要么就便秘要么就肥胖，但懒得运动的时刻总是比想象的要多得多。

跑山路时，看到山边一男人鬼鬼祟祟拖着一人多长的树枝,枝丫间开满了大红色的花,山沟边一棵手腕粗的已被拦腰砍断,留下一人多高的树干。统共就开了这么些花,算是灭顶之灾。我冲那男人怒喊:"你怎么这个样子?!不能这样砍啊,整棵树都砍掉了,你太要不得了!"我脚下没停,边跑边侧过头看他。

两个售货员小姐聊天,一个人对另一个人说:"女人啊,过了25岁,每一年都是分水岭,你过两年就知道了。"我很想冲上去说,30岁以后每一天都是,再往后每个小时都排山倒海。

离洲镇女朋友

1

初二刚放寒假,我家搬了,搬到三十里外的地方。我以为母亲会把猫留下,没想到她带上了它,我以为母亲会给我转学,没想到她没有。她说:"你会骑单车嘛。"

离洲镇刚好在新家和我学校的中间。转到镇一中,我上学要近很多,镇一中教学质量也最好。这件事对母亲来说其实没什么难度,她的二女儿苏静在我现在的学校才读一个学期,母亲就把她转到镇一中,不是未雨绸缪,那时还没提到要搬家,她说:"镇里教学质量好一些,不能耽误我的崽。"这句话我可是记得清清楚楚。如此说来,苏静是崽,我可能不算崽。

我呢,心里有一万把刀,却一个屁都不敢放。更不敢指望父亲出来说句什么,这次搬家,就是搬到父亲单位附近,他中午吃饭喝两杯酒,睡足了才去上班,母亲还在寒假里,开春后她得去最近的村里小学教书,她一辈子最荣耀的是书教得好,校长都要听她的,现在换新的学校她得从零开始,所以,父亲是唯一得到好处的,他心虚地躲到这来之不易的午睡里,不会多说一句。

房子是父亲单位以前放工具的旧仓库,一排土砖黑瓦,隔出三间,地上铺着一层薄水泥,踩上去微弹,一旁的家具也微微颤抖,中间的一间房,拦腰砌了扇墙,前半做客厅,后半做厨房。

我想母亲也未料到房屋如此寒酸,她唯一的要求是,电线从单位院子里牵过来,而不用附近村里的,村里的线路经常停电,单位有一台柴油发电机,停电时会发电。这是我们家唯一高于周边村民的特权时刻,每次停电一片漆黑时,过五六分钟,我家的灯泡就会在黑暗的大地燃起,因路线太远,发的电到达我家时,电视也无法开,仅够让灯泡亮起蜡烛一样闪烁昏暗的光,她说:"你看,周围一片,只有我们有电。"

2

寒假过完,我那皮肤白皙,一脸聪明相,脖子挺得跟天鹅一样的姐姐苏静去市里上学——她在镇中学读了一年后,又被母亲转到市里的中学,我也准备去学校了。

去学校之前,父亲用笔在纸上给我画了一张图,我横看竖看,母亲用手往堤上指:"呐,顺着堤走,最大一个坡下堤,再笔直走十来里路就是离洲,你又不是没长嘴巴，搞不清楚了就问路。"我在她的手势下推着父亲不再需要的单车上堤，车后座绑着棉被，单车龙头吊着一个长玻璃瓶，瓶里是炒好的腊肉萝卜干，这是要吃整个星期的菜。上堤后我往下看，黑瓦屋前的空地上，猫晒足了太阳，正缓缓往屋檐下走去。

最开始的住校生活很难重现，那个学校本来只是一个小学，后来实行计划生育，上小学的人少了，那就改成中学吧，我初三毕业后学校又挺了两年，最终还是解散了。那几年中学校还是出了个大学生，接到通知书后听说他带着鞭炮跑到学校要向母校道喜，不料变成一片农田，剩下一堆没人要的断砖朽梁。

只有一间女生宿舍，大部分是两个人一张床，到我要住校时，只有胡玖玖是一个人睡的。胡玖玖，我后来发现名字里有叠字的没有一个好家伙。她是我们班主任未来的小姨子，长得好看，霸道，下巴昂得比鼻子还高，头发扎到头顶，高高地冲向天空好几厘米再垂下来，我们没有人这样扎头发。你看，我好死不死，跟她拼一张床。

我不能和她睡一头，必须每天洗脚，但她自己不洗。睡觉时我只有半个身子在床上，因为不能碰到她，碰到她就拿脚踢。这些我都忍了，最气恼的是她要吃我带的菜。我吃一筷子，她吃三筷子。我带一瓶只能勉强吃到三天，剩下的两天我基本上是吃白米饭。有时候母亲问我菜够吃不,我说有时候不够,她说,你不要光吃菜不吃饭。

夏天快到时,学校加了间女生宿舍,我搬到另一间宿舍,终于有自己的床了。而这时,我也找到了另外的乐趣。

3

往返家与学校,要经过离洲镇,由于这是我唯一认定的宇宙中心,每次接近它,都带着一种肃穆庄严的情感。

主街是一条拐了两弯,约一公里长的水泥路,商铺都排在两侧,有邮电局,百货商店,小餐馆,五金店,服装店,农机种子店,油榨坊,医院,录像厅,以及一家门头上雕着五角星的电影院。那些长长的下午,我逛遍了离洲镇的每个角落,我骑得很慢,看向两侧,头微微扭动,眼睛牢牢地抓住看到的一切,脸上保持淡然从容的神情,像王后巡视自己的城邦。

有一次在镇中学的后门发现一个租书摊。

两个摆满了连环画的架子摆在街边,底下放着几个矮板凳,在那里翻不要钱,租回去一毛钱一本,我每个星期有两块钱的零用钱,是我母亲让我到食堂打菜的,我通常租七八本带回学校。看摊子的是个黑胖女人,在树下的躺椅上打瞌睡,明明在打鼾,但谁要是起身时没将连环画放在架子上,她一准瞬间醒来,"要租就给钱,不租就放好。"她声音粗亮，看起来三十多岁，不过也可能不是，我们对人的年龄判断都不准确，大家叫她吴阿姨。

图书架后靠街的房子，有一进也是她的，靠街的屋子摆了三个书柜，书都包着牛皮纸，书脊上是用毛笔字写着书名，武侠与言情的居多，一扇门通往后面的房子，暗黑里隐约能看见衣柜和床的一角，再后一进是厨房，光线来自天井，一些锅碗瓢盆。

书柜前有个书桌，戴眼镜的瘦男人坐着，有时在看书，有时在裁纸换书皮。他也差不多是三十多岁，温和，不大说话，不是本地人，听说是江对面的。吴阿姨一步不挪地盯着图书摊，有时候男人会端着一碗堆满菜的饭出来给她。

带回校的连环画通常是我和许忠玲一起看，其他人不感兴趣。许忠玲比我大两岁，我年龄在班上最小，她算是和我年龄最接近的，也是唯一对连环画感兴趣的人，这是我们友谊的基础。她比我高出一个头，胸脯高高挺起，夏天时，腋下总是一团湿漉漉的汗渍，发出热烘烘的不难闻的气味，像刚犁完田的牛。

我们看完后还会画，我画动物她画人，中午拿给对方看。我画的经常是备受欺凌的小白兔，终于有一天靠自己的力量打败了所有的动物，获得了最大的萝卜。许忠玲画男生和女生，互相表白，好上了，手牵手。

学校后面有一排槐树，正是槐花开，香气扑鼻，我们在树下聊天，她说她一定会远走高飞。我的理想是在离洲镇开个杂货铺，柜台上堆满零食。

我租的连环画慢慢不能满足她，我让她自己去挑书，周日下午，她在镇上的图书摊等我，她没有单车，更没有钱租书，她底下有四个妹妹，超生罚得她家连墙壁都快保不住了。我答应她每次可以自己挑两本，我出租金，条件是她帮我写作业，考试帮我想办法。

她在房子里的书架挑书，有时抽出一本和我坐在一起看。那些蹭免费图书的人里，我和许忠玲是年龄最大的，待得久了，吴阿姨有时会跟我们聊天，主要是和许忠玲说话，可能是我太小了吧。她会说："呀，你这身体发育得，可以结婚了嘛。"许忠玲涨得一脸通红，越红吴阿姨越在后面跟话，"谈对象没？"

"没有啦。"我说。

"我又没问你，"她瞥我一眼说，"你怎么知道她有没有对象，说不定她谈了不知多少个了呢。"

"没有的事，你乱讲。"我说完，看了一眼许忠玲，她朝我点头。

"好好，乱讲。帮我看一下摊子，我去买点东西，"她说完，头转向房子大声喊，"吴思通，我出去一会，许忠玲她们会帮我看一下，你也留点意。"她起身，身上斜挎着收钱的包，摇摇晃晃往街上去。

吴思通走出来，对我们笑，用外地口音说："没事，你们看你们的，我在这里。"他不躺在躺椅上，搬个椅子坐在边上，有时会凑过头来看我手上的图书，"苏珠，你看的是什么呀？"我很恼火，他的口音很怪我不知如何答，再说，苏珠，我最不喜欢别人叫我的名字，叫起来就是属猪，一定是许忠玲告诉她我的名字的。

我头垂得低低的，遮住我手上的连环画。我听到许忠玲轻轻地笑，"你呢？"他在问她，"哦，撒哈拉的故事，三毛的。"还是他的声音，她一定是将封皮翻给他看了。"要拿回去看吗？"他问。

"我已经挑了两本，没办法带这个了。"许忠玲说，她的声音有点偏向我这里，可能是看着我说的。

"没事，你拿回去看，下周让苏珠一起还过来就是。"

4

我继续画，许忠玲开始写故事，有的不给我看。女孩间的交往通常是以交换秘密开始，以不再交换结束。可是，她只有这个不对我敞开，我知道她在写一些故事，写完就撕掉，撕得粉碎，有几次下课后所有人都不在教室时，我在她的课桌底下找了一些，想拼起来，但实在太碎拼不出什么，偶尔见几个字，爱，想。但她又并没有谈恋爱，她除了晚上回家，白天我们都在一起，她要谈了什么恋爱我一定会知道。

也许只是害羞吧，少女嘛——没想到我也很快变成少女了。

夏天时，有次我们在图书摊碰面，她盯着我看了好久，把我拉到镇上的百货商店买小汗衫，她告诉我夏天穿一件衣服的时候一定要穿这个。好热。我说。"不行，你要穿了。"她将眼光移到我的胸前，我意识到她误会了，"那是肿的，会消下去的，不疼了就会消下去的。"我说，其实并没太多底气。许忠玲笑说："是的，永远都不会消肿的。"

有次课间，几个男同学追着打闹，突然一掌直接击到我的右胸，虽然隔了棉衣，我疼得仰天大叫，男同学有点尴尬，突然叫道："叫什么叫，又没打到什么，你还是个男孩子。"疼痛一直持续，感觉肿了，一个月后疼痛未消，另一边也跟着肿起来，我想找那个男同学算账，想来想去不知怎么说出口。

那天，许忠玲把自己的钱掏上，给我买了两件小汗衫。

而且，那年暑假前的考试，我考到第十名，都是许忠玲的帮忙，任何考试，她都有手段帮到我，虽然班里成绩普遍都特别差，这样的名次根本没有参照性，然而，在市里上初三的苏静勉强挂在中游，那似乎是我唯一一个没那么受气的暑假。

那年暑假，许忠玲到我家来玩，母亲破天荒没有摆出不耐烦的表情，甚至还留了她在我家住了一晚，倒是苏静说她晚上鼾声太大，吵得她一晚没睡好。

开学时，我母亲说："你这次去到初二报道，留一级，我跟你们校长说好了。"

"什么？！"现在回想起来仍然撕心裂肺。

"太小了，现在读初三你跟不起，再说，这次你考到全班第十，校长说如果你把玩心收一下，会考上高中的。"

5

我继续读初二，母命不可违抗，许忠玲读初三，下了课不好一起玩，但中午仍然在一起，只是她不能再在我考试时帮忙了，这是我最担忧的问题。不过，我们仍然在周日下午的图书摊见面，我付租金，我们都知道就算考上了高中她也不可能再读，作为超生家庭的长女，能读到初中毕业已是她父母仁慈了，她需要回到田地里，那是整个家庭的生存之根。

她贪婪地待在图书摊上，天快黑我频频催她才起身。回去的路上，她有时笑容满面，有时一言不发。很快到了放秋假的时候，学校一年会放两次农忙假，春假用来插秧，秋假用来收割，放一周。搬到新家后我家已没有田，回家也是玩，那是许忠玲家最忙的时候，单车能派上大用场，她找我借单车，一周后来我家接我回学校。

临到假期前一天下午，许忠玲一直没来，快到傍晚时还没见人影，母亲在家里急得大骂，最后找附近的村民借了部单车让我骑回学校。

第二天，许忠玲没来上课，下午，校长把我叫到办公室，一进办公室我知道糟了，吴阿姨正坐在校长办公室。

6

秋收假放到第四天，许忠玲家就已收完，她说要给我还单车，顺便在我家住两个晚上辅导我的功课——她这样跟她父亲说的。然后，就再也没有音讯了。

也就是那一天，吴阿姨发现吴思通不见了，平时她没让他管钱，所以他只带走了当天的租金，几块钱。他们的事本来吴阿姨不知道的，他是她一次旅游时从外地带来的，当时他在流浪，衣不裹体，他们在一起四五年了，但吴阿姨知道他有天迟早会走的。"他从来不用我喝水的杯子，从来不盖我的被子，从来不用我的筷子和碗，他只用他自己的。"

不过镇里的单车铺跟吴阿姨说那天傍晚看见吴思通在外面等什么，那时许忠玲正在跟他讲价，六十块，是我那部单车成交的价格。

母亲没有打我,她给我买了一辆旧单车,她那一段时间心情很好,因为父亲单位院子里终于腾出一套正式的房子,二楼,虽然一共只有两层,但这将是她,也是我们家第一次住到楼房里,那个寒假就能搬进去,她终于不再因为房子而受揶揄,她是她们村里第一个彻底摆脱农田住进单位院子家属楼的人。她心情很好,只怪了我轻信于人,让我发誓再也不把单车借出去。

7

第二个初二,春天,我骑着单车从离洲镇过,突然想去看一看镇边上的江,江边有一滩看不到头的芦苇,一条小径从芦苇里穿过去,直到江边,江边有条简陋的渡船,一天两次可以过到江对面。

我推着单车在江堤下走,堤下一个人都没有,慢慢地,我后面跟了一个人,二十来岁,像是看江,又像是无所事事采野菜的。跟了一会,他开口了:"小妹妹,去哪啊?"那口音,和吴思通一模一样,应该也是江对面的人。

我没答,他又问,我说:"不去哪,就玩一玩。"我的声音发抖,心跳得很厉害。我可以将单车往堤上推,跑着上堤,或大喊,或不理。但我什么都没有做,只是往前推,不快不慢。

"别走那么快嘛,我们坐下来玩一下好吗?"他的手拖住我的单车后座。

我停下来,将单车往地上一倒,坐下来。我知道我推不过他,除非我不要单车了。他也在我身边坐下来,我转头看他,脸有点黑,像常年在外面待着的人,眼睛阴郁,甚至还有点害羞,嘴唇发白,轻微发抖。他说:"你还是学生吧?"

"是。"

"在哪里上学?"

"就在这里。"我说,我突然不怕了,很奇怪,有一种我站在我的上空,看着一切发生的感觉。

我站起来,从地上扶起单车,低头往前走,突然,我感觉腿间一股热流涌出来,汹涌,温热地流到大腿根。我往后朝年轻人笑,大声,洪亮地说:"我走啦,祝你好运!"他愣了一会,也笑了,朝我挥手。

我一路没有停地骑回家,以最快的速度,这时我家已搬到单位大院,经过以前那排黑瓦土屋,再骑上两里地,穿过一条小小的街,单位的门开着,我直接骑到我家楼下,我冲到二楼,母亲正好在家,她看到我说:"咦,你这么早就回了?"

"妈,给我一条卫生巾。"

"啊?你来了?"

"是的，我来了。"我说。

我捏着母亲给的东西到厕所，我没有看裤子，没有看卫生巾，我坐在地上抽泣，一直止不住，像攒了大半年的泪一次性流了出来一样。

许忠玲没有给我写过信，我也没再见过她，我也没有听说过她，至少在我离开那个学校之前，没有人有她的消息。我有几年偶尔会想到他们，六十几块钱，两个人最远能去哪，并且安一个家。我再没有去租过书，那两年我会远远地经过图书摊，吴阿姨还睡在躺椅上打瞌睡。几年以后她结婚了，再过两年有了宝宝，图书摊她没再做了，开了一家精品店，再以后就不知道了，我家也搬离了单位院子，也没去过离洲镇了。

我想那时可能真估错年龄了，她没那么老。

编后记

一

周慧小名和笔名蛋蛋，是我在洞背村居住期间的邻居。我是2014年6月和旧天堂书店的丁路同时搬进来的，我们两个也是那栋楼最早的租户。然后其他邻居陆续搬来，我想，最初是丁路的朋友，然后是丁路的朋友的朋友，如此类推。八层楼，每层两个单元。几个月内整栋楼就住满了。我住五楼。周慧大概是秋天搬来的，住七楼。她应该是因为工作的变动，处于离开旧岗位与尚未找到或暂时不想找新工作之间的过渡期。她在龙华有一小套房子，她把房子租出去，用房租来供她的房贷。

大概在周慧搬进洞背村一两年后，原公司基于某种原因，需要她回去帮忙。为了方便，她买了一部二手车。她做了几个月，可能是完成任务了或不想再待下去了，从此没有工作。也许因为有车了，她开始差不多每天前往离洞背村半个小时车程的大鹏镇或二十分钟车程的盐田去健身。她生活相当清贫,所以非常节俭。在她没收入而洞背村房租又大幅提高的时候,她想了一个办法,向好朋友借了一笔钱,等她几年后领取社保金时才分期还款。

周慧有过一只猫,叫虎皮。这原是邻居从市里的小区捡来的流浪猫,喜欢在我们楼到处串门,后来基本被周慧收留了。虎皮几年后消失了。周慧在洞背期间有过两段感情。前一个跟我们这些邻居有点来往,我还坐过他的摩托车去山里买蜂蜜;后一个是年纪比她小很多的男孩,好像比较害羞内向,跟邻居们仅止于打打招呼。按她自己的话说,这两段关系都是"貌不合且神离",如今她总说自己会一个人单身到老。

周慧什么时候开始写作,我不是特别清楚。她想多读书,但据她自己说,不是个好读者。她曾是一个小型每月读书会的成员,连续几年,读的好像都是小说。她开始在她的公众号发表作品的时候,孙文波和我都对她的才能表示欣赏。孙文波私底下多次提到,周慧的散文,一点不逊于某位著名女散文家,或许还要好些。我没读过那位女散文家,无从比较。但我在朋友圈和我的公众号转发了周慧的若干作品之后,就引起了两位编辑的注意,并向周慧约稿。这两位编辑是上海《文汇报》的周毅女士和香港《大公报》的傅红芬女士。其实当时还有一两家出版社的编辑对我表示对周慧感兴趣。由于周慧刚刚开始写作,离成书还很远，所以我甚至没有跟周慧提起。我仅仅鼓励她继续写，按目前的质量，三几年后出书应该没问题。潜台词是说，只要保持质量，我会帮她推荐出版的。

周慧从来不敢以写作者自居。她在形象上把自己打扮成一个无所事事的人：书读不下去，文章写不下去，样貌平平，自觉偏丑。孙文波和我对待她，则稍微微妙些，多多少少将她视为文友。例如有文人聚会时，叫上她。但她只是偶尔来凑凑热闹，经常找个理由推辞了。其实这恰恰表明她像个写作者：在这种场合，自己似乎还什么都不是，不知道把自己摆在哪个位置。更何况，文人聚会，根本不谈文学，全是瞎扯，徒增她的不安而已。这是我的感觉或猜测。

在人多的场合，无论是孙文波和我跟其他人聚会，还是我们楼的邻居们聚会的时候，周慧经常扮演帮主人忙的角色，例如冲咖啡，泡茶，或在厨房里协助炒两个菜。我说过，我和孙文波多多少少把周慧当作文友，所以如果是我们有什么特殊场合，例如过年过节三几个人在孙文波家里聚餐，也会把周慧叫上。这种没有外人的场合，周慧通常都会来。她依然会主动帮冲咖啡或饭后收拾和洗碗碟。可以说，她对孙文波和我也给足了一个"后辈"的尊敬和谦恭。

我偶尔读了她的文章之后，会找她认真地谈谈。但这样的场合总共应该不超过三次。可能有鼓励，也有提醒。好像我说过一句"生活不改善也能过"的话，被她听进去了，可能因此稍微坚定了她不去为了谋生而拼搏的决心。但我也不敢肯定。

我对她去健身这件事有点担忧。健身会带来快乐，但也会带来消耗。无论是快乐或消耗，都会或多或少影响创作。因为创作是需要能量的，在非常低的层次上创作也是发泄。快乐和消耗都是某种程度上的发泄。一个是满足，一个是松弛。而创作刚好应该是在满足与松弛之间保持张力。如果适当运动，尤其是在洞背村好山好水的环境下走走路，既能保持活力，又能补充能量，应该是更好的选择。在她开始健身之后，她产量好像减少了。另外，我原本最喜欢的，是她写得又短又高密度的散文，那已经近于诗了。而我有段时间看到她的东西，或者更准确些，我偶尔看到一两篇她的东西，却常常是叙述性的散文。我认为叙述性的散文只是散文而已。散文通常就是一种消遣。它是可以被替代的。虽然不同作者风格各异，但总的来说只是悦人耳目，而且背后都有一定的模式。它是一种浅层的创作，缺乏深度的感受力。但这也只是我的担忧，我并没有跟她认真谈过，因为我没有系统性地看她的文章。

一年年过去，我设想中她几年后也许能成书的期限，似乎也在一年年延长。但我也未曾就这件事跟她谈过。不过，我心里知道，我会在某个节点正式要求她整理她的文稿，让我系统地看一遍。

转眼我居住洞背村已经八年，租期已到，必须搬走，否则房东要大幅加租。在我搬离洞背村前后，我忘了我是否有担心周慧的写作。我忘了我是不是有一种把周慧这个文友"遗弃"在洞背村的无奈。因为我太忙了。

在我搬到新居之后不久，周慧说曹雪峰要来深圳，要去洞背村，届时她要带他来我这里。曹雪峰是我的《奇迹集》增订本的编辑。原来他一直有关注周慧，准备帮她出书。这样一来，我也就放心了。但我感到有义务替周慧的书尽绵薄之力。如果够好的话，我可以署名写编后记，如果还不错的话，我也替她做点把把关的工作。不管怎样，就我原有的印象，书不会差。但好到什么程度，我并不知道。

以上是周慧的表面生活，也是我打开周慧的书稿之前，对她的粗略印象。

二

由于我正在相继翻译奥登诗选和聂鲁达诗选，所以我采用抽空来读周慧作品的办法。每次看半天或一天。隔段时间再看半天或一天。由于奥登和聂鲁达都是艰深晦涩的诗人，我在解读和翻译他们的作品时都需要高度的专注力，所以我也把我的高度专注力借给了我看周慧的散文。这似乎是一种很好的阅读经验。

看了约十来篇，我对她的信心已经比较确定。到了一半的时候，由于书稿已经在我手头相当久了，我便跟周慧说，书稿的质量到目前为止很高，已经超出我的预期，所以请她放心。在看完整部书稿后，我自己也放心了。我还跟她说，我原本对她频频去健身可能影响写作感到担忧，但现在我改变态度了：只要她三几年拿出一本这等质量的书，那么她完全可以随心所欲，想健身就去健身，想懒在家里看电视剧就看，读半页书就睡觉也不是问题，呆坐在电脑屏幕前半天写不出一个字也没事。只要能三几年拿出一本这等质量的书。

由于我读她的书稿时，要照顾的方面比较多，例如错别字、标点符号、某些有疑问的句子、某些在修辞上可以稍作调整的字眼，等等等等，所以我决定看第二遍。第二遍同样经历了相当长的时间，但读起来依然很新鲜。我查了一下通信记录，两遍共用了四个多月时间。过第三遍则是因为我把书稿寄回给她之后，她除了根据书稿的意见修改外，自己又做了一些修改。如此一来，我又得核对一下她有没有改坏了。我私底下是不希望她再改的，但我当初并没有事先声明。其实，在她最初把书稿交给我之前，她已经在私底下修改自己的作品。我得知之后，让她先别修改。她也就修改了两篇，并根据我的意思，把修改稿和原稿都放在书稿里。我对比了之后，发现她改过的，总体来说还是要比初稿好。这表明她是有眼光的，而且已经进步了。这次新修改，我也让她把修改过的标示出来，让我看得到。我跟她解释说，我对自己的早期诗曾经有过否定、再肯定、再否定、再肯定的好几回反复，最后还是承认它们的价值，而且尽量不修改。因为修改了，原初的用心之处可能被太过随意地忽略了。而我们修改时，所依据的也只是某个非常短的时间段的审美趣味。过了这个时间段，我们的判断又改变了。她新的修改大部分是比较好的，但她新的删节大部分都被我恢复过来了。

我的编辑工作，跟出版社的编辑所做的差不多，例如修改错别字，对个别句子提出疑问，适当增删标点符号等等，而且我知道我这方面的工作肯定远远不如出版社编辑做得好。我倒是集中于甄别某些句子，判断应不应该改，并寄望将来出版社编辑能跟我形成一致的看法。举例如下：

"一条窄窄的锈迹斑斑的小铁桥穿过峡谷通往对面的山。"

这里"一条"不改成"一座"，因为那小铁桥，几乎不算桥，实在不能称作"一座"。

"小巴说，不要钱你上来吧。"

这里的"小巴说"改为"小巴司机说"。作者自己后来又对这句作了修订。

"前几天下高速后等灯……"

这里"等灯"是指交通灯或红绿灯。不改。

"回去时，翻上墓地，穿过窄窄的盘山公路……"

这里的"翻"，相当于"翻山越岭"的"翻"。由于墓地的路面是爬坡，用"翻"很生动，故不改。

"像用老虎钳子起一颗生锈多年的钉子……"

原本建议把"起"字改为"拔"，后来还是把它恢复过来了。"拔"字可能更容易让读者一看就明白，但"起"字更贴切。

"像一连无穷无尽的早上、中午和晚上以及深夜的连接。"

这里，"一连"和"连接"在同一个句子里，属于"同字相犯"，建议"一连"删去。如果这类句子多了，在修辞上会有不修边幅之嫌。修辞是一种技巧，看你怎么用。一个朴实、自然而有精神光彩的人，如果别说浓妆艳抹，仅仅衣服或面容稍加修饰，也可能弄巧成拙。同样是这个人，如果说话时嘴巴留着几颗面包屑，那我们会替他或她难受。如果仍然要传达"一连"的意思，可用"不间断"替代并适当调整句子。

"我骑着单车,经过一条条几年前走过或开过的路……"

这里太容易造成"开路"的歧义,故改成"开车经过",尽管修改后不如原来简练。

"前天晚上回来时,我开得很慢,接近溪涌时,路的弯道特别美……"

这里的"开",联系后面的"路",很显然是指开车,故不改。

"自家的稻子还冒吃到……我清好包袱就来。"

这里"冒"是方言,"清"也是方言。不改。

"一阵疾雨,隔壁田的人淋得直骂娘,这边田的人直起腰打起哈哈笑。"

这里"直起腰打起哈哈笑"中的"打起"不管是方言,还是自创,都很生动。"直起腰哈哈笑"整个过程太流畅和太轻盈,而在田里直起腰是辛苦的,"打起"起到某种过渡的作用,使得哈哈笑显得没那么流畅,也使得直起腰显得有点辛苦。故不改。

三

周慧这部书对读者而言的宝贵之处,是她从未涉足文坛。孙文波和我虽然稍稍把她当作文友,但并没有也没法真正把她当作同行。首先当然因为我们是诗人。诗人在别人眼中本来就是异类。况且我们仅仅从年龄上说，也是高高在上的。其次，周慧本人从不把自己当作哪怕是初出茅庐的作者。她基本上就是我们的邻居，外来村民之一。我对她的些许期待，也只是内心一种期待而已。只有像她现在这样有一部书稿放在我面前，并且得到我的认可，我才会认真对待她和她的作品，并在文章里正式把她叫作周慧。所谓文坛，包括跟同代作者频密走动，书信往来，经常在刊物上发表作品，可能还得过一些文学奖；平时跟文友聚餐，臧否前辈或同代人，有很多圈内朋友，可能也有很多敌人。像我们这代人，哪怕还没怎么正式发表作品，就已经在江湖上行走多年，出门都是去见诗友，外游也都有诗友招待，并顺便见当地诗友。

一个作者可能从二十来岁就开始混迹文坛，等他过了四十岁，也就是周慧开始写作的年龄，他可能已经有多部正式或自资或自印的作品问世。无论别人怎样评价他，反正他早已经把自己当作著名作家了。他的履历里会列出他的著作，他得过的文学奖，还会提及他在海内外重要刊物发表作品，他被译成外文等等。他每年都会参加一些文学活动，或本地，或外地，可能还有出场费。已经有至少几篇关于他的作品的评论。当然，他真正的斤两这个时候也基本确定了。他只是继续走他一直在走的路，他的作家生涯似乎一眼望到尽头了。

周慧在开始写作之前是一个普通人，在开始写作之后事实上仍然是一个普通人。可能要等到这部书出版之后，她才会开始羞愧或慌张地面对自己是一个作家这个事实。因而，她这部书可以说是难得一见的纯粹意义上的真正处女作。未受过文坛的美学标准或流俗的污染或影响。她平时刷手机看微博，看电视看综艺。她看的书，大部分都在一个书架上，而且按她说，很多还没看，看过的也许只是翻过，读过的大部分是读几页就打瞌睡了。当然，也有她非常深入地沉浸其中的书——这才是重要的。还有一点更重要，她的书几乎都是翻译的。就是说，她连阅读方面的语言氛围和文学氛围也差不多跟文坛绝缘。所以她的语言是独特的，她自己的，极端一点说，洞背村的。此外，周慧过了四十岁才开始写作，心智已经成熟，写东西时文字能落到实处。看事物时少了情绪化，表达事物时少了一个从二十来岁开始写作的人后来可能会有的惯性语言和惯性思维，尤其是避免了过于流畅和能说会道。她也没有什么积累因而需要维护这积累的。我们所说的大器晚成，更多是指一个作者写了半辈子，到了很晚才开始形成自己独特的语言和世界观。而周慧是属于那种刚开始就获得自己的独特性的作家，字里行间散发着浓厚的原生味。她也符合我对翻译的一种评价，也即，译文要使读者感到译者在努力表达，对应原作者写作时的状态。显然，我也是把努力表达当作衡量作家质量的一个指标。

举个例子，有一次我的公众号发布沈从文的一篇散文，来自一本新版的沈从文散文集。基于阅读经验，我感到文章里有若干处好像有点问题。于是找来更早的沈从文文集校对。这时候才发现一种我时不时会遇到的情况，也即原作者或原译者的句子是表达得非常准确并且深刻而精微的，只是为了准确表达这种深刻而精微的思想，作者或译者使用了比较绕口或拗口的句子，而编辑没能体会其准确、深刻和精微，把它当成文句不通或文句不顺，于是擅自把句子改得好像通了或顺了。一般的好散文与独特的好散文的差别在于，一般好散文好读，更好的时候能引人深思。独特的好散文耐读，作者的努力表达让读者放慢速度，必须高度专注地读，这个时候，作者对其描述对象的深刻或精微的感受力，会直接输送给读者，使读者当刻就获得感官的刺激和营养。我在读周慧的书稿时，用的就是慢读。她的整个语调本身也比较慢。她对洞背村的环境的感受力有时候极其精微，是我也感到佩服的。由于我就住在洞背村，写过很多关于洞背村的诗，我在阅读她的描述时更投入，也更诧异。

周慧这部书的另一个宝贵之处则是对周慧自己而言，同时作为一个范例的话，也是对读者而言：把一个普通人变成一个优秀作家。太多人早年有才气，但后来因为各种原因，包括生活所迫，而放弃写作。他们原本的写作才能经过转化后，倒是大大改善了他们的生活，但他们的生活却毁了他们的写作才能，在我看来也毁了他们的生命的意义。当他们成了一个生意人或生活人之后，他们也就变成平常人，失去了他们生命原有的独特性。他们改善了的生活，被置于同样改善了生活的千百万人中间，非但没有给他们带来任何独特之处，反而抹平了他们任何独特的痕迹，包括他们原本的才能的痕迹。而在他们之上，还有千百万生活质量比他们高不知多少倍的人，使得他们相形之下还有矮别人几分之嫌，尽管他们下面也有很多远远比不上他们的人。但人都有往高处看的倾向，一个向下跟别人比的人，可能比被他们比的人还要平庸和无意义。

而像周慧这样一个也是被生活所迫，窝在一个山村里，有几年陷入贫困境地，却反过来坚持写作，成就了好作品而且还改善自己的生命的人，其独特性是不言而喻的。她将在优秀作家中以其独特性来展示自己，哪怕一个伟大的作家也不会看低她，倒是会刮目相看。这就是个体的独特性的独特之处。谁也替代不了她。

一个普通人，例如周慧，只要她爱读书，或者有想读书的愿望；只要她爱写作，或者有想写作的愿望，那么她是有可能达成愿望的，并且还可以通过达成愿望而实现生命的价值。这是因为，如同我常说的，诗歌处理的是个人与世界的关系，个人与语言的关系。散文也可作如是观。当一个人例如周慧拿起笔来处理她与世界的关系时，她记录，她思考，并在记录和思考中扩展和放大她的视域。她原本惯性的、几乎无知觉的日常性突然有了一种新鲜感，周围原本似乎昏沉的世界突然活了过来。这是因为她自己警醒起来了。她能够感受日常和世界的能量，包括世界的光，世界的绿，世界的广度和深度。她自己的生命不仅变成真正的生命，而且她还能够把自己这种体验通过文字表达出来并输送给别人。同样地，她的语言也会因为她警醒而警醒甚至惊醒，有了崭新的意识和生机。这是一种双重的获得和双重的喜悦。既更新了自己的感官，也更新了读者的感官。

只要她能够传达她的感受的几分之一，而且所用语言又是自己努力表达的，而不是套用现成的陈词滥调，所使用的文字也是自己努力去挖掘出来的，而不是像从廉价商店或网店买来似的，则她就是在重建她与世界的关系，而不是置身于她一直以来被提供的类似于失落的世界，或呆滞的世界，或虚空的世界，或沉闷的世界。这是她参与创造的世界，甚至是她自己创造的世界。是她的世界。她的生命的意义因此确立，她的生命的价值因此实现。她是她自己，又是世界的一部分；她是世界，又是世界的一部分。虽然她大部分时间依然在跟别人一样的世界里，在跟别人共享的世界里，但她的警醒使她有机会进出这个世界，她的一篇篇文章就是她进出的记录。那瞬间的摩擦和感官的复苏会使她渴望一再体验，并驱使她继续写作并继续处于警醒状态。

相反的情形则是，她继续到市区工作。工作到现在，年近五十，她看看自身，也开始老了。她望望前方，退休的地平线已经隐现。她这八年可能赚了些钱，但不足以给她多买一个厕所。说不定她跟人合伙做生意，因为三年疫情而亏本，还欠了一笔债。我们还可以设想她的种种昏暗现状和前景。

如今周慧净赚了一部书稿。净赚了八年的洞背村山水生活。那不是八年新生活，而是八年新生命。这新生命将随着她这部书的出版而做一个初步总结，并随着她铺展下一部书的写作而进入新阶段。她依然是一个年轻人，因为她是一个新作家，窝在一个小山村里但前途无限。她把自己的平庸人生写成传奇故事。她的笔是她的魔术棒。

四

这部书，不是或不仅仅是一本散文集，而是一部书。甚至可当成一部长篇小说来读。而如果读者读后也认同我这番论断的话，则它还像一部独特的长篇小说。我说过，周慧曾经是一个读书会的成员，读的都是小说。她似乎梦想写小说。她写过几个短篇小说，她自己知道写得不好，但因为我想看看，所以她就随书稿附上。除了《离洲镇女朋友》，它们全被我删了。她不会写小说。或者说，她搞错了什么是小说。她以为她写的散文是散文，而小说在另一个空间，另一个领域。我建议她把仅剩的这篇放在书的最后，作为纪念，也让读者亲身验证一下，她的散文与小说的区别。也许周慧早已经完全清楚小说应该怎么写，毕竟她看了很多小说，只是她仍然无法把她散文里的感受力，也即她自己的感受力，融入小说的环境描写和人物描写里去。

《离洲镇女朋友》缺乏揭示作者或人物的视域的句子，而只是从外部用概括性或描述性的语言来维持她的叙述。以下来自她几篇散文的片段，如果植入一篇像《离洲镇女朋友》那样平铺直叙的小说里，赋予小说人物这样的观察力和感受力，换上适当的人称例如"她"或"他"，这些人物就会即刻立体化起来，不仅有血有肉，而且有心有脑：

"人终其一生都被两种完全相反的驱动力操纵着，一种是对陪伴、爱以及所有能让我们亲近的关系的渴望，另一种是对独立、孤单和自由的向往。我天生孤僻，加上后天缺乏认识，在前一种上屡败，只能对后者投入心力，它很有必要，对我来说，最终一切都将依赖于此。"

"也许是错觉，只要好好看一两本书，甚至一两个小时，我就会觉得换了一个新我，无畏无惧，充满力量，能战胜我身上的所有阴暗。"

"想到此时起床会拥有整个上午，腿瞬间泵满力，带着我迅速翻身下床，去客厅就像去往新的一天。"

"放到舌面上，像含住清晨从菜叶刮下的薄霜。"

"我就像负着平静的、听天由命的、快乐与忧伤此时浓缩为一体的我上下山。"

"所有的一天，都将沉没，而海平面不会上涨，永远停在同一块礁石的同一个寄居蟹上的那圈螺纹里。"

（第一次进入工厂公共浴室看到女工们集体洗澡）"我感到震惊，突然意识到我也是这样，没有任何不同，也只是各种形态与年龄中的一具。我对情对爱对欲望的渴望和忐忑被这座裸体森林全面击溃，我对未来的所有渴望与焦虑，不敌一具将手伸进双腿间擦洗的正在笑着的身体。"

"猫记跳下窗，往树林里奔，十几二十只猫跟在它身后像它持续的、迅速又不忍消失的影子。"

可以这么说，小说叙述中夹杂的这类句子越多，其密度也就越大。但问题是，既然周慧已经能在短散文里达到诗和小说的纯度，她又何必再去写小说呢？一个人只能做他能做的，而不是做他想做的。好在周慧明白这个道理，因为在她的写作中，散文占去绝大部分。或者说，无论她明不明白这个道理，事实上她一直在做她能做的。而这是周慧的幸运，也是读者的幸运。

《离洲镇女朋友》这篇小说按一般标准看，依然写得不错，这也是很多小说家的写法。但这样写小说，纯粹是平铺直叙，仍不具备小说的艺术。哪怕是周慧的叙述性散文，无论是词语的组织力还是适应力的强度，都要比她这篇小说复杂好几个层次。

另一个情况是，很多人写散文，使用的恰恰是周慧这篇小说里的平铺直叙，而缺乏我刚才列举的周慧散文片段里的出神入化之笔。散文家们似乎觉得，散文就是应该这样写的，或者，他们根本就不知道最好的散文根本就不应该这样写，而应该像周慧那样写。周慧的这些片段，也是诗了。当我们谈到所有艺术都异曲同工的时候，指的就是周慧这种既是散文又是小说也是诗的直觉力和直观力。

不妨举个与此相关的例子。俄国小说家，从陀思妥耶夫斯基到高尔基，他们的厉害之处是，在他们笔下，哪怕是一个看门人或流浪汉，也会凝望星空大段大段沉思人生的意义。而中国小说家不会给他们笔下的小人物这种机会。他们似乎觉得，他们的小人物不配思考人生，而是应该劳累、卑微，为了生存而流尽最后一滴血汗。但他们，这些小说家，似乎忘记自己原本是某个工厂、机关或农村商店的小职员，根本就不配读书、思考、写作，甚至不配读小说。这些小人物背后，通过小说家的隐藏手法，也许暗示着某种往往是悲惨的人生道理或哲学，并且当然啰，这背后可能的哲理的全部深度，都归于小说家而不是他那些只有生存本能的人物。然后评论家们就会称赞说，这个小说家何等含蓄、何等智慧，并把他与中国古代文学或哲学维度联系起来，进而分析他与中国传统文化的关系。于是就连作家贫困的出生地也似乎染上了中国传统文化的浓厚色彩。

五

我说过，当初我最欣赏周慧那些又短又高密度的散文，因为它们已经近于诗，而她的叙述性散文使我担忧，因为叙述性的散文通常是在一个浅层上讲故事。但是，在读了她这部书前面的部分，主要就是我当初最欣赏的部分之后，我还是很专注、很投入地读她的叙述性散文。

因为我对她感兴趣了。

首先，她的短散文不但写得好，还常常写她的挣扎。她跟懒惰搏斗，常常是输了；她跟精神不集中搏斗，常常是败下阵来；她跟灵感枯竭搏斗，也常常是丢盔卸甲。总之她是一个失败者，一无是处者，垂头丧气者。似乎只有气候变化，才能振作她的精神，而这个时候她则是一个无所事事者。但奇妙的是，她把她的挣扎写成一篇篇关于挣扎的散文，而气候变化下的无所事事又使她充分享受环境的优美，并且不仅把环境的优美写下来，还把她的享受状态丝丝入扣地记录下来，变成关于无所事事者享受优美环境的散文，并且是独特的散文。

就是说，从我这个读者的角度看，她在这些短散文里已经确立她是优秀作家。于是我想知道她的背景，她的来历，她的生命史。而她的从小学到中学，从学校到工厂，从农村到城市的原始传记资料，恰恰满足我的好奇。而且，我并没有感到我当时一篇两篇零散地读她的叙述性散文的担忧，也不感到它们是在一个浅层上运作，倒是感到它们大部分写得扎实而又有厚度。我当初的担忧也许跟她当初发表在公众号上有关系，因为你不大可能太专心去阅读一篇公众号上的叙述性散文；也许跟我当时的阅读状态有关系，同样地，我怎么会对一篇从眼前掠过的散文太在意呢，把它读完已经是对它的高规格款待了。而现在，我认真地把它们当成一部书的一部分来阅读，状态完全不一样，因为我在用心读。没错，这些因素固然有，但仍然不足以解释我阅读时的专注和投入。我想，最大的因素是我已经不知不觉地把这部散文集当成一部关于一个女青年作家的个人挣扎史的书，而这部书读起来就像一部风格独特的长篇小说。

一般来说,一个作家的散文集是一篇篇散文的结集,每一篇都会围绕一个题材讲得有头有尾,阐述得清清楚楚。周慧的散文单篇地读,常常让人觉得是片段式的,更像是一个系列的其中一篇。她不解释,她不交代,她不招呼你,仅仅是把你当成一个熟人或家人,没有迎接,没有寒暄,给你开个门就自己转身进屋去,继续她正在做的事情。事实上,她甚至会给你开门吗?

你还可以把这部书看作是一个湖南农村小姑娘一路成长,然后来到深圳拼搏,终于成功了的故事,只不过这成功不是变成大公司女掌门,而是变成一个女作家,她的拼搏是拼搏着不去拼搏,终于赢得没有财富的自由,过上使贫穷微不足道的生活,住着山水环抱的准豪宅,清闲得连一阵风的掠过,一只猫的进门,一枝花的枯萎都会引起她灵魂的骚动。这就是她的高密度短散文与她的叙述性散文的配搭带来的意想不到的效果。

周慧老是说自己写得不好。这并非谦虚,而是对自己要求高。古语说,求上而得中,求中而得下。而一个创作者,应该不仅求上,而且应该求上上,以得上。或者我们可以假设,按她自己认定的某些作家的标准,她觉得自己什么也不是。这也是对的。只是她可能不会想到,其实那些好作家的高标准有个共同点,就是他们都具有无可置疑的独特性或原创性。而只要是独特性的，无论大小，都是不可替代的。她感到自己写得差，也许是譬如某个独特性的作家写的是小说，甚至是大部头的小说，这样就好像大部头而原创性强才是高标准。而她可能忽略了，这个作家的高标准不在于他写得长或大部头，而在于他的原创性。如果她拿自己的几百字小散文跟这个作家比，当然会自愧不如。此外，别人既然是独特性和原创性的，其实也意味着是独创性的。他们是因为写他们所擅长的，例如对某段关系的描写和处理，才写得特别好，而她也理解某段关系，觉得这个作家写得实在太好了，如果落到她手上，她只会献丑。但是她可能没有想到的是，同样这些作家，可能根本不擅长她写的小散文所处理的题材或物我的关系，要是他们读到她的东西，同样会自愧不如。

黄灿然

2023 年 3 月 15 日，七娘山下

图书在版编目（CIP）数据

认识我的人慢慢忘了我 / 周慧著. -- 上海：上海文艺出版社, 2024（2024.10重印）
ISBN 978-7-5321-8814-7
Ⅰ.①认… Ⅱ.①周… Ⅲ.①随笔－作品集－中国－当代
Ⅳ.①I267.1
中国国家版本馆CIP数据核字(2023)第141094号

发 行 人：毕　胜
责任编辑：肖海鸥
特约策划：洋火文化@曹雪峰
书籍设计：张　卉 / halo-pages.com
内文制作：常　亭

书　　名	认识我的人慢慢忘了我
作　　者	周　慧
出　　版	上海世纪出版集团　　上海文艺出版社
地　　址	上海市闵行区号景路159弄A座2楼 201101
发　　行	上海文艺出版社发行中心 上海市闵行区号景路159弄A座206室 201101 www.ewen.co
印　　刷	苏州市越洋印刷有限公司
开　　本	1092×850　1/32
印　　张	12.125
插　　页	3
字　　数	214,000
印　　次	2024年2月第1版 2024年10月第5次印刷
ＩＳＢＮ	978-7-5321-8814-7/I.6947
定　　价	65.00元
告　读　者	如发现本书有质量问题请与印刷厂质量科联系　T: 0512-68180628